本丛书为青岛地方文化研究中心和青岛大学中国文化海外影响力协同创新中心重点规划项目。

　　本丛书获青岛市社科规划办立项，丛书的出版得到青岛市社科规划办及青岛大学中国文化海外影响力协同创新中心的资助。

崂山
文化研究丛书

崂山游记精选评注

周远斌　评注

人民出版社

《崂山文化研究丛书》总序

　　崂山位于齐地之东部，僻处海滨，砥柱洪流，在很长的历史时期里，都属于人迹罕至之地。然崂山之名，不仅在历史上很早就广为人知，而且在当代国际社会，也堪称是东方名城青岛的特殊标志。在国外，如果有人知道崂山而不知道青岛，也许并不是一件不可理解的事。

　　崂山美名的广泛传播，固然与其"三围大海，背负平川，巨石巍峨，群峰峭拔"①、深幽而罕见的自然风光不无关系。而就实际的情形来看，道教及与之相关的一系列神秘文化，也许是引起古今中外人士关注崂山的更重要的因素。在崂山道教正式诞生之前，齐地即已因方仙道、黄老之学以及黄老道而闻名遐迩。这不仅构成了崂山道教特有的显赫"家世"，也成为其后来植根深厚、叶茂枝繁的地域文化沃壤。因此，从汉代的张廉夫、唐末五代的李哲玄，到北宋的华盖真人刘若拙，再到金元之际的全真诸高道，都不约而同地选择崂山作为隐居、修道之所，可谓英雄所见略同。崂山道教后来能发展为"道教全真天下第二丛林"，出现"九宫八观七十二庵"的盛况，虽离不开全真教历代高道的大力弘扬，但神秘独特的自然环境与悠久深厚的文化传统，更是缺一不可的。

　　崂山道教的发展，进一步提升了崂山的知名度。从明代万历年间起，佛教中人也开始把目光投向这里，但道教在这里有深厚的根基，晚

---

　　① 《道藏》第25册，文物出版社、山海书店、天津古籍出版社联合出版，1988年版，第819页。

1

来的佛教注定无法占据上风。憨山、自华、慈霑，虽然都是僧人中的佼佼者，但憨山所建海印寺在万历佛道之争中被毁，即墨黄氏、周氏两大家族为自华所建的洪门寺（又名西莲台），到了清代乾隆末年就已倾圮。只有慈霑任第一代住持的华严庵，经数次重建，后更名为华严寺，至今仍存，这也是崂山目前唯一的佛寺。虽然崂山佛教远不如道教兴盛，但同样不可忽略。

山海胜境、神仙传统，吸引了道、佛二教，而这三大资源的汇合，进而引发了世人无穷的好奇之心。虽然道路崎岖难行，历代仍不乏名人雅士前来探胜观光。直到德国占领青岛期间（1897—1914），开辟登山通道十六条。此后，沈鸿烈主政青岛时期（1932—1937），进山道路得到进一步的修缮，游人更是接踵而至。而古今文人墨客来游者，往往将人生之悟、身世之慨与山水之美融为一体，即兴为文。岁月沉积既久，不仅道佛文化自成体系，自有历史，名人也为崂山日益增色，他们留下的那些流布人口、传之后世的诗词文赋，更成为崂山人文的重要组成部分，使这座清奇幽深的名山，增加了更加丰富深沉的人文意味。因而，梳理、总结崂山之人文，也就显得更加重要。在这方面，古人已经做了很多，从明末黄宗昌撰写第一部《崂山志》、近代太清宫道士周宗颐撰写《太清宫志》起，修撰各类《崂山志》及探究崂山道教历史发展者，实在不乏其人。因而，崂山宗教文化与历史、来游崂山的名人及其诗文著述，已在无形中构成了人文崂山的重要组成部分。尤其在每年前来崂山的游人动辄过千万[①]的今日，把崂山文化以通俗易懂的方式，准确地

---

① 据崂山区统计局《2012 年崂山区国民经济和社会发展统计公报》、《2013 年崂山区国民经济和社会发展统计公报》，2012 年崂山区接待海内外游客 995 万人次，其中，国内游客 863.5 万人次，入境游客 131.5 万人次；2013 年接待海内外游客 1147 万人次，其中，国内游客 1119 万人次，入境游客 28 万人次。分别见崂山区委区政府门户网站"崂山统计局"，http://tjj. laoshan. gov. cn/n206250/n500254/index. html，2013 年 2 月 5 日、2014 年 2 月 21 日。

介绍给所有海内外游客，就显得更为重要。

这样的一种认识，对我们来说并非一时的心血来潮。早在笔者初到青岛工作的 1992 年，就发现崂山道教史及文化史的相关介绍中，存在着不少似是而非的问题。1993 年 9 月 15 日至 18 日，中国旅游协会旅游文学专业委员会（中国旅游文学研究会）第六届年会暨 93 青岛国际旅游文化研讨会在青岛市召开，会议由青岛大学文学院具体承办。笔者当时提交的论文是《崂山道教及其在中国道教史上的地位》（后刊于《东方论坛》1995 年第 3 期），这是我探讨崂山道教文化最早的一篇文章。自此之后的二十多年来，我本人断断续续写了一些有关崂山道教、崂山志或崂山文化的文章，也尽可能收集了与崂山文化有关的典籍。其间，还在青岛市崂山文化研究会中负责过宗教文化专业委员会的工作。研究会出版的《崂山研究》第一辑（中国海洋大学出版社 2006 年版）、第二辑（中国海洋大学出版社 2008 年版）所收的一批论文，也可以看作是在上述认识的指导下，组织部分师友所做的一点工作。当时的参与者，有两位也是本丛书的作者。

经过多年的思考和准备，我们逐渐形成了选择典型的专题和典籍对崂山文化进行系统整理的思路。苑秀丽教授与笔者共同出版的《崂山道教与〈崂山志〉研究》（中国社会科学出版社 2011 年版）一书，是这项研究工作的第一部著作。与此同时，我们启动了本丛书的写作。丛书围绕典型专题与代表性典籍两大重点，首先选定了如下七本著作作为第一批研究课题：

《崂山道教与佛教研究》，通过历史文献和田野调查的方式，全面收集崂山道教、佛教的相关史料，对崂山宗教的发展历史、重要事件、高僧高道、宫观兴废等进行系统、深入的研究，考镜源流，订正讹误，在前人研究基础上，对崂山道教、佛教做进一步深入的探讨。

《崂山文化名人考略》，对先秦至近现代的崂山文化名人进行全面梳理，将一千多位崂山文化名人分为本籍文化名人、寓居文化名人、记游文化名人、宗教文化名人四大类，对他们的生平和与崂山相关的事迹及著述等进行研究和考证，增补前人著述之缺漏，订正以往研究之舛误。尽可能完成一部集学术性、工具性、资料性为一体的崂山文化名人研究著作。

《崂山志校注》，对明末即墨人黄宗昌父子所撰的第一部《崂山志》进行全面的校勘、整理和注释。以民国二十三年（1934）本为底本，仔细参校手抄本、民国五年（1916）本《崂山志》及嘉庆十三年（1808）刻本《崂山名胜志略》等其他 7 个版本，对各本择善而从。同时，纠正以往各本失误，并广泛参考各种相关书籍，对书中的难解字词、重要事件、历史人物、典章制度、宗教知识等，做出准确、简洁、通俗的注释。力争为读者提供一个最好的《崂山志》校注本。

《劳山集校注》，《劳山集》为近人黄公渚（1900—1965）歌咏崂山美的专集，收词 137 首，诗 138 首，游记 13 篇。在众多歌咏崂山的文集中，地位独特，成就突出，甚至可以说至今无人能出其右。《劳山集》初印于香港，无标点，且在内地从未正式刊印。本书首次对《劳山集》进行标点、校勘、注释，并对黄公渚生平、创作、学术等做了初步研究，是国内外第一部《劳山集》标点排印本和校注本。

《周至元诗集校注》，周至元（1910—1962）著有《崂山志》、《游崂指南》、《崂山名胜介绍》等多部介绍崂山的著作。其《崂山志》也是黄宗昌《崂山志》之后最具代表性的一部。他存世的一千余首诗歌，也多写崂山，但至今没有一个全本。本书以周至元子女自费印刷的《周至元诗文选》（1999 年）、《懒云诗存》（2007 年）为基础，全面搜集周至元存世诗歌，并做了详细的校勘、注释和订讹，是收集周至元诗歌最全的第一个注释本。

《崂山诗词精选评注》，从历代数千首崂山诗词中精选了从唐代至近代一百五十多位诗人歌咏崂山的诗、词二百余首，每首诗词在原文下，均介绍作者生平事迹，疏解难解字词，并从诗词内容和艺术特点切入，对诗词加以简要的评析。

《崂山游记精选评注》，从各种文献记载的众多崂山游记中，精选29篇游记，对每篇游记进行细致校勘，纠正前贤的校点失误，对难解字句、典章制度、宗教知识等做了通俗的注解，并从艺术上做了简洁的评析。

上述七部著作，或立足于崂山道教佛教和文化名人，或选择最具代表性的崂山文化典籍，或精选历代崂山游记和诗词中最有代表性的篇章，以点面结合、突出重点的方式，对崂山文化最有代表性的部分，进行研究和整理，将其中最精华的部分介绍给读者。我们相信《丛书》的出版，将为读者也为海内外游客了解青岛和崂山开启一扇全新的窗户，对于提升崂山和青岛知名度、推动地方旅游发展，改变青岛文化底蕴相对不足的现状，都将起到积极的促进作用。

七部著作均为青岛市委宣传部与青岛大学合作共建的青岛地方文化研究中心的规划项目，分别在2013年和2014年，获批为青岛市社科规划办重点资助项目。青岛市委宣传部理论处处长、规划办主任王春元博士及相关评审专家，对项目给予了高度肯定。他们的鼓励和支持，是我们完成丛书不可缺少的动力；我校分管文科的副校长夏东伟教授，科研处张贞齐处长，社科办主任、科研处副处长欧斌教授，也都始终关注着项目的进展。正是他们的支持，丛书才得以在较快的时间内完成并面世。在此要首先表示真诚的感谢！

丛书出版过程中，人民出版社以贺畅老师为代表的一批优秀编辑和校对，对书稿内容多有订正，其严谨的编校作风，扎实的专业功底，不仅使丛书消除了很多失误和不足，也给我们留下了很深的印象。在此我愿代表课题组全体成员，表达崇高的敬意和谢意！

丛书的作者都是高校研究中国古代文学和传统文化的教师，没有大家数年来的共同努力，这套丛书也许还在进行中。重点研究以山海胜境和神仙传统为依托而形成的宗教文化、名人（家族）文化及各类重要典籍，是包括课题组成员、青岛市古典文学研究会成员在内的一批在青工作的同道，对青岛地方文化研究坚持多年的一个基本思路，也是我们多年来"中心藏之，何日忘之"的愿望。如果这套丛书的出版能成为一个良好的开端，为地方文化研究的深入起到抛砖引玉的作用，则正是我们所衷心期望的。

刘怀荣

2015 年 4 月 8 日于青岛大学

目　录

前　言

崂山，史上有牢山、劳山、鳌山等名称。崂山山脉纵横绵延数百平方公里，主峰崂顶海拔 1132.7 米，为我国海岸线最高山峰。山海相接，山奇水美，有"神仙窟宅"、"灵异之府"、"第一名山"等美誉，甚至有"泰山虽云高，不如东海崂"之高赞。游览过崂山的古今文人墨客，莫不睹景兴情，多有记游之作。

古代游记肇始于魏晋，成熟于唐宋，大盛于明清。古代崂山游记也基本上与此同步，亦大盛于明清，创作的游记作品数量骤增，且内容更为丰富。《巨峰白云洞记》、《鳌山记》、《劳山九游记》、《游崂东境记》、《八仙墩记》、《游白鹤峪悬泉记》、《夜游九水记》、《那罗延窟记》、《白云洞观海市记》、《游鹤山记》、《崂山观日出记》、《游槐树洞记》、《游崂山西境记》、《崂山华严庵游记》、《崂山道中观海市记》，从诸篇名可以看出，自巨峰、八仙墩、白鹤峪等自然景观，到白云洞、那罗延窟、华严庵等佛道人文景观等，均为游记所描述。

崂山濒海而立，山之雄奇，海之壮阔，两者相得，胜景迭出，游记中多有再现。有写山水之灵动与轻雾之变换者："巨峰之巅有洞焉，曰白云洞，深而明，旁有水泉，可引以漱濯，甲于巨峰。虽当晴昼，云气蓊郁，则咫尺不可辨，顷刻变幻，则又漠然不知其所之矣。"（明蓝田《巨峰白云洞记》）有写观月听涛之壮阔波澜者："月色映海，波已溶溶不可状，而暮潮复撼激峰山有声。取酒酌崖头，诸生放歌，铿然与海涛应，不知身之尚在人境也。"（明邹善《游劳山记》）有写山势之奇险与大海之雄壮者："宾日也，海水在足底，虚青顼浮一气，吞吐石动，潮泊若天吴之出奔，观奇矣！趋下薄视，反而望之，侧影夺目，诸峰飞越，鸿蒙相沓，倏无忽有。"（明高出《劳山

1

记》)有写日出之变幻莫测与云霞之映衬者:"初自游底升,状如金盆,其动如猱,满亏不定。稍升而高,体乃圆,或曰水气摩荡然也,或曰日出状各殊。天极晴,海波不兴,为一状;有风为一状;有云为一状。故或极圆如轮,或微长如瓶,乍闳乍奄,或影射水如珠盘,或其围参差伸缩如火动,海上人得备而见之。"(清张允抡《游崂东境记》)有写海市蜃楼之奇谲与变幻者:"西南小山幻为庐舍市肆,与林木相间,厕市南,高矗一竿,竿旗微动,若迎风摇扬然者。已而,岛南别起一城,不与故城相接,其上崇楼杰阁,数之凡三层,而西南庐肆渐隐,微见茫茫烟树而已。顷之,崇楼降为方亭,垣周其外,其南复为庐肆如前。凡诸物象变迁,皆在新旧二山岛中,城垣固如故也。少焉余象尽泯,惟见岛峰高矗,其他悉化平远之山。已而,但存两岛及西南新旧二山,岛中平山亦灭。"(清徐绩《崂山道中观海市记》)崂山游记,将崂山之气势与大海之波涛完美结合,突破性地将大海引入山水游记,丰富了山水游记题材,同时也拓展了山水游记的审美趣味,促进了中国古代游记散文的发展。

巨峰白云洞记

明·蓝田

即墨之东南，百里皆山焉。山之大者，曰劳山。劳山之群峰其最高者，曰巨峰。巨峰之巅有洞焉，曰白云洞，深而明[1]，旁有水泉，可引以漱濯，甲[2]于巨峰。虽当晴昼，云气翁郁，则咫尺不可辨，顷刻变幻，则又漠然[3]不知其所之矣。然地高气寒，又多烈风，非神完骨强者，不敢久居。其登也，缘崖攀萝，崎岖数十里，非有泉石之癖[4]者，亦不能至也。北泉山人，薄游海上，[5]南访朐山，登琅琊台，北观之罘山，雄秀突兀，皆未有若劳山者也。《齐记》[6]曰："泰山虽云高，不如东海劳。"是劳山之高，高于泰岳矣。然劳山僻在海隅，名未闻于天下，而朐山、琅琊、之罘，以秦皇之游览也，人人知之。呜呼！山之见知与不见知而亦有幸不幸存焉。山川且然，而况于人乎！道人张某，得白云洞曰：是与人境隔异，直可以傍日月而依星辰，非元武[7]之神，不足以当之也。乃于其中，奉事元武，而自居其傍，学炼形[8]之术焉。嘉靖壬午，北泉山人登巨峰之巅而望焉。面各数百里，海涛蜃气，起伏汹涌，而岛屿出于其中者，皆若飞凫来往，旦夕万状，连锋有无，远迩环绕，村墟城郭，隐隐可指数，神观萧爽，非世人耳目所尝见闻者也。[9]夜宿洞中，援笔题于石上，曰：居白云洞者，自张某始也。李谪仙诗曰："我昔东海上，劳山餐紫霞[10]。"呜呼！安得断弃家事而餐霞洞中，弹琴鼓缶，以咏屈子《远游》之篇也哉。顾今所未暇，聊记于此，以志自愧云。

注释:

[1]深而明:形容山洞幽深却光线明朗。

[2]甲:居于首位的,超过所有其他的。

[3]漠然:无所知觉貌。

[4]癖:癖好。

[5]北泉山人:即作者。薄:迫近,临近,一指稍微。海上:海岛,海边。

[6]《齐记》:晋伏琛撰。

[7]元武:即玄武。古代神话中的北方之神,其形或说为龟,或说为龟蛇合体。

[8]炼形:道家谓修炼自身形体。

[9]迩:近。神观:谓精神容态。

[10]餐霞:餐食日霞。指修仙学道。语出《汉书·司马相如传下》:"呼吸沆瀣兮餐朝霞。"颜师古注引应劭曰:"陵阳子言:春〔食〕朝霞,朝霞者,日始欲出赤黄气也。夏食沆瀣,沆瀣,北方夜半气也。并天地玄黄之气为六气。"

【赏评】

崂山素有"海上第一名山"之称,古语曰"泰山虽云高,不如东海崂",历来游崂之人对此山之风物多有记录,留下了很多珍贵的作品,蓝田这篇《巨峰白云洞记》是现存的第一篇崂山游记。作者以优美的语言、精巧的结构和真诚的情感记叙了自己游览崂山的所见所思,不仅还原了崂山的秀丽美景,还通过自然景色的欣赏引发出许多启迪人心的道理,可谓情理兼备。

蓝田,字玉甫,号北泉,明代即墨人。即墨就是现在的青岛即墨,离崂山很近,这也是他可以多次游览崂山的原因之一。蓝田自小就表现出高人一等的学识和记忆力,7岁左右就能够作诗,可以说是一个神童。相传他能"日诵千言",文章写得气势恢宏,洋洋洒洒,颇为大气。蓝田做过河南道监察御史等官职,为官清廉,素有正义感,曾经7次上疏举报恶吏,因而名震一时。后来因为某些原因遭贬职,于是回到家里著书讲学,寄情于山川草木等自然之境中,喜欢作诗饮酒,潇洒恣意。这篇《巨峰白云洞记》就是作者归家游玩时写的,然而通过这篇文章我们可以看到,作者并不是真正的纵情山水,而是"居庙堂之高则忧其民,处江湖之远则忧其君"(范仲淹《岳阳楼记》)。作者胸怀大志,却无力施展,只能将满腹豪情寄托于山水。与此同时,经历过人生坦荡起伏的蓝田,在社会和自然中也悟出了许多道理。这些从字里行间都能够清晰地看出来。

在语言风格上,《巨峰白云洞记》骈散结合,言简意赅。开篇只一句"即墨之东南,百里皆山焉"就把崂山的地理位置和庞大气势介绍出来。在介绍崂山群峰的时候,并没有一一陈列,而是有详有略,抓住崂山最高峰——巨峰进行重点刻画,并且突出地描写了巨峰高、大、奇的特点。巨峰山即崂山山顶,也就是崂山最高的地方。巨峰素有"万山之祖"的尊称,此峰经过千万年风雨的吹打变得峭立挺拔,其中有许多奇秀险峻的岩石,堪称鬼斧神工之作。然而一座名山只有险峻的高峰是远远不够的,还要有清澈的泉水,悦耳的鸟语,沁人的花香和幽邃的穴洞,所以作者在简要概括巨峰奇秀的特点之后,就把笔墨的重点落在了白云洞上。作者首先介绍了白云洞的地理位置——位于巨峰的山巅上。设想一下,崂山已经是可与泰山相媲美的海上仙山,山势极高,巨峰是崂山的最高之处,而白云洞又位于巨峰的山巅之上,可以想见洞穴的深幽,这不是一般人可以到达的,所以作者用了"深而明"来形容。在洞穴旁边有清澈的泉水,一洞一泉,一静一动,动静结合,给人一种缥缈出世、妙不可言的美感。白云洞有仙气,这是作者的切身感受。他说即使是在晴空万里的季节,因为洞穴直抵云霄,海雾云霞缥缈缭绕,也会使人有一种朦胧似幻的感觉。再加上云雾大风等天气状况不停变化,更使得洞穴的景色变幻多端,所以作者才会发出"漠然不知其所之矣"的感慨。白云洞有仙气还有一个重要的原因,那就是地势险峻,人迹难至。作者写其海拔高,气温低,天气严寒,又经常有大风呼啸,非有神仙之力不能到达。这不仅从正面强调了白云洞的仙迹,也从侧面写出了登山访洞的不易。

在叙事角度上,本文夹叙夹议,不仅仅是一篇注重描写状物的游记,字里行间还夹杂着作者的人生感悟和生活见解。站在白云洞前,作者目睹这奇幻之境，不禁追忆起早些年那些曾经游览过的地方。作为一位遭贬的"闲人"，在政治理想、人生抱负不能实现的时候，作者寄情于山水，游览过许多地方，然而在这里他却说"山之见知与不见知而亦有幸不幸存焉"。这种慨叹不仅仅是在将白云洞和其他地方的景点进行比较后得出的，也是在作者将自己的个人经历与白云洞的未为人知结合之后得出的。为何这么仙气氤氲的白云洞却得不到世间所知和称赞？为何这与泰山差不多高耸的崂山却比不上泰山有名？作者解释道"而胸山、琅琊、之罘，以秦皇之游览也，人人知之"，琅琊等山也有自己独特的风格，并不是一无是处，然而不能否认的是，秦始皇的垂青的确为其增添了广泛的知名度。山是静止的，人心是浮动的，在君主专制的封建社会里，以君主的喜好为个人喜好者，大有人在。而崂山为何得不到君主的赏识？这与它的地理位置有一定的关系。崂山位于东海之滨，地理位置较为偏僻，加上地势险峻，不易攀登，因而很少有人选择游览。难道，地理位置的偏僻与否是衡量一座山奇秀仙灵的标准吗？从作者的字里行间我们可以看出他对此深深地不解，也表现了他对崂山未为人知的愤懑。这种愤懑掺杂了作者坎坷人生的辛酸。前面提到，蓝田曾经做过监察御史，并且在做官期间为人清廉，素有抱负，然而中途遭贬，郁郁不得志，不得已回家赋闲。可以想见，作者内心对此一定是有郁闷愤恨之情的。看到崂山未为人知，作者自然会想到自己的遭遇。这种比拟的情况在中国历史上比比皆是。许多文人墨客因故遭贬之后，都会借景抒情或者托物言志，或者"采菊东篱下，悠然见南山"（陶渊明《饮酒》），或者"我劝天公重抖擞，不拘一格降人才"（龚自珍《己亥杂诗》）。典型的如欧阳修在《醉翁亭记》中写道"醉翁之意不在酒，在乎山水之间也"。其实，山水之间也只是表象，根本还是借山水抒真情。本文也有着异曲同工之妙。作者并没有极力渲染自己的满腔激情，而是仅用"山川且然，而况于人乎"这九个字。通过这简短的评论，以小见大，将感情淋漓尽致地表现出来。文中提到的道人张某，应该就是武当派创始人张三丰。他是道教中的一个重要人物，曾经在崂山著书教学。崂山不仅自然风景优美，人文历史底蕴也极其雄厚，尤其是道教文化更是源远流长,这其中离不开张三丰的功劳。作者借用道人张某的言论来表现白云洞的"仙风道骨",这里可以傍日月,集天地之灵气,聚日月之星光,是修身养性、涵养性灵的绝佳之处。又借元武之神来加以衬托。元武,又名玄武,相传为北方之神,形似龟,有的说是龟和蛇结合体,它与青龙、白虎和朱雀并称四方神。神通广大的北方之神才能到达的地方,自然是仙气缭绕的世外桃源了。而作者在有幸亲临后,选择在洞内静心修行,习炼形之术。所谓的炼形之术,就是通过气功修炼身体,应该类似于现在的太极、瑜伽等休闲运动。在人生不平之时亲临仙境,自然会有一种超脱物外的选择。而炼形的选择恐怕也是想在有限的生命中获得一种精神上的无限自由和宁静吧!

除了前面提到的在语言和结构上的几个特点,这里还有一个特点需要指出,就是对比手法的大量运用。有古人和今人不同游览的对比,有自然和人生的对比,有泰山和崂山的对比,也有洞内和洞外的对比等等。这些对比手法的熟练运用,不仅将比较双方的各自特点清晰地表现出来,而且通过比较又能看到各自的差异之处。用哲学术语来说,就是"个性与共性的统一"。在文章的最后,作者点出自己此次游览的时间,接着将视角自然过渡到洞外,站在巨峰山巅,遥望远方,俯视大海,直面缥缈缭绕的云端,感受着大自然的一朝一夕,一动一静,一变一化。在这里,作者的语言非常华丽优美,又气势磅礴。他写道:"面各数百里,海涛蜃气,起伏汹涌,而岛屿出于其中者,皆若飞鼋来往,旦夕万状,连锋有无,远迩环绕,村墟城郭,隐隐可指数,神观萧爽。"远处海天相接海水拍打着礁石,迸溅出一朵朵浪花,发出铿锵有力的声响,时不时会有雾气萦绕,现出一片海市蜃楼,似真似幻,似梦似境,颇有一种神仙境地的感觉。而海水中星罗棋布的岛屿礁石,在海水潮起潮落中若隐若现,时有时无,显得非常奇妙。"山气日夕佳,飞鸟相与还"(陶渊明《饮酒·其五》),空中不时有自由翱翔的云鸟飞过,来来往往,络绎不绝。接着作者又将视角转向时辰和四季不一样的崂山风景。清晨和傍晚的崂山景象不同,不可一一名状。远山环绕着崂山,在山势稍微平坦的地方,有若干人家,想必他们是淳朴的山民或者是隐遁于尘世的道者。作者面对这一幅幅奇妙景象惊叹不已,顿时感觉心情舒畅,忘却了尘世间的烦恼和忧愁。这样淋漓尽致的描绘,除非身临其境,否则无法体会,而这样的情感如果没有上乘的语言功夫也是刻画不出来的。作者不仅有性情,更兼有才情,所以才会写出这样动人的游记。

作者在游记的最后抒发了自己的情感,这也可以看作是本文的点睛之笔。作者夜宿白云洞中。设想一下,在这人迹罕至的地方,一个人可以有充足的时间静心冥想,忘掉繁杂琐碎的事情,参悟人生的道理。而作者也的确是这样做的。在苦思冥想之后,他情感喷发,情不自禁地在石岩上题诗作赋,首先写这个白云洞是由道人张某发现的,接着远引唐代大诗人李白的诗句"我昔东海上,劳山餐紫霞"(《寄王屋山人孟大融》)。李白的豪放潇洒想必也是作者心驰神往的一种人生境界吧!然而作者的思想不仅仅停留于此,他经历过许多人生的坎坷,知道世事不由人,于是发出慨叹:"呜呼!安得断弃家事而餐霞洞中,弹琴鼓缶,以咏屈子《远游》之篇也哉。"是啊,世间有太多身不由己的事情,也有太多的牵挂和不舍,又怎么能够做到洒脱和自由呢?而餐霞洞中,弹琴鼓缶,自在逍遥,何尝不是作者心中的一种理想。在文章最后,这种对比因为契合着作者的心境而显得特别真实和强烈。

鳌山记

明·陈沂

鳌山,亦曰劳山,有大劳、小劳。《齐记》谓:泰山高,不如东海劳。秦始皇登劳盛山,即此,以劳于陟也。在今即墨之东南四十里,东西南直距海上,山形延亘如城雉,峰起如堞,纵横高卑,直突旁拥,相系凡五百余里。[1]其奇峰怪石,不能以状;崩崖幽谷,深岩绝壑,峻岭曲崦[2],不尽以名;栖禅炼真灵异之迹,不可以遍。土人以峰名崮,山多崮[3]名。

注释:

[1]延亘:亦作"延亘",绵延伸展。城雉:城上短墙,亦泛指城墙。堞(dié):城上如齿状的矮墙。

[2]崦:山坳;山曲。

[3]崮:四周陡峭、山顶较平的山。

嘉靖癸巳九月二十有二日,余按县至自胶,闻蓝侍御玉甫悉山之胜,云土人不易到,不能自遍,期杨允中达甫不至。[1]越二日,与玉甫出东郭三十里,由三标山出海上,高莽中十里累累数邱[2],一高起曰鹤山。至则攀陟,亦峻石谽谺磊砢[3]凭借为磴,松多偃枝古干,夹石而上,一道宫曰"遇真庵"。后有洞,洞旁石室,道人邱长春大书"鹤山洞"镌[4]于上,余亦勒同游岁月。鹤山,鳌之东麓也,西南诸峰插天,横亘数重,望之若剑戟羽镞森列,而恍然若云立海滨。

注释:

[1]按:考察,巡视。悉:知道。土人:本地人。期:约同,会。

[2]邱:同丘,山丘。

[3]谽谺磊砢(hān xiā lěi luǒ):谽谺,指险峻的山石;磊砢,亦作"磊坷"、"礌砢"指众多委积的石头。

[4]镵(chán):刺、凿。

东南行二十里,皆巉岩,一峰深秀,多长松怪石,由丛石历块,转折成路。[1]至狮子岩下,有台宇,乃宋太平宫也。岩侧二石,结架如户,出其上时,夕阳在峰顶,海清撞激,直至峰下。[2]是夜,宿道人居。夜半,月色潮声不能寐,起坐台际。鸡鸣与玉甫登岩,见日自海隅涌出,云霞异色,海气苍莽,日光浮金万里,世之大观也。是日,岩下题石门曰"寅宾岩",大书一诗。从宫之南,渡飞仙桥,寻白龙、老君、华阳诸洞。降嶬舍舆乘以兜,从者徒步,缘海滩乱石间行。[3]转入山麓,遵海而东,历翻燕岭,下临不测,屡策杖惴惴。[4]由[5]恶水河、乱石滩,皆海涛中行出。山回,从蛟龙嘴、歇肚石、黑松林,皆山腹处,极险,非人迹所到,有下清宫,宫在山隅,不能至。[6]

从黄水滩西北,入山中凡三十里始有人居,就树下饭。由山径历黄山崮,观音崦,皆矗起数十百仞,极奇秀。又三十里,入群岫间,有北峰,峻极。山半隐隐台殿,至则巉削攀绝,僧垂木阶下,乃援而升。上有石洞,额大书"明霞洞",大定辛未题。余勒诗一章。其中空洞,上如厦,环石如堵,前后户牖[7]。洞左有佛宇僧庐,右石门。从磴数百级,上绝壁数仞,下视沧海与天浮动,岛屿皆空。壁下有草庵,老僧定处。是夜宿洞中。

注释:

[1]巉岩:一种陡而隆起的岩石。历块:凹凸不平的岩石。

[2]户:一扇门。

[3]兜:一种简单的人力代步工具。间行:从小路走。

[4]遵:沿着。不测:不测深渊。

[5]由:经由,经过。

[6]山回:回到山里的意思,倒装句式。从:经过,经历。

[7]户牖:门窗。

明日辰,饭毕,下山,经石瓢、清凉甸、聚宝峰,三里,小峰下有道院,亦宋所建上清宫。宫旁,石涧跨朝真、迎仙二桥,桥侧巨石镌诗十绝,亦邱长春书,字画端整。余书《如梦令》词于右。

由宝珠山、分水河,十五里登天门山,极峻险,峰多奇状,如仙释[1]拥出山口。复有二峰,若石垒就,高数十仞,两楹相峙,上逼云际,下瞰沧海。有丘长春大书"南天门"字,大抵海上之山,人迹罕至,道释之外,鲜有登陟,丘盖宋南渡后避世于此者。从天门南下,历数十峰,初视若蚁壤,且近,行数十里不绝,每峰皆峻大,而仰莫及者。降至麓,濒海上曰韩寨。一道院曰"聚仙宫",碑勒元学士张起岩记。饭于宫。

复西北入山,循淹牛涧、砖塔岭、僧帽石、大风口、三里河、小风口、瘦龙岭、清凉寺、仙迹桥、金刚崮,二十里至巨峰。最高而奇、周山之峰,异状百出,徘徊不能去。巨峰下,数石百仞壁立,梯穷径绝,有两石若劈处,见一窍,上闻犬声。一僧垂木梯下,请升[2],遂援之而上。由壁中行,转至一茅庵,甚明洁。左有佛宇,嵌崖隙甚幽。西北群峰,直出其后,东南海色相映,庵前牡丹诸奇花,偃松异木。其建筑木石,所植花卉,皆僧负戴梯而至之,但苦行无智慧心,余留二偈于石壁间,乃悟供具麦饭野薪,谓不图得遇善知识[3]。是夜宿庵中,僧立牖下竟夜[4]。明日,题其夹石处曰"面壁洞",纪同玉甫来游事及侍从之名。洞上壁,大篆"灵鹫庵"三字。

注释:

[1]仙释:犹言仙佛。

[2]请升:请,敬辞,用于希望对方做某事。请升即请我们上去的意思。

[3]善知识:佛家向上修炼之认识。

[4]竟夜:整夜。

从故道十五里,出海滨,循山麓西北行,皆平地,侍从者始骑。四十里,至华楼山下。玉甫有别墅,即其祖赠[1]侍郎公之墓侧。从墅后缘涧仄径而陟数里,至巅,松千株,接偃盖[2]。从石隙间深入,有万寿宫、老君殿。少憩,寻翠屏岩,余梯而大书之,时已晚,宿道人庵。明日晨起,与玉甫寻古遗迹,周山之石摩勒殆遍,多金元人作者。从王乔崮至凌烟崮下,题同游岁月。峰隙见海色远映,道人吹笙笛于高架崮上,飘然有物外之想[3]。遂循金液泉、夕阳涧、石门山至清风岭小饮,题名于岭之石间。又步至华表峰下,曰"聚仙台",其峰垒石数十仞,峻拔且奇秀。少焉,与玉甫别。

注释:

[1]赠:古代皇帝为已死的官员及其亲属加封。

[2]接偃盖:指松树枝条相互交接掩映。

[3]物外之想:尘世以外的念想,指脱离尘世寻仙访道。

至是,山游凡五日,行三百余里,玉甫所计行踪止宿,不失尺寸。其弟囦、因于穷绝处,设乾糇、醑茗、楮笔、丹墨具在。[1]从行兵吏,虽跛足不前,而兴亦不浅。山樵海渔之人,争效舆力,石工数辈,分处供事,故余之兴亦豪。[2]所得诗二十余首,去今以往,想莫有继之者矣。下华楼山,复乘舆,四十里至县所。未至者,五龙岭、下清宫、黄石宫也。海中诸岛,东有大管、小管、东门、沧州,南有鲍鱼、老公、车屋、大古、小古、浮岛,皆登陟所见者。

注释:

[1]囦(yuān):古同"渊"。乾糇:干粮。醑(xǔ)茗:美酒香茶。楮(chǔ)笔:纸笔。楮,纸的代称。丹墨:朱墨和黑墨;古人用于书写与点校书籍。

[2]舆:泛指地位低微的人。辈:等,类;这里指人。供事:奉事;履行职责。

【赏评】

明代正德年间(1506—1521)有三位学者并称为"金陵三俊"。他们是顾璘、王韦和陈沂。陈沂字宗鲁,号石亭,因为他非常喜欢苏东坡,故又称小坡。陈沂曾经担任过许多官职,如授翰林院编修、江西参议等。他擅长诗文,也善于绘画,在书法方面亦有很深的造诣。陈沂任职山东时,曾遍游崂山,留下了许多诗文,至今在崂山的许多景点仍可见他的勒石题刻。《鳌山记》写于嘉靖年间(1522—1566),也可以叫作《劳山记》,主要记叙了陈沂和好友在游览崂山的五天中发生的事情。

游记即是记叙游览经历的文章,历来流传于世的游记无不贯通着"景中有情,情中有景"这一法则。欧阳修《醉翁亭记》曰"醉翁之意不在酒,在乎山水之间也",柳宗元《小石潭记》有言"潭中鱼可百许头,皆若空游无所依。日光下彻,影布石上,佁然不动;俶尔远逝,往来翕忽。似与游者相乐"。《鳌山记》也是如此。全文不足两千字,景物风情却描绘得详略得当,字里行间充溢着游览时的所感所叹。

本文开篇先写鳌山的由来,鳌山又名劳山,并且有大劳和小劳之分。现在我们称其为崂山,在古代有劳山、牢山、辅唐山、鳌山的数称。而作者在这里为何单称鳌山?这是一个非常有趣并值得探讨的问题。崂山这个名字相传是道人丘处机最早使用。他曾经游览过崂山,非常喜欢崂山,觉得崂山蔚然别致,因此又称崂山为鳌山,其诗中有"卓荦鳌山出海隅"之句。然而,鳌山这个名字,据史料记载,较早是出现在元代的碑记。"明洪武二十一年(1388),山东立卫以防倭寇,曾在即墨县设鳌山卫",对此卫名称之来源说法不一:一说因鳌山而得名;另一说"因僻处海隅,山脉蜿蜒来自西,十字街之东西南北有天然石磊数处,其形如鳌,遂以鳌山名卫"(《明史·地理志》)。从这里我们可以推测,陈沂对于丘处机是欣赏的,至少是肯定的。结合他少年慕东坡,自然也追求一种乐观豁达、宏大宽广的胸怀。引用《齐记》所述,借泰山对比崂山,先声夺人,又借秦始皇游劳山展开全文。写山先详细介绍其地理位置和环境地貌。对于山势特点,只用寥寥数语,却抓住了其主要特点,"山形延亘如城雉,峰起如堞",高低起伏,变幻万千,一眼不能穷尽,巍巍壮观。紧接着以三个排比句突出鳌山的三大特点:奇峰怪石多;幽谷深渊多;禅院寺庙多。这样从宏观上先给鳌山一个简要概述,为接下来详细浏览做了一个很好的铺垫。在引经据典铺陈鳌山之高后,又借玉甫之言"云土人不易到"侧面烘托鳌山的高,同时也交代了自己此次出游的目的。对首先攀登的鹤山,极尽描绘之词。古语云"泰山虽云高,不如东海崂,崂山最秀奇者,首推鹤山焉",实际上,鹤山乃鳌山余脉,位于即墨,并不是主山。鹤山风光的主要特点就是山奇,山川草木花鸟奇石,倘若一一道来,不免庞杂无趣。作者巧用比喻,"西南诸峰插天,横亘数重,望之若剑戟羽镞森列,而恍然若云立海滨",将诸峰比作利剑穿云,形象地写出山峰之尖峭,仿如高耸的宝剑直插云霄。鹤山上有一庵一洞,庵就是遇真庵,鹤山道教文化源远流长,全真道龙门派师祖丘处机曾云游至此,在鹤山接待客人教授学徒,而遇真庵即为其讲道之所,遇真即为"遇真人"之意。洞为鹤山洞,上面题有丘真人字。近观道教文化,远望奇石浮云,此情此景,足以畅叙幽情,抒怀吟志。鹤山游毕,转而东南行,山峰耸立,怪石丛生,看似"山重水复疑无路",忽然转至狮子岩,转折成路,又"柳暗花明又一村"了。期间拜访太平宫,宫外有巨石,刻有丘真人咏崂山二十首诗。至傍晚,夕阳西下,却似一轮火焰挂在峰端,而峰下海石相撞,惊涛拍岸,声势浩大,动静结合,极富美感。而最出彩的就是夜宿人居。本来游览了一天崇山峻岭,应该非常疲惫了,可作者看到皎洁月光进窗映照,海潮之声连绵不绝,又激起了心中无限澎湃之感,于是起坐静观,虽然没有点出心中所感,但通过对客观的描绘,已经将我们带入了一个奇幻之境。清晨的云霞日霄与傍晚是截然不同的。日光仿如从海中涌出,磅礴气势,扑面而来,霞光冲天,云端海雾缭绕,难怪称其为"世之大观"。此景深深触动着作者内心,作者赋《寅宾岩》诗曰:"潮涌仙山下,楼台俯视深。赤阑横海色,碧丸下峰阴。片石千年迹,孤云万里心。举杯清啸发,振叶欲空林。"作者所题的"寅宾洞",源出《书经》"寅宾出日",意谓恭而敬之,引导日出(陈沂《畜德录》)。从此,在狮子峰上看海上日出,名为"寅宾出日",列为"崂山十二景"。仙石奇境,仿如屹立千年,横穿万里,古往今来,曾惊叹多少慕名而来的游客,而今自己有幸观赏,不觉举起酒杯。一个空字,以静衬动,将作者之情与景物之美融洽结合。随后作者谈道,因为路途岩石险峻,弃车步行,沿海翻山,游走在茂林重山之中,这个时候,"下临不测,屡策杖惴惴",用拐杖探测道路,用惴惴描摹心态,不觉让我们想起苏东坡的游记"大石侧立千尺,如猛兽奇鬼,森然欲搏人;而山上栖鹘,闻人声亦惊起,磔磔云霄间;又有若老人咳且笑于山谷中者,或曰此鹳鹤也"(苏轼《石钟山记》)。可见山势之险峻。接着用了一个"极险,非人迹所到",再一次从侧面烘托山势险峻,同时也可以体会到作者因人力无可奈何的惋惜。在接下来对黄山崮、观音庵等景点的记叙中,作者言简意赅,用"极奇秀"、"峻极"等词。山势峻险至极,不愧是海上第一名山!然而就是在这样峻险的山峦中,却隐约现出台殿,寺僧缘木而上下,可以看出当时道教人士淡泊名利,一心休养生息的旷达风尚,此台殿即为著名的明霞洞。该洞凿于金大定二年(1162),相传张三丰曾定居于此。洞前开阔,环境幽雅,当你身处凡尘浮躁时,在此感受鸟语花香,流溪曲水,洗去尘埃,是佛禅难得的休养生息的好地方。有诗为证:"千岩万壑吐朝霞,石蹬蜿蜒竹径斜。快步登高迎旭日,漫天薄雾织金花。""白云足下绕苍松,大吼惊空气荡胸。丹嶂翠屏遮望眼,霞光水色仙姿浓。""玄武千寻餐紫霞,修林茂竹气清嘉。悠悠石洞空衰草,斗母宫前几物华。"(《明霞洞》七绝三首)作者说自己也题诗一首,然而诗的具体内容现在却无法得知,想必也是触景生情后抒发放达豪迈的感慨吧!随后又写到石瓢、清凉甸、聚宝峰的景点。这里有一点需要一提的是,太清宫作为鳌山寺庙中规模最大,历史最悠久的寺庙,作者却没有太多笔墨对此进行记叙,不知是什么原因。在接下来的南天门和聚仙宫的描绘中,尽遣丘真人诗句,同时以自己远近视角的不同为对比,以小见大,写山峰"而仰莫及者"。紧接着作者又沿着西北游览,足迹遍布淹牛洞、砖塔岭、僧帽石、大风口、三里河、小风口、瘦龙岭、清凉寺、仙迹桥、金刚崮等景点,最后来到最高峰——巨峰。作者称其为"最高而奇,周山之峰,异状百出,徘徊不能去"。寥寥数语,点出巨峰奇特险恶之势,令作者徘徊怅惘,犹豫不决,不知如何行进。围绕着巨峰,重点突出的是僧人,正所谓"山不在高,有仙则名;水不在深,有龙则灵"(刘禹锡《陋室铭》),鳌山上的道士僧人即为此山名士,你看他们不畏艰难,垂木梯,攀石壁,淡泊名利,种树栽花,怡然自得。正如陶渊明所说的"采菊东篱下,悠然见南山"(《饮酒·其五》),而作者自然也被这种闲适生活所吸引,并向往之。只是恨自己凡夫俗子,没有通达智慧之心,不能领悟道义,所以发出"但苦行无智慧心"的慨叹。

在茅庵夜宿一晚后,作者第二天在夹石处刻字留念,记叙自己和好友玉甫游玩一事,饶有兴趣的是,题刻的是"面壁洞"三字,为何留念要用面壁形容? 这应该和作者连续几日感受到的鳌山独特景致以及博大的道教文化有关。在苍茫的大自然面前,个人是渺小的,而身处尘世中,又有许多无可奈何的事情,追叙过往,定然有许多遗憾和不舍,因此用"面壁"二字指所体验到的人生真谛。与此同时,又在石洞上大写"灵鹫庵"三字,而这个灵鹫庵其实是有来头的。首先,上方有一突出的岩石,从远处看像一只巨鸟,在形状上就像一只跃跃展翅的灵鹫。另外,灵鹫与道教也有密切的关系。沿着海滨西北行走了大约40里后,作者与好友一行来到华楼山下。相传,院内置有元代大学士赵世延撰文石碑一座,宫外有"海上名山第一碑"。而作者也介绍道,好友玉甫在此有别墅一座,想来也是安放身心、休闲养生的好去处。别墅周围,郁郁葱葱,松柏万千,远望仿如大盖,层层叠叠,遮天蔽日,显得幽深静谧。第二天,作者又与玉甫遍寻古迹。的确是这样,一座山如果仅有鬼斧神工的自然奇观是不够的,还要有深切厚重的历史人文,而鳌山就是这样的一座海上仙山,如作者所说,"周山之石摩勒殆遍,多金元人作者"。穿越历史的天空,度过时间的轨道,古今多少才子名人曾驻足于此,触景生情,写下感人至深的诗句,为鳌山增添了厚重的光辉和色彩。而作者陈沂工于诗画,自然也会留下自己的诗句,于是有"题同游岁月"的记载。接着作者又描绘了一幅精美绝伦的海山相接图,高耸的山峦间,眺望远方缥缈虚幻的仙云海景,仿如海天已经相接,滔滔江水如天上奔涌而来。然而这绝美之境还不仅仅止于自然风光,"道人吹笙笛于高架崮上,飘然有物外之想",这是何等出世脱俗的画面,让人不禁想起苏轼的"浩浩乎如冯虚御风,而不知其所止;飘飘乎如遗世独立,羽化而登仙"(《前赤壁赋》)。于是作者不禁在清风岭举杯小酌,抒发心中欢愉,此情此景,又像极王羲之《兰亭集序》里的"一觞一咏,亦足以畅叙幽情"之描写。有山有水,有酒有情,这样的游历当然是心旷神怡的。作者最后游玩的景点是聚仙台。聚仙台也有一个美丽的传说。相传当年王母娘娘蟠桃会酒后送八仙至崂山"聚仙台",在这里观看周围环境,因为此地胜似仙境,便决定在崂山休息一晚。因为众仙聚集,充满灵气,故曰聚仙台。作者在最后进行了游记总结,从字里行间可以看出他是非常尽兴和满意的:"从行兵吏,虽跛足不前,而兴亦不浅","山樵海渔之人,争效舆力,石工数辈,分处供事,故余之兴亦豪"。兴之所至,才能写出这样一篇情意隽永的游记。

陈沂的这篇《鳌山记》,有许多鲜明的特点。第一,叙事上详略得当,对于游览的缘由、起始都有清楚的交代,但重点却放在游览的过程中,又抓住几个高潮的片段,比如月夜坐起,巨峰观海,清风岭畅饮等,这样不仅使得游记结构完整,逻辑清晰,更恰如其分地突出了鳌山的奇、美、秀、仙。第二,在生动描绘鳌山自然景色的同时,巧妙穿插引入厚重的历史人文知识,这样情理兼容,极大地丰富了游记的内涵。比如对于道教文化的介绍,对于名诗名句的评点等,真正突出了鳌山的性灵之气。第三,语言上质朴简洁。游记贵在有真情实感,情到言到。作者摒弃了华而不实的空洞修辞,选择贴合大自然的淳朴语言,读来有如清风拂面,清新自然,同时又恰当使用叠语词,读起来朗朗上口,能体会到富有节奏的韵律美。

总体来说,《鳌山记》是一篇情理兼容、情言相融的优美游记,对于鳌山的自然环境、风土人情、道教文化和悠长历史都有详尽细致的记述,同时又渗透着作者游玩时的所悟所感、所闻所想,以清新质朴的语言,描绘了一幅仙风道骨的鳌山奇境,读来令人心驰神往。

游劳山记

明·邹善

隆庆戊辰孟冬之望[1]，邹子善携诸生游大泽山，兴勃勃未已也，遂订劳山之行。

越明日抵平度，明日抵即墨，雨阻一朝夕，越震霁，遂与杨尹方升、李博士邦奇、董博士璠外、郡举人朱鸿谟、王道明、齐一经、杨耿光、李如旦辈三十余人，由东南行五十里至鹤山，登其巅，望东海了无津涯，心目恍然，非人间境。王别驾九成、朱守备衣携酌岩下，幕天席地，乐融融也。

注释：

[1]孟冬之望：即十月十五日。孟冬，冬季的第一个月。望月圆，农历每月十五日前后。

由鹤望上苑行，峰峦层叠，咸莲花状耸云霄中。将暝，至上苑，寻邱长春炼药处。坐已，道人报，月上矣，遂登狮子峰观月，月色映海，波已溶溶不可状，而暮潮复撼激峰山有声。取酒酌崖头，诸生放歌，铿然与海涛应，不知身之尚在人境也。卧未几，道人鸣钟以唤客，于是骈兴复上狮崖，东向倾之，满天霞彩，绚灿映海中，海面尽赤。[1]又顷之，红光一道从霞彩中直冲霄汉，咸曰：此旭日升处也。又顷之，如大银盘中涌一朱轮，荡漾上下，若熔金状，已而渐升，咸谛视无瞬[2]。予顾诸生曰："斯时念有妄[3]乎？"不谋而一口应曰："无之。"于是再酌复歌，更为明崖赋曰："闲玩明明崖,日月递来往,沧波渺无涯,空明绝尘想。"下憩于老君洞,杨令曰:可更额为"犹龙"。

注释：

[1]骈兴:指兴致未尽,一兴又起。倾:向往,心思神往。

[2]咸谛视无瞬:都仔细观看不到一瞬,形容景象变化极快。

[3]妄:妄想,尘世的念想。

复观仙人桥、白龙洞,眠龙石而行,约山行五十里,至华楼,月隐隐映松林间,清光逼人。越晨,观玉皇洞,涉玉女盆,复稍东,坐仙岩以望巨峰。或曰,上苑南即上宫,华楼东为巨峰,游若有未尽者,海之奇,尽上苑,山之奇,尽华楼,涉固不能尽,亦不必尽也。复游南天门,坐平石上,石如台,前列华楼,后环攒峰,右左覆松数千株,苍翠可掬,天风飒飒,时来作海涛声,与歌声相和,于是纵歌复酌,浑如身历蓬壶中,数时矣,予复问曰:"此时念尚有妄乎?"[1]亦咸应曰:"无之。"时孙二守元卿、黄大尹作孚设酌[2]。饷罢,下华楼,见一石岩甚奇,问曰:"此何石?"众曰:"此所谓接官亭者,"因更之为"迎仙岘"[3]。赋曰:"相逢俨列仙,人吏谢凡缘,传呼仙子避,绝倒石崖巅。"复穿黄石洞,游黄石宫,相顾慨伐树者之愚,与造石樗何异。及暮,兴尽而后归。

注释：

[1]攒:集聚。蓬壶:即蓬莱;古代传说中的海中仙山。晋王嘉《拾遗记·高辛》:"三壶则海中三山也。一曰方壶,则方丈也;二曰蓬壶,则蓬莱也;三曰瀛壶,则瀛洲也。形如壶器。"

[2]作孚设酌:诚信恭敬地摆设酒宴。

[3]岘(xiàn):小而高的山岭。

夫岩壑之幽,沧溟之广,日月之奇,数日可谓遍历而备尝之矣。方其对山水,玩日月时,其心寂寂然、廓廓然、炯炯然,[1]何也? 嘻! 吾心本自幽邃,本自广大,本自光明,一有所触,则心境会而本真露,斯固吾人平旦时也能真识此体,而时保之。处尘坌不异清境,居屋漏常对真明,则志气如神,喧寂一致,方可以言学,方可以言游。[2]不然幽还岩壑,广还沧溟,明还日月,依然旦昼之牿[3]已矣,而又何取于斯游。六一公云,醉翁之意不在酒,在乎山水之间。予谓,兹游又或不专在山水间。因放歌曰:"到此浑如尘外人,不须炼药问长春。千峰离却人如旧,不负千峰负此身[4]。"又歌曰:"观日崖头奇更奇,万缘何处总无知。欲求别后真消息,常似狮崖对日时。"[5]诸生相对,咸惕然[6]有省。遂书以为游劳山记。

注释:

[1]廓廓然:安定貌。炯炯然:内心明澈安然貌。

[2]尘坌:尘世。屋漏:古代室内西北隅施设小帐,安藏神主,为人所不见的地方称作"屋漏"。

[3]牿:古同"梏",桎梏,束缚。

[4]不负千峰负此身:不是说辜负了这雄秀千峰,而是辜负了自身真性。

[5]此歌意思是说,观日崖头一别,不知何时有缘再见,想要知道你我别后境况,不要忘记,定当要按观日崖头所悟之理生活。

[6]惕然:警觉省悟貌。

【赏评】

　　崂山作为海上第一仙山,历来有诸多文人墨客攀登游览过,并且留下了许多诗赋词句以及游记文章等。明代邹善的《游劳山记》详细记述了他及众友人游览崂山的所见所闻、所感所想,语言极其优美,骈散结合,富于韵律感。写情状物上情景交融,描绘了多幅奇幻仙灵的世外美景。说理议论上,夹叙夹议,有感而发,引人深思。

　　开篇交代了此次游览的时间和缘故。冬季的第一个月,作者和众友人游览过大泽山后并不尽兴,于是商议再度游览崂山。寒冷的冬季,多地的游览,这寥寥数语透露出作者寄情山水的真性情和真兴趣。行程的一开始并不是一帆风顺的,因为大雨滂沱,加上雾气阻隔,在即墨停留了一日。作者一行人首先攀登的是鹤山。鹤山位于即墨,与现在所说的崂山还是有距离的,它是崂山北部的一座山,因为山顶有块状巨石形似仙鹤而闻名。作者没有记述这块巨石,但却描绘了登上山巅,俯瞰云海的场景。茫茫云海,无边无际。这变幻多端的仙境使得作者心旌摇曳,恍然不知所至,于是发出"非人间境"的慨叹。面对这样的仙境,一行人按捺不住激动的心情,于是备好美酒佳肴,席地而坐,把酒言欢,畅叙往事,其乐融融。

在游览过鹤山后,作者一行又接着游览上苑。关于上苑山峦的特点作者描写得绘声绘色,层峦叠嶂,直言山势的连绵起伏,广阔无垠。接着写到山峦都好像盛开的莲花一样耸立在缥缈的云雾中。这种比喻不仅极富美感,而且化静为动,具有一种流动的动态美。天色将要暗淡的时候,作者一行人才登到山顶,而他也交代了登山的一个目的,就是找寻丘道人当年炼丹的地方。关于他们是否仍然相信丹药我们不得而知,但是对于生命永恒的追求却一直是人们的共同心愿。接下来的夜间赏月和晨看朝霞是本文自然景色描写最出彩的地方。夜色已至,月亮升起,作者一行人便登上狮子峰,静赏月色。站在山巅之上赏月和身处尘世中是不一样的,有闲情雅趣赏月和刻板有意为之的情趣也是不一样的,而这两者作者一行人都具备,于是一幅恬淡静好的月夜图就通过作者优美的笔端缓缓地浮现出来了:月光柔和地洒在一望无垠的大海之上,随着浪花闪烁翻腾,海水与月光自然相融,朦朦胧胧的,难以直言其情状,而这静静的柔和之美,也不尽是夜色的全态,大海毕竟是雄伟壮阔的,潮水断续拍打在山峰峭石上,激荡出铿锵有力的声响。一动一静,一刚一柔,美不胜收。此情此景,自然引得作者一行人心情豪迈,于是把酒放歌,纵情言欢,浪花的每一次声响,都伴随着游人们的回应。人与自然和谐相处,融为一体,这实在是登山的一大乐趣。日有昼夜之分,月色再好,也会有消逝的时候,但不必惋惜,因为即将迎来的是满天朝霞。在把酒言欢之后,没过多久,天色已经开始渐渐通明,于是一行人又登上狮子峰。看朝霞和落日当然要登高望远了,只有身处这种境地,才能领略那种大气磅礴的美。事实也的确这样,只见满天的霞光铺满整片天空,映照整片大海,湛蓝的海水此时也变幻成赤红色,一片火红的景色,又过了不久,一道红光仿佛冲天火焰从霞光中冲出,同行有人说太阳就是要从这里升起,而事实也的确如此,过了不久,就看见红光逐渐呈现银盘状,红红艳艳,好像不停燃烧的金色火焰。作者一行人被这种超然于世的景色深深迷住了,都目不转睛、屏息凝神地观望着。在这个时候,作者大概也是心有所触,于是回头询问众人:此时此刻,大家心里还有其他的杂念吗?这个问题问得非常好,人们生活在尘世中,面对世事繁杂,筋疲力尽,难免心中有所挂念,而自然美景却有一种净化心灵,去除尘垢的作用,在纯净的自然面前,人类不仅仅是渺小的,还是沾有污垢的。众人的回答也代表了他们的一种心愿。他们不约而同地回答"没有"。可见,这种美景的确有一种直抵人心的作用。于是,众人在接受了这自然的馈赠后,心里不觉空明了许多,心情也变得豁然开朗,极为舒畅,饮酒自然就成了抒发心志的最好的方式。众人再次把酒言欢,题诗作赋,曰"闲玩明明崖,日月递来往,沧波渺无涯,空明绝尘想"。

一行人继续往崂山深处探索,先后到达仙人桥、白龙洞等地方。沿着山路行走了大约50里,到了崂山另一个美丽的景点华楼。月光仿似害羞的姑娘,隐藏在山竹当中,朦朦胧胧而又清秀逼人。大概是一路走下来只顾着欣赏景点,不知不觉走得太久了,作者一行人显得有些疲惫,于是坐在仙岩石上休憩。远方是高耸巍峨的巨峰,在休憩的时候,作者不禁发出了感叹,崂山实在是太广大了,想要穷尽显然是不可能的,最美的山海风景可以选择上苑,最奇秀的山川风景可以选择华楼,饱览了这两处美景也就不枉崂山之行了。作者又由此生出感悟:崂山的美景不可能看过。人生亦是有缺憾的。紧接着,作者一行又来到南天门。南天门的地理位置是相当优越的,这里地势相对平坦,岩石也如平台,可以供人休憩。前面就是华楼,背靠层峦的山峰,左右是密密麻麻的松树柏树,清幽而有禅意。阵阵清风吹动着松柏,发出籁籁的天籁之音,与大海的阵阵波涛声互相迎合,颇有趣味。作者一行人唱歌应和,心情舒畅不已,再次把酒言欢,不亦乐乎。再次感受这自然美景后,作者又问众人是否还有杂念,众人再次回答没有,可见这自然的神趣早已经浸入他们的心灵之中,使他们忘却了凡尘的种种嘈杂。这不能不说是大自然的奇妙之处。在走下华楼的时候,一行人发现一块奇特的岩石,于是按照自己的理解命名为"迎仙岘",并且在此题诗:"相逢俨列仙,人吏谢凡缘,传呼仙子避,绝倒石崖巅。"此外,值得一提的是,在游览黄石宫的时候,众人看到许多树木遭到砍伐,不觉痛心不已,斥责伐树人的愚蠢,这从侧面可以看出他们对自然的珍惜和喜爱。

兴尽而归,是出外游玩最好的结果。而能够在游玩之后获得心灵的宁静,并感悟人生真理,更是难得。作者在最后一段大发议论,而这也是他在游览之后的人生感悟。首先他对自己的这次崂山游览进行了总结,他说幽深峭拔的岩石游览过了,广阔辽远的气势感受过了,变幻万端的仙境领略过了,可以说这几天的游览已经将崂山美景饱尝了。而自己为何在欣赏这些美景的时候,会心有所触?会生发出许多感慨?会感到种种宁静寥廓和旷远?作者领悟到,这与自己的内心境界是分不开的,自己本来就有一种向往光明、向往宁静的追求,有一种旷达的胸襟,因而当外物的情景与自己内心相应和的时候,内心的感受就会自然而然地流露出来。接着作者又进一步论述到如何保持这种内心境界。这种内心境界固然离不开外物之景的触发,但是却不能完全依赖于此,因为像崂山这样的奇异仙境毕竟是世间少有的,而大多数人平日里也是身陷在嘈杂繁琐的俗世中,倘若不能保持一种内心的安宁,就会容易受到外界的干扰,久而久之,这样的内心平静就不复存在。因此作者不禁想到欧阳修语句"醉翁之意不在酒,在乎山水之间也"。想必作者也因彻悟而甚感欣慰,于是放声高歌:"到此浑如尘外人,不须炼药问长春。千峰离却人如旧,不负千峰负此身。"而表达他激荡的内心这一首歌是远远不够的,于是再次放歌:"观日崖头奇更奇,万缘何处总无知。欲求别后真消息,常似狮崖对日时。"

有景有情,有理有趣,崂山之游,不虚此行。

劳山[1]记

明·高出[2]

　　余总丱时[3]，就师即墨城中读[4]，是知劳山也，有大善开士曰憨山[5]者，始启海印禅林焉，凿石布金声于其内，此邦士众咸悦之。憨山颇能诗，善书法，又谈说足人俯仰[6]，余所闻者，亦可其人也。谁何，遂败谪寺毁，余亦归。悔不游劳，亦犹之不游劳也。居则念家海上，曾咫尺杖履之阙如。令千载之上，青莲[7]鬼笑，人犹尚侈谈五岳，岂不诞哉！

注释：

　　[1]劳山，今称崂山。

　　[2]高出，明代山东即墨人。高出曾于明代天启二年（1622）壬戌参与立"重修太清宫三清殿碑"之事，此外还游览了崂山，撰写了这篇游记。

　　[3]余总丱（guàn）时：我小的时候。总丱：古时男女儿童未成年时把头发束成两角，称为"总丱"，也称"总角"。北齐颜之推《颜氏家训·勉学》："梁朝皇孙以下，总丱之年，必先入学，观其志尚。"明胡应麟《少室山房笔丛·经籍会通二》："余自总丱之岁，溺志斯途，南北东西，访求馀二十载，经史子集，类次赢三万编。"后遂以总丱指童年时代。南朝梁武帝《拟长安有狭邪》诗："小息尚青绮，总丱游南皮。"隋李谔《上隋高祖革文华书》："于是闾里童昏，贵游总丱，未窥六甲，先製五言。"

　　[4]就师即墨城中读：在即墨城中从师读书。就：从。即墨：今山东省即墨县，其县城在崂山西北约三十公里处。

　　[5]憨山：明末僧人（1546—1623）。俗姓蔡，名德清，字澄印，全椒（今属安徽）人。明神宗万历元年（1573）到五台山，因爱憨山奇秀，故号憨山。与莲池、紫柏、蕅益

并称"明朝四大高僧",著有《法华经通义》、《圆觉经直解》、《大乘起信论直解》、《肇论略注》、《八十八祖真影传赞》等。

[6]俯仰:这里指令人敬佩的样子。俯仰:有低头和抬头的意思,泛指随便应付,左右周旋。

[7]青莲:指青莲居士李白,作诗《蜀道难》,写蜀道之险峻难攀。李白(701—762),字太白,号青莲居士,唐代诗人,有"诗仙"、"诗侠"、"酒仙"、"谪仙人"等称号,中国历史上杰出的浪漫诗人。

今年之春,余以使事在里[1],遂决策于劳[2]。会有咳疾不任行[3],乃以暮春之甲子[4],策而南出[5],逆郭门之风[6],则洒然病去体矣[7]。初挟二人舁以乘骡,舁瘐则乘,舁人瘐则亦乘[8],遂十九乘也。所偕者,能画张子[9],又蚩蚩之仆四[10]而已!野宿询劳之径,亦无所得其要领。

注释:

[1]以使事在里:因负有使命而在家乡。以,因为。使事,使者所负使命。使,朝廷派赴某地完成某项使命的官员,如按察使、转运使等。里,乡里,家乡。

[2]遂决策于劳:于是决定游劳山。决策:做出决定。

[3]会:正赶上。任行:承受行走(的辛劳)。任,担负,承受。

[4]乃以莫春之甲子:就在暮春的甲子日。甲子:甲子日。古代常以天干和地支来相配,来记年、记日或记时。

[5]策:鞭打(马)的意思,这里引申为"骑马",如策马奔腾、鞭策。南:南行,方位名词做动词。

[6]逆郭门之风:迎着城门外吹来的风。逆:迎接。清代段玉裁《说文解字注》:"逆,迎也。逆迎双声,二字通用,如《禹贡》逆河,今文《尚书》作迎河是也。今人假以为顺屰之屰。逆行而屰废矣。从辵。屰声。宜戟切。古音在五部。关东曰逆。关西曰迎。方言。逢逆迎也。自关而西或曰迎。或曰逢。自关而东曰逆。"

[7]洒然:形容神气一下子清爽或病痛顿时消失。明何景明《七述》:"是则何如胎簪子洒然阳气见于面,病若脱而瘳者。"《二刻拍案惊奇》卷三十三:"司理先把符来试挂,果然女病洒然。"去:离开。

[8]舁(yú)：共同抬东西，这里指乘轿子。舁，清段玉裁《说文解字注》："共举也，从臼从廾。谓有叉手者，有竦手者，皆共举之人也。共举则或休息更番，故有叉手者。凡舁之属皆从舁读若余。以诸切，五部。"

[9]所偕者能画张子：偕同的人有能够绘画的张子。偕：偕同，陪同。子：古时对人的敬称。

[10]蚩蚩(chī chī)之仆四：四个厚道的仆人。蚩蚩，老实厚道的样子。蚩蚩，敦厚貌，一说无知貌。《诗经·卫风·氓》："氓之蚩蚩，抱布贸丝。"

次晨，问得鹤山焉。道出左，阛阓[1]缭绕，亭午渐南，始趾山也[2]。有望见双峰卓出，如樯并桅者，[3]居人云名天柱。行三十里，渐逼而异[4]，则一山博也[5]。登高俯冥[6]，白云摩顶，海色接天，仅[7]如平地。日昃[8]而抵鹤山，又失道，转而蛇升，碥石则穴而梯[9]。跻其巅，屋宇不鲜，有壮哉松数数，亦有伐木道士，云前贰邑者，取而货之，殆三百也。忽飘白羽焉，下上于风，徘徊广除之上，余苍然有思者久之。北山多石罅[10]，可匍伏，侧注而入，更出之，则崭然[11]双壁，人立而绝[12]。东有徐炼士台，无他异。道士嗫嚅[13]，所指画鄙不可省，又瞑不可视，舍旃返屋[14]，蒸松而寝[15]。

注释：

[1]阛阓(huán huì)：街道。左思《魏都赋》："班列肆以兼罗，设阛阓以襟带。"吕向注："阛阓，市中巷绕市，如衣之襟带然。"

[2]亭午渐南，始趾山也：正午，慢慢向南进发，才到了山脚下。亭午：正午。晋孙绰《游天台山赋》："尔乃羲和亭午，游气高褰。"趾：山脚，这里用作动词，到达山脚的意思。

[3]卓：卓出，高出。樯：船上的桅杆。

[4]渐逼而异：随着越来越近，而变得越来越奇异。逼：切近。《说文新附》："逼，近也。"《聊斋志异·促织》："鸡健进，逐逼之，虫已在爪下矣。"

[5]则一山博也：原来是又高又大的一座山峰。博：高大。

[6]俯冥：俯视沧海。冥：同"溟"，沧溟，大海。

[7]仅:几乎。

[8]日昃:太阳开始偏西的时辰,即未时,约等于现在的下午两点。《易·离》:"日昃之离,何可久也?"宋曾巩《自福州召判太常寺上殿札子》:"昼而访问至于日昃,夕而省览至于夜分。"

[9]穴而梯:踩着(石上的)凹陷处往上攀登。穴:石上的凹陷处,是名词用作状语,指踩着凹陷处。梯:意动用法,以……为梯,即攀登的意思。

[10]罅(xià):缝隙。宋苏轼《石钟山记》:"徐而察之,则山下皆石穴罅。"

[11]嶄然:高耸的样子,形容山势高峻突兀。唐柳宗元《柳州山水近治可游者记》:"北有双山,夹道嶄然。"

[12]人立而绝:像人站立一样地陡峭。绝:断,这里是陡峭的意思。

[13]喭:粗鲁,强横。《论语·先进篇》:"由也喭。"

[14]舍旃(zhān):离开了他。舍:舍弃。旃:在这里是文言助词,是之、焉二字的合读,相当于"之"或"之焉","之"在这里指道士,"焉"是助词。《诗·魏风·陟岵》:"上慎旃哉,犹来无止。"马瑞辰《毛诗传笺通释》:"之、旃一声之转,又为'之焉'之合声,故旃训'之',又训'焉'。"

[15]爇(ruò)松脂而寝:点着了松明就睡下了。爇:烧。《通俗文》:"然火曰爇。"《淮南子·兵略》:"毋爇五谷。"松脂:松树干上分泌出来的油脂,俗成松明。

　　旦起,索径而南,平畴广偃[1],麦秀渐渐[2],衣袂间清凉欲雨,行二十五里,为太平宫[3]。道当左,导者右之径也。右崄甚,步而级,膝过于颐,[4]二里许,获一洞焉。有道士冥栖其中,与之言,颔之而已。出而西,径石桥,见流水瀺灂[5]而下者,从之有泓焉,空鉴须眉[6],岸花映发,沙轻如尘雾,称履而无迹[7],是劳第一水也,几失之。又步而级,树根萦石为相及也,二里许,捷[8]得宫之背,折而就憩于道舍。饭已,出风于狮子岩[9],岩谽呀立迥[10],而中洞容数人眠。上之,为明明崖。宾日[11]也,海水在足底,虚青溁浮一气,吞吐石动,[12]潮泊若天吴之出奔[13],观奇矣!趋下薄视[14],反而望之,侧影夺目,诸峰飞越,鸿蒙相杳,倏无忽有。[15]张子骇叹,应指不下,谋图诸明日[16]。抱墨纸以往,即不可得。余靳张子隘者也,而绘化工乎。[17]

注释:

[1]广偃:同"广衍",宽广绵长。

[2]渐渐:麦吐芒的样子。

[3]太平宫:崂山上的道家宫观,位于崂山东部上苑山北麓的仰湾畔,是崂山现存的寺观中有史料可考的最古老的道观。

[4]步而级,膝过于颐:步行着上台阶,膝盖都超过了下巴。级:台阶,这里是上阶梯的意思。颐:面颊,腮部。《释名》:"颐,或曰辅车,或曰牙车,或曰颊车。"

[5]瀺灂(chán zhuó):指水声细小。

[6]空鉴须眉:清晰地映照着胡须和眉毛。空:虚,形容水激到极点。鉴:照。须眉:胡须和眉毛。

[7]称履而无迹:举步而没有踪迹。称:举起。《诗经·豳风·七月》:"称彼兕觥。"履:鞋子,此处引申为脚。

[8]捷:抄小道走。《左传·成公二十六年》:"待我,不如捷之速也。"

[9]出风于狮子岩:到狮子岩那儿去观景。风:景象,这里用作动词,意为"观看景象"。狮子岩:即今狮子峰,位于太平宫的北部偏东。山峰突起,形状像一头仰天怒吼的狮子,故名狮子峰。其峰居高临下而近海,在峰顶观日出,景色尤为壮观,即崂山十二景之一的"狮峰宾日"。

[10]谽呀(hān xiā)立迥:与那深谷遼洞立时形成了鲜明的对照。谽呀:即谽谺(xiā),山谷空大,如"当谽谺之洞壑,临决咽之悲泉"。立:立时。迥:形容差别大。《说文解字》:"迥,远也。"

[11]宾日:即"狮峰宾日"。这一胜景的名称当取自南宋爱国词人张孝祥《念奴娇·过洞庭》"万象为宾客"句义。宾日,以日为宾。

[12]虚青颒浮一气,吞吐石动:青碧浩森,气吞万里。虚青:与海相接的天空。颒浮:广阔涌动的海水。浮,指动荡的海水。

[13]天吴:水神。天吴是传说中国的创世神之一,也是中国原始社会时期吴氏族的图腾,其形是一个人面虎身,长有八头、八足、八尾。《山海经》:"朝阳之谷,神曰天吴。是为水伯。"又据学者考证,天吴就是后人常在文献中提及的一种行动迅猛的珍稀怪兽,形似虎,浑身长满了五彩的毛。由于吴人常披挂虎皮四处打猎,遂将它

视为自己的大神,后来吴人迁徙到了海边,所以天吴又被当成海神顶礼膜拜。

[14]趋下薄视:赶到下面近看。薄:迫近,如薄近、薄暮、日薄西山。《楚辞·屈原·涉江》:"腥臊并御,芳不得薄兮。"

[15]鸿蒙相沓,倏无忽有:海光山色相交混,眼前的壮阔景象忽而消失,忽而显现。鸿蒙:同"鸿濛",指天地开辟之前的混沌状态,这里指融为一体的海光山色。《庄子·在宥》:"云将东游,过扶摇之枝,而适遭鸿蒙。"沓:重积,重合。

[16]谋图诸明日:满心指望明天(把这奇妙的景象)画下来。图:画下。

[17]余靳张子隘者也,而绘化工乎:我嘲笑张子的狭隘,不自量力,而要去描绘那变幻莫测的造化之功。靳:讥笑。《左传·庄公十一年》:"宋公靳之。"杜预注:"戏而相愧曰靳。"化工:造化之功,自然美景,古人认为大自然的一切都是造物主的功力所成。

道士问余以奚从?曰:从左当观尽虑愓,然从右则遇而不可底,且色难左也。余决而从左。南之十里,尚可乘,进之,则山址海矣。径其偏侧,陵高兢[1]下,如转磨齿,余神悸而视他。又进之,潮吸山吼,殷[2]在地中,石错涛上,或躐或缘[3],殆险塞之至也。下为甚稍得夷旷之坞[4],多松,静而声间覆数椽之茅[5],野妇乳儿,依客不异也。山花片片,杂英如红缬[6],袭路之芬[7],滩鸣谷答,沙白掩带,紫蚨[8]荄蒲芁郁[9],来往翠禽,我马骎骎[10],如在郊野,可与忘险,人其罢仄[11]哉!就渔筏,买渔蟹载之。

注释:

[1]兢:小心谨慎的样子。《诗·小雅·小旻》:"战战兢兢,如临深渊,如履薄冰。"

[2]殷:同"隐",隐藏。

[3]或躐(liè)或缘:躐,超越。缘,顺着,绕过。躐,从足,巤(liè)声,本义逾越。《礼记·学记》:"幼者听而弗问,学不躐等也。"

[4]夷旷之坞:又平坦又开阔的山坞。夷:平坦。坞:山中四面高中间低的地方。

[5]覆数椽之茅:坐落着几间茅屋。椽,椽子,代指房屋。

[6]红缬(xié):缬,一种带花的丝织品。

[7]袭路之芬:香气传到路上。袭:及,达到。芬:香,香气。这一句是从《九歌·少司命》"秋兰兮麋芜,罗生兮堂下。绿叶兮素华,芳菲菲兮袭予"句脱化而来。

[8]紫蛣(qié):一种蚌壳类的软体动物,色紫,可吃。

[9]茭(jiāo):一种水草,嫩茎称"茭白",茭的嫩茎经某种病菌寄生后膨大,可做蔬菜,可食。芄(jiǔ):多年生草本植物,叶宽而长,根可药用,主治风湿痛。

[10]骎骎:形容马跑得快。《诗经·小雅·四牡》:"驾彼四骆,载骤骎骎。"

[11]罢:同"疲",疲惫。仄:厌烦。

又二十里,始达下宫[1],是憨山启檀越[2]地。宫负山而襟海,东北惟辟一径,下有良畴。道士述其始作定之方中,大风拔其栌,嗟其及也。戊辰雨,留一日,翻藏数帙[3],阅图而得仙墩[4],在宫之前左二十里。道士曰:是不可骑也。余曰:步能之亦。旦而往,出东北,乘五里,即杖而南行。余先登,常耻后者,竟亦莫能先。径随海折,山与避就[5],有仄不受足者。山尽矣,又突如而一耸,根纳海而水覆之,有塔其悬峥者,俗夸之为张三丰[6],讹也。折而右,下入极窈。海水澎湃,如鼓雷霆,乱石如马,潮荡之如白羊,飞空如鹅群。故曰:"吹万不同,而使其自已也。"[7]山形萠削[8],五色离披,仰瞩青云,若接溟涬[9],是劳第一壁也。坠而若群星、若列几,故称仙墩焉。返而饭于野,复宿于宫。道士萧语余曰:子其舍旃?余曰:是皆匝山也,而未入山,且巅安在?萧曰:此之巨峰也,一舍而赢,[10]皆不可骑也,而岩甚。余曰:是步亦能之,且不巅胡游哉!张子与仆皆色难,弗视[11]也。

注释:

[1]下宫:即下清宫,又称太清宫,在崂山东南,是崂山历史最久、规模最大的一处道场,原为宋太祖敕建,明万历间倾圮,后重建。

[2]启檀越:启示布施者,即接受布施。檀越:佛教语,即施主,佛教寺院对布施者的敬称。

[3]翻藏数帙:翻阅了好几函经卷。藏:经卷。帙:装书的匣子,亦称为函。

[4]仙墩:位太平宫东南的半岛上,乱石穿空,波涛汹涌,景象极为壮观。

[5]山与避就:山与路径时远时近。避:离开。就:接近。

[6]张三丰:丰亦作峰。元末明初辽东懿州(今辽宁阜新东北)人,名全一,一名君宝,号玄玄子,明初道士,又号"张邋遢",武当山道士,终年只穿一衲一蓑。世传为武当山开山祖师之一,太极拳创始人。

[7]吹万不同,而使其自已也:出自《庄子·齐物论》:"子綦曰:'夫吹万不同,而使其自已也。咸其自取,怒者其谁邪?'"这里是说生化之气吹拂,使万物各呈其态。自已,自止(其性状)。已,止。

[8]莿削:树枝高长的样子,这里比喻山崖耸立的样子。

[9]溟涬(míng xìng):茫然的自然之气。唐皮日休《反招魂》:"承溟涬之命兮,付余才而辅君。"

[10]此之巨峰也,一舍而赢:这里到巨峰(即崂顶),有三十多里地。舍:三十里为一舍。赢:有余。

[11]弗视:不看,这里是"不管"、"不考虑"的意思。弗,不。

旦而往,介以左师以出东北,乘五里,复西,则舁乘他介遣去,复杖而行,十里献芋[1],为一食而起。又西北十里,出天门后,止茅庵。饭脱粟[2],已,又西北十里,则壑哀石怒,腾转峙崟[3],前后颐沓,状如风雨,胁息攀缘[4],不敢返顾。余视张子赤而汗,已则亦然,既一跻矣[5],从之下。又十许里,始达白云庵,则犹之培塿[6]也,峰斯在下,尚可十五里,乃就庵中宿。早起,亦无所苦。道士止余,余曰:不巅胡游也!杖而先之,里许,即不可得径,榛莽荒忽,刺眼挂衣,[7]而随之,宛委以升。绝深陉坎窅穴[8],垒砢轮囷,十武一憩,[9]凡俯若缥缈之前峰者,以十数,乃陡绝顶焉,危乎高哉[10]!兹山之峻极也,风甚,亦雾,茫无所睹。惟见诸峰罗立,若棨戟之卫天帝[11],远若有望见如元气之无间[12]者,出没于泰山之野而已。趋返先路,柱杖声与丁丁相答,抵庵,则布袜如毳[13],履已穿矣。饭已,复从下。十里许,会他介者以乘至,乘之。径聚仙宫,方就夷也。是日,抵下宫之别庄,犹下宫授餐焉。

注释:

[1]芋:一种多年生草本植物,俗称芋艿、芋头,地下球茎可食。

[2]饭脱粟:吃粗粮。脱粟:糙米,粗粮,只去皮壳不加精制的粮食。

[3]腾转峥嵘(yín):在那凹凸不平的山峰上绕来绕去。腾转:绕弯。峥嵘:山的不平处。嵘,高耸,高峻。《谷梁传·僖公三十三年》:"女(汝)死必于肴之岩嵘之下。"

[4]胁息:屏住呼吸。胁:收敛。《汉书·王莽传中》:"易系坤动,动静辟胁,万物生焉。"

[5]既一跻矣:登上一座峰峦之后。既:已经,在……之后。一跻:登上一峰。

[6]犹之培塿:好像到了一个小土丘上。之,到。培塿,即"培嵝",小土丘。《玉篇》:"嵝,山顶。"

[7]榛莽荒忽,刺眼挂衣:荆榛野草浓密一片,十分扎眼,老是挂住衣服。荒忽:不可分辨的样子。挂:钩住,拴住。

[8]绝深陉(xíng)坎窞(dàn)穴:越过幽深的山谷,进入幽深的坑洞。绝:横渡,跨越。陉:山脉中断处,山谷。《尔雅·释山》:"山绝陉。"坎:陷,陷入。窞:深坑。

[9]垒砢轮囷,十武一憩:乱石堆叠,坎坷万分,每走十步就得休息一会儿。垒砢:(山石)堆积众多的样子。轮囷:高大的样子。武:半步,泛指脚步,古以六尺为步,半步为武。《国语·周语下》:"夫目之察度也,不过步武尺寸之间。"

[10]危乎高哉:出于李白《蜀道难》,化用"噫吁戏,危乎高哉!蜀道之难,难于上青天"句,这里叹其高峻。危:高。

[11]若棨戟之卫天帝:就像棨戟环卫着天帝一样。棨戟:用缯做套,或油漆过的木戟,是古代帝王或高级官员出行时前导的仪仗。

[12]元气:古人观念中阴阳二气未分时的混沌体,古时认为这是生命的本源。元气之无间者:没有间隙的元气。

[13]毳(cuì):这里是指鞋子和袜子都磨得起了毛。清段玉裁《说文解字》:"兽细毛也。掌皮注曰:毳毛,毛细缛者,从三毛。毛细则丛密,故从三毛,众意也。"

壬申,观渔于海,遂从庄北六十里而至华楼[1]。碧崖紫巘,古树浮青,列嶂排空,丹梯指掌[2]。东有孤石植焉,霞色映之,建标擢秀[3],焕若金银之台,是劳第一石也。邦大夫之莅止有舍,北道虽癹而治,板有镌刻,槐崿有树,亭有碑,盖众游之所蕞也。道士导余且刺刺语,余为无所闻也者。槛剩而止,则暝矣。华楼之对者,黄石宫也。旦行,而初日在眉,交柯[4]拂衣,意蒸然快之[5]。山止则溪,溪北岸之稍西,溯而上,为石竹洞,洞旁一寺,寺一僧尔,而中供旃檀佛像一颜,为大慈圣施置那罗延山者,亦憨山更也。东逾复岭,溯而上,里许径绝,门于石中空谷,人仰趾渐,高而不伛,殆百余武,亦劳第一径。出之,又数盘,而得黄石宫。宫中道士皆出,不见一人。酌柏下泉而还,就异于道。东行十五里,原田每每[6],树木交翳,椒条繁郁,桑柘多荫,[7]枣之纂纂,木之榛榛,[8]丛菀而荡胸[9]。昔人谓沃土之民淫,劳山多百岁人,虽草木之年,岂非其食腴而视淡哉。午至大劳观,观处旷而能收树石之胜,故足述也,遂饭焉,就溪浴。我乘乃别介者,左师而北行,宿诸途。以甲戌日还。

注释:

[1]华楼:即今华楼宫,位于崂山北部的华楼山,元代泰定二年(1325)道人刘志竖建,后世多次重修,依山面壑,风景秀奇。

[2]丹梯指掌:宫前的红色石阶清楚得好像指点手掌一样。丹梯:宫前的红色阶梯。指掌:形容对事物认识得清楚,像指点手掌一样。

[3]建标擢秀:出类拔萃,秀奇异常。标:出色,与"秀"同义。擢:超拔,耸起。

[4]柯:树枝。

[5]意蒸然快之:心里无比痛快。蒸然:旺盛的样子。

[6]每每:禾苗旺盛的样子。

[7]椒条繁郁,桑柘多荫:花椒的枝条繁密茂盛,桑树和柘树浓密多荫。椒:花椒树。毓:通"郁",茂盛。柘,一种类似桑树的植物,又名"黄桑"。

[8]枣之纂纂,木之榛榛:枣树上小枣累累,树木叶茂枝繁。纂纂,(果实)聚集的样子。榛榛,繁茂的样子。

[9]丛菀而荡胸:欣欣向荣,荡人胸怀。菀:茂盛的样子。荡:摇动,震动。

是役也,余恐渎朋侪也[1],故不闻之[2]。适也,不及揖拜,不遂于酒食,不费一刺,故脱而尽其观。若夫劳之真形,则巨峰足见矣。博而多姿,佐幻于海,惟树与石莫适,非嘉俗名燕说[3],则亦略而不述焉。是游也,得诗二十七篇。余谓僧清力能兴法矣,而卒败谪,固由拂顺侮弱也,亦仙灵有默夺焉。不然,清外好士大夫,内勤于宫壸,名作福事,其谁扇诸!羽流蠢蠢,不比人数,章辄得自诣,上遂赫赫怒,至辱金以逮宋元马邱诸真[4],世有仙迹,其来尚矣,非其类不据也。而矫之,嗟,能勿及哉!

注释:

[1]渎:轻慢,对人不恭敬的样子。渎本义指水沟、水渠,这里用其引申义。侪(chái):同辈,我们这辈人。

[2]闻:使动用法,使……知道,听闻。

[3]燕说:指穿凿附会之说。典出《韩非子·外储说左上》:"郢人有遗燕相国书者,夜书,火不明,因谓持烛者曰'举烛',而误书'举烛'。举烛,非书意也。燕相国受书而说之,曰:'举烛者,尚明也;尚明也者,举贤而任之。'燕相白王,王大悦,国以治。"

[4]马邱诸真:指马钰、丘处机等道士真人。

【赏评】

高出曾于明代天启二年(1622)壬戌参与立"重修太清宫三清殿碑",并游览了崂山,撰写了这篇游记。

憨山是海印禅林的创建者,喜作诗,善书法,即墨士众都喜欢他。憨山因罪被发配,海印禅林也被毁。此情况引发了高出游览崂山的决心,他于暮春之甲子日带咳疾游崂山,于甲戌日返回即墨,此游耗时11日。伴游者有善于绘画的书生张子与四个侍奉的仆役,牵乘19匹骡马,可谓浩浩荡荡。此行无人引导,一路打听下来也没弄清楚通往崂山的道路,只能露宿于崂山脚下的野地之中。

高出一行人摸索前进,在第二日清晨寻得了通往鹤山的路径。一路向前,只见山势陡峭,如同城墙一般,曲折环绕着进山的道路。中午,高出一行人,到达鹤山脚下。有双峰立于前,远远望去如同大船的桅杆一样挺拔高耸,仿佛要插入天空,在鹤山居住的人将其称之为天柱。通往鹤山之路,崎岖异常,高出等人乘骡马行进了30里,只见一耸立的山峰,不知何名,登顶而观沧海,只见海天一色,如平地般,蔚为壮观!下午太阳将落山时,高出等人才到达鹤山,却又无道路可循,手脚并用才攀爬至鹤山之巅。登高向远处望去,城郭清晰可见,松树粗壮坚韧,屹立于山峰之上。山高而多风云,给人高处不胜寒之感。鹤山上有道士伐木取柴,其东方有徐炼士台,只因距离稍远而道士言语表述不清,高出等人未能探知其详。鹤山较少人烟,没有合适的宿营之所,高出等人于道士住所垫着松树的枝条将就了一夜。

第三日,继续向南行进。一路上较为顺利,乘骡马走了25里之后到达太平宫。太平宫门外有两条路线,一条向左,道路平坦,一条向右,道路崎岖。高出选择了右边崎岖的路线,一路大步幅攀爬,行进了2里余地,看到了一个山洞,有一道士在此修行,不甚言语。出了山洞向西走,穿过石桥,高出等人看到了山间的泉水,泉水两侧花木秀丽,沙石细软,令人称绝。其后,穿过山石树木紧密交融之地,走了大约2里地,到达太平宫的背面。饱餐之后,高出爬上了狮子岩。狮子岩前出于高山之上,远远看去,大海就像在脚下涌动,十分惊险,此景让善画的张子十分害怕,不敢站立于狮子岩之上。从狮子岩向群山望去,众山峰有飞鸟之势。离开狮子峰,高出不顾随从对旅途的畏惧,选择了崎岖但富有乐趣的左侧路线。由此路线乘骡马向南走了10里左右,到达山海对峙之处,在海水海风的作用下,山谷、山石间发出吼叫的声音。周围景色怡人,山花片片,滩鸣谷答,翠禽往还,骡马悠闲地吃着青草,此景使人忘却了山势的凶险,仿佛置身于世外桃源一般。

又行进20里,一行人抵达下清宫。下清宫是道教法场,也是憨山的禅林所在。道士恨憨山之佛的存在,诬陷其挤占道教建筑,这让憨山被发配雷州。下清宫背山面海,景色十分壮观。从下清宫开始,路途变得几乎只可以步行。高出登山之情正盛，道路险阻不能抑制其登山之冲动。出上清宫往东北走，只能乘骡马行 5 里，剩下的路途全靠步行。路径随着海岸曲曲折折，山形如刀削一般，山石五色繁杂，上接青云，下接深海，可称作崂山第一壁。返回下清宫之后，高出登山兴致不减，不顾伴游者面色之难，要去登巨峰，真乃山痴也！

第四日清晨，高出等人从下清宫东北之路出发，与前日行进方向相同。路途不能行骡马，高出等人步行向西北走了 10 里的距离，经过南天门，在一处茅庵中休息进食。饭后向西北行走了 10 里，山上之情景十分险峻。山壑中充斥着海风吹过产生的哀号怒叫，山石斜立如风雨般欲倾泻而下，此景使高出等人不敢回顾后方，恰如走钢丝一般惊险。又走了 10 里左右，抵达白云庵，白云庵建于上峰之上，向下可俯视群山。

第五日一大早，高出不顾道士之劝，以"不巅胡游也"之气走了 15 里。一路荆棘丛生，岩缝众多，登上崂山最高处，"俯若缥缈之前峰者，以十数，乃陟绝顶焉，危乎高哉"。崂山顶山风更大，白雾弥漫，视野受到限制，"惟见诸峰罗立，若荣戟之卫天帝，远若有望见如元气之无间者，出没于泰山之野而已"。从山顶沿着原路回到白云庵，然后又回到下清宫。此次登山，鞋袜损坏严重，颇令高出感叹。

第九日，高出观看过渔人在海上捕鱼之景，从下清宫离开，向北游览行进，经 60 余里到达华楼，"碧崖紫巇，古树浮青，列嶂排空，丹梯指掌"。华楼多游览痕迹，题字碑刻稍多。华楼东有孤石立于此，"霞色映之，建标擢秀，焕若金银之台，是劳第一石也"。

第十日清晨，沿着溪北岸稍西的方向溯游而上，到达石竹涧，涧旁有一寺，寺内有一僧，而殿中供旃檀佛像一颜，为大慈圣施置那罗延山者，也是憨山所立。在高出看来，崂山之上，寺庙有些凄凉。向东穿过复岭，继续溯游而上，走了几里之后只见山体如山门一样切断了道路，此种神奇堪称崂山第一径。从第一径退出后，左右盘桓，到了黄石宫，宫内无人值守。从黄石宫东行 15 里，但见"原田每每，树木交翳，椒条繁郁，桑柘多荫，枣之纂纂，木之榛榛，丛苑而荡胸"，此处是崂山里少有的肥沃地。中午高出等人到达大崂观,在此就餐,并在山溪中沐浴。随后离开大崂观,向北行进,宿于野外。

第十一日,高出等人乘骡马回到即墨。

高出的《劳山记》有两个方面的内容,其一为游崂山之经历,其二为对憨山的评价。高出对憨山有特殊的看法,在游览之中常不经意间露出对憨山的追忆。明中叶,自明宣宗至明穆宗共一百多年,佛教各个宗派都衰微不振,自明神宗万历时期,佛教中名僧辈出,形成了佛教在中国重新复兴的繁荣景象。憨山,云栖(即袾宏),紫柏(即真可),蕅益(即智旭)四高僧便是其中的佼佼者。

憨山与崂山的关系发生在憨山离开五台山之后,有人称之为憨山的劳山劫难,这也是高出对憨山的叹息之处。万历十一年(1583),憨山离开五台山,东行到崂山结庐修行,并正式以"憨山"为号。在五台山修行期间,神宗万历九年(1581),憨山应慈圣皇太后李氏(神宗生母,号九莲菩萨)之请,与妙峰、大方二师于五台山启建祈皇嗣大法会。一年后皇太子降生,他因此与皇太后建立了良好关系。此时憨山在崂山隐居,慈圣皇太后为嘉慰当年祈嗣之劳,特派专使亲访,力请入京受赏,憨山固辞不就。后慈圣皇太后复遣前使送3000金,憨山仍婉辞拒绝,并与使者相商,将该笔巨款转作赈济山东饥民之用。憨山慈悲利他的善行,感动了当地父老,故高出在游记开头便称憨山为"大善开士"。万历十四年(1586),神宗皇帝印15部大藏经,皇太后特意送一部到崂山,因没地方安放,又为其造寺,赐额"海印寺",这就是高出所指的"海印禅林"。憨山在崂山十三年,此时崂山道教兴盛,憨山所做显然不被世故的道教门徒所接受。当地道士以憨山侵占道院为由上告,神宗皇帝重道教,他也嫌皇太后费资奉佛,于是迁罪于憨山,万历二十三年(1595),将憨山逮捕,罪名为私造寺院,随后将憨山发配雷州。在高出看来,憨山被道士以这种手段驱逐出崂山是非常荒诞的,他认为,以憨山的名声与人脉,多收弟子,多进行政治活动,完全可以立足劳山。其实,高出不理解憨山。在禅学上憨山坚持原禅的一些观点,他认为人人自心,光明圆满,个个现成,不欠毫发,众生因为爱恨造成的深厚妄想,障蔽了这个妙明之心,得不到真实受用。只要顿歇妄念,就能彻见自心,清净本然,了无一物,这就叫悟。他强调,所谓修,所谓悟,都是修此心,悟此心,不是离开自心而别有可修可悟者。从本质上讲,禅宗向上一路,直指自心,明心见性,顿悟成佛,无须修行,平常生活,都见法身,"江光水色,鸟语潮音,皆演般若实相;晨钟暮鼓,送往迎来,皆空生晏坐石室见法身时也"(《示灵州镜上人》,《憨山老人梦游集》卷三)。憨山的净土思想,是自心净土,他说:"今所念之佛,即自性弥陀,所求净土,即唯心极乐。诸人苟能念念不忘,心心弥陀出现,步步极乐家邦,又何以远企于十万亿国之外,别有净土可归耶?"(《示优婆塞结念佛社》,同上卷二)在哪里都是修行,如此修为高深的高僧自然不会在意崂山道士的诬言恶语,也就不与他们争斗。

到雷州后,正值当地疾病流行,死者无数,憨山带头掩埋死者,并作法会超度亡灵。不久,憨山受命到广州,当地的信徒仰慕已久,许多人闻风而来,憨山就以罪犯的身份宣讲佛法。万历二十八年(1600),憨山到曹溪,有感于祖庭的败落,就着手进行整治,历经一年,使大鉴之道,有勃然中兴之势。万历三十一年(1603),真可在京师因妖书事件下狱,憨山受牵连,重新发回雷州。万历三十四年(1606),憨山遇赦,又回到曹溪,继续营建祖庭,但有僧人诬告他私用净财,虽然两年后真相大白,憨山还是辞去曹溪住持一职,到广州讲经。万历四十一年(1613),憨山离开广州到湖南衡阳。次年,憨山得知慈圣皇太后死亡的消息后,痛哭不已,又重新披剃,穿上僧服。万历四十五年(1617),憨山赴杭州,先后为真可和袾宏制塔铭,同年到达庐山修净土,攻《华严》,讲《楞严》、《起信》等经论。天启二年(1622),憨山又受请回到曹溪,次年在南华寺圆寂,肉身供奉在该寺。临终前曾有僧请他赐言。他说:"金口所演,尚成故纸,我又何为?"(《憨山大师传》,《憨山老人梦游集》卷五十五)

高出的性情在《劳山记》中得到了充分的展现,正是他的这种情性将一代佛家大师与崂山的关系凸显出来。透过纷争,我们以憨山的心态更能体会到崂山的自然之美。

鹤山[1]观海市记

明·高出

海水悠悠,潮风飕飕[2]。三山岛内,忽烟村而树木;蓬莱阁外,乍城市而楼台。[3]千丈蜃气[4],凌霄蔽日;百端幻景,变成马牛。波溢浪涌,凭虚而建墙屋者,谁舍谁宿;岛远屿近,悬空而架桥梁者,焉往焉求。[5]若有而若无,杳同姑射[6];可生不可即,神似瀛洲[7]。卢生归来,将速归径,几几乎渔父出游,应失钓舟。[8]比幻化而更幻,视浮云而犹浮。鲸鲵[9]遥生,疑是水晶宫,反复而不定;蛟龙惊走,将谓城阁人民,出没以无休。岂知天水一色之中,可以参消长之变化,而波光千里之内,即以悟进退之忧游。[10]大抵物无可执,景无可留,瞬息变态[11],而或人或物,逐波涛以上下;俄顷改观[12],而为山为谷,随鱼虾以沉浮。来不知兮何故,去不知兮何由。东风飘兮云垂而烟起;北水流兮阵卷[13]而兵收。海阔兮天空杳冥冥;鸢飞兮鱼跃乐休休。[14]悄悄兮一梦觉,滚滚兮水乱流,徘徊兮满目滔滔,独上扁舟兮钓钩[15]。

注释:

[1]鹤山:即墨鹤山,位于即墨,东临黄海,为崂山北部支脉。

[2]飕飕:象声词,形容风声。

[3]三山:又称"三神山",传说神仙居住的地方。《史记·秦始皇本纪》载:"齐人徐市等上书,言海中有三神山,名曰蓬莱、方丈、瀛洲。"烟村:指烟雾缭绕的村落。唐白居易《东南行一百韵》诗:"水市通闤闠,烟村混轴轳。"乍:忽然。

[4]蜃气:一种大气光学现象。光线经过不同密度的空气层后发生显著折射,使

远处景物显现在半空中或地面上的奇异幻象。常发生在海上或沙漠地区。古人误以为蜃吐气而成,故称。《史记·天官书》:"海旁蜃气象楼臺,广野气成宫闕然。"

[5] 恁:这样,如此。舍:居住。焉:怎么,哪儿。

[6] 杳:无影无声。姑射:山名。《山海经·东山经》:"卢其之山……又南三百八十里,曰姑射之山,无草木,多水。"

[7] 瀛洲:亦作"瀛州",传说中的仙山。《列子·汤问》:"渤海之东,不知几亿万里……其中有五山焉,一曰岱舆,二曰员峤,三曰方壶,四曰瀛洲,五曰蓬莱……所居之人,皆仙圣之种。"

[8] 卢生:秦时燕方士。相传为始皇入海求神仙药不获而遁。见《史记·秦始皇本纪》。归径:归路。南朝齐谢朓《敬亭山》诗:"绿源殊未极,归径窅如迷。"几几乎:犹几乎。钓舟:犹渔船。

[9] 鲸鲵:即鲸,雄曰鲸,雌曰鲵。唐卢纶《奉陪浑侍中上巳日泛渭河》诗:"舟檝方朝海,鲸鲵自曝腮。"

[10] 天水一色:水天一色,水光与天色相混;形容水天相接的辽阔景象。参:探究,领悟。消长:增减,盛衰;指变化。即:就,便。进退:前进与后退。忧游:同"优游"。

[11] 变态:变化。

[12] 俄顷:片刻;一会儿。改观:改变原来的样子,出现新的面目。

[13] 阵卷:阵势回收。

[14] 杳冥冥:昏暗幽远。鸢:古书上说是鸱一类的鸟,也有人说是一种凶猛的鸟。

[15] 钓钩:钓鱼的钩。《乐府诗集·相和歌辞三·乌生》:"鲤鱼乃在洛水深渊中,钓钩尚得鲤鱼口。"

【赏评】

鹤山位于青岛即墨,是崂山北部支脉,东临黄海。因其东峰有巨石形似仙鹤而得名。登鹤山顶东望,水天一线,波光粼粼,远处岛礁隐现,神秘似仙境。明代国子监祭酒周如砥撰写的《鹤山正殿碑记》中赞曰:"泰山虽云高,不如东海崂,崂山最秀奇者,尤首推鹤山焉。"因此,古人也有"游崂山不游鹤山乃为憾"的感叹。

  《鹤山观海市记》是高出于明朝万历年间（1573—1620）所写的一篇游记。高出，字孩之，今山东烟台海阳人。明朝万历二十六年（1598）进士，曾任户部主事、郎中、江南布政使司参议、山西按察使、辽东监军道等职。一生公正廉明，全意为民，不畏权贵。曾捐出俸禄，并上书请求赈灾，救活无数饥民；在任按察使期间，查明罪状，严惩恶豪强绅王一民。他喜欢微服出行，体察民情，曾赋诗曰："公余信步察民情，朱门筚户景不同。公孙陶陶居楼阁，农子茕茕栖窑洞。"豪门贵族惧怕其，执法森严，遂诬陷高出。高出任辽东监军道时，因军事失利，沦落狱中 12 载，最后死于牢中。高出一生光明磊落，胸怀大志，文如其人，他的文章充满着浩然之气，具有磅礴之势。《鹤山观海市记》虽是一篇简单的散文游记，但是仍然透露出作者的气魄。

  作者在文章中并没有写登鹤山的经历，而是直接描述登上鹤山之后观海市的情景。重点突出，没有任何其他赘述，短短 300 余字，结构清晰，一目了然。开头一段"海水悠悠，潮风飕飕。三山岛内，忽烟村而树木；蓬莱阁外，乍城市而楼台"，寥寥数笔，便营造出缥缈迷离又变化莫测的仙境般意境。句子对仗工整，用词贴切："悠悠"、"飕飕"将海水和潮风的情状描写得生动形象。"忽"和"乍"两字更是匠心独运，体现出海市蜃楼景象的变化之快。"千丈蜃气，凌霄蔽日；百端幻景，变成马牛。"此句甚为有趣，"凌霄蔽日"与"变成马牛"，两者气势急转直下，从磅礴大气到田野之风，与上段的"烟村"、"树木"和"城市"、"楼台"有异曲同工之妙。可见鹤山的海市着实有着"百端幻景"。

  "波溢浪涌，凭虚而建墙屋者，谁舍谁宿；岛远屿近，悬空而架桥梁者，焉往焉求。"楼台墙屋在波浪中，如何住宿？岛屿之间悬空架桥，如何往来？面对海市蜃楼的虚幻景象，作者生出"若有而若无，杳同姑射；可生不可即，神似瀛洲"的感觉。"卢生归来，将速归径，几几乎渔父出游，应失钓舟"。

  此处用典。卢生是黄粱梦的主角，进京赶考落榜，旅途中经过邯郸，在客店里倚枕而卧，梦到娶了美丽贤惠的妻子，考中进士，一路升职，被封为燕国公，他的五个孩子也是高官厚禄，衣食无忧，幸福美满。渔父应是苏轼作词《渔父四首》中的"渔父"：

> 渔父饮，谁家去，鱼蟹一时分付。
>
> 酒无多少醉为期，彼此不论钱数。
>
> 渔父醉，蓑衣舞，醉里却寻归路。
>
> 轻舟短棹任斜横，醒后不知何处。
>
> 渔父醒，春江午，梦断落花飞絮。
>
> 酒醒还醉醉还醒，一笑人间今古。
>
> 渔父笑，轻鸥举，漠漠一江风雨。
>
> 江边骑马是官人，借我孤舟南渡。

两个典故一个是做梦，一个是醉酒，卢生梦里实现愿望，渔父在醉后寻到归路，"一笑人间今古"。与这海市蜃楼一样，都是在似幻似真之间，"比幻化而更幻，视浮云而犹浮。"用典贴切巧妙，写出了鹤山海市的梦幻般缥缈。

"鲸鲵遥生，疑是水晶宫，反复而不定；蛟龙惊走，将谓城阁人民，出没以无休。"鲸鲵、水晶宫、蛟龙等意象神出鬼没，变化莫测，展现出海市蜃楼的奇异景象。"岂知天水一色之中，可以参消长之变化，而波光千里之内，即以悟进退之优游。"这句话看似是描写海市景色的变化，实则蕴含哲理。一消一长，一进一退，矛盾中尽是作者的淡然处世之道，颇似陶渊明句"纵浪大化中，不喜亦不惧"(《形影神赠答诗》)。整句充满乐观向上的积极意味，有种气吞山河、海阔天空任我遨游的气魄。

海市虽美，但"物无可执，景无可留"，在这虚无的世界，触碰不到任何东西，也留不下任何景色。而海市又"瞬息百态"，一会儿"或人或物"，在波涛中飘零，一会儿"为山为谷"，与鱼虾共游，"来不知兮何故，去不知兮何由"，体现出海市蜃楼如仙境般奇异而又神秘的景象。

"东风飘兮云垂而烟起；北水流兮阵卷而兵收。海阔兮天空杳冥冥；鸢飞兮鱼跃乐休休。悄悄兮一梦觉，滚滚兮水乱流，徘徊兮满目滔滔，独上扁舟兮钓钩。"最后这一段，连发感叹。情景结合，寓情于景。东风吹来,云落烟起,营造朦胧的气氛;北水流动,阵卷兵收,一切开始趋于平静。海阔天空,昏暗冥冥,鸢飞鱼跃,呈现欢乐之态。笔锋一转,如梦醒般,发现原来四周是海水滚滚,波浪滔滔,而"我"独自在扁舟上垂钓,那海市蜃楼的仙境不过是梦一场罢了。

高出自幼生活在即墨附近的蓬莱,常年接受大海的洗礼,大海给予他宽广的胸襟和浩然的气势,让他在朝夕瞬变的官场上也可以淡然处世,始终保持傲然的气节。《鹤山观海市记》虽主要写海市蜃楼的缥缈幻境,但是也暗含作者对人生奋斗历程的感悟,正如苏轼的《定风波》所写:"莫听穿林打叶声,何妨吟啸且徐行。竹杖芒鞋轻胜马,谁怕? 一蓑烟雨任平生。料峭春风吹酒醒,微冷,山头斜照却相迎。回首向来萧瑟处,归去,也无风雨也无晴。"

游崂山记

明·汪有恒[1]

由劈石口[2]微东峻起[3]，连云排戟[4]，雄峙沧溟，若鳌负者牢山也。自汉逢萌栖隐始名[5]，牢以难入耳。唐玄宗许王旻合炼于此，因改辅唐山。[6]子瞻集亦作牢[7]。丘长春独爱其奇秀等蓬瀛[8]，更鳌山。金元碑因之[9]。

注释:

[1]汪有恒:明代文人。

[2]劈石口:在大崂东北方，因岭上有巨石，划然中裂，似斧劈开而得名。今石上一侧刻有明代即墨县周躇的七言绝句《劈石口》:"莲花片片削卒青，华屏分峰仗巨灵。更向崂山挥玉斧，洞天有路不常扃。"一侧有今人书法家修德题字"劈石天开"。

[3]微东峻起:指山势微向东高起挺出。

[4]连云排戟:指山峰矗立像排列的戟戈一样，直连云霄。

[5]逢萌:字子康，西汉北海都昌(今山东昌邑)人，是高雅的隐士。少有大志，辞去亭长职务，到长安研读《春秋经》。他耳闻目睹王莽代汉称帝的劣迹，气愤地返回家乡，率全家从海路到辽东避难。之后，群雄并起，天下大乱。东汉光武帝即位后，他仍无心做官，特意迁来崂山"养志修道"，谢绝与外界的联系，埋头读经。

[6]王旻:唐代道士，据说有道术，唐文宗、杨贤妃曾求道于他。辅唐山:出自唐李亢《独异志》:"开元间，王旻请于高密劳山合炼，文宗许之，因改牢山为辅唐山。"蓝水先生《劳山志·释名》中以为，此乃为高密牢山，非即墨之劳山。

[7]子瞻集:苏轼文集。苏轼字子瞻，曾做密州(今诸城)知州。其文中曾称赞牢

山中多隐君子。

    [8]丘长春:丘处机,号长春真人。

    [9]因:依,顺着,沿袭。《论语·为政》:"殷因于夏礼,所损益可知也。"

    余以崇祯甲戌冬至卫[1],睹兹山涌海上如图,即神往。明年暮秋,始克[2]游。如是从鹤山,宿上苑。明晨登狮峰,观日出。旋蹑海湍乱石中[3],入山东南径,之太清西南,攀峻岭,再宿上清。陟明霞洞,登南天门。西逾夹岭河[4],北上巨峰之巅,西游华楼,由劈石口返焉。山形由西北而东南,其高九千仞,其广二百里,北东南并际海。巨峰居山之中,北支为上苑,东南为昆仑明霞洞[5],又至上隅[6]尽焉。南分二支,左为南天门,右为夹岭河,西北落小山,蜿蜒四十里,突耸为华楼,兹其概也。山之石峰以万计,或正或侧,或锐或圆,或横展或曲抱,或独石亭立,或累石叠成,奇诡卓荦[7],变幻万态。欲悉数之,未遑[8]也。

注释:

    [1]崇祯甲戌:崇祯七年,即1634年。卫:指鳌山卫。元末明初,倭寇不断骚扰我国沿海地区,即墨地区东南环海,为海防重地。明洪武二十一年(1388),魏国公徐辉祖派指挥佥事廉高在县东20公里边海筑城,建置鳌山卫,"因僻处海隅,山脉蜿蜒来自西,十字街之东西南北有天然石磊数处,其形如'鳌',遂以鳌山名卫"。

    [2]克:能够。《尔雅》:"克,能也。"

    [3]蹑:踩,踏。

    [4]夹岭河:求住岭前,两涧夹岭而流,汇于其前夹住此岭,名夹岭河,又称央连河。

    [5]昆仑:明霞洞后山。周至元《崂山志》卷二《形胜志》:"昆仑山:俗名'北大顶',明霞洞当其麓。"

    [6]上隅:天边,这里指的是海边。

    [7]奇诡卓荦:奇异卓越出众。荦:特出,明显分明。《史记·天官书》:"此其荦荦大者。"

    [8]未遑:没有时间顾得上,没来得及。遑:空闲,闲暇。《玉篇》:"遑,暇也。"

《诗·召南·殷其雷》:"何斯违斯? 莫敢或遑。"

狮峰宛自犹龙洞逸出[1]，而首仍顾洞[2]。人从颈右，俯躬[3]穿石门，上狮背，观日出。将旦，曦光上射，灿赤城[4]霞，煜烨[5]不定。半吐[6]，则水光与天浮动。比全开，而日下诸岛，映彻如卷石，[7]千里岛犹之山峰[8]矣。

南天门在上清西南十余里，两石峰东西竞秀。北上诸峰，巉嵲出云表，若空中芙蓉。下视海色，日正午得威风，金波茫洋，类一大冰壶。

注释:

[1]逸出:超出，超越。清周亮工《书影》卷一:"近颇有尤异之士逸出其间者，然终不胜慎守故调者之多。"

[2]顾:回视，回头看。《说文解字》:"顾，环视也。"《诗经·小雅·大东》:"眷言顾之，潸焉出涕。"

[3]俯躬:弯下身子。

[4]赤城:赤城山，道家所言仙境三十六洞天之一，一名烧山，山色如丹。

[5]煜(yù)烨:光耀灿烂，光华闪耀。煜:照耀;这里指光耀明亮。《太玄·元告》:"以煜乎昼，以煜乎夜。"烨:火盛，明亮;引申为光辉灿烂。《诗经·小雅·十日之交》:"烨烨震电。"

[6]半吐:这里指日出时太阳半出海面的景象。

[7]比全开，而日下诸岛，映彻如卷石:等到太阳整个露出海面，在太阳下的各个岛屿，阳光映照得像一个个如拳头大的石头一样。比:等到。卷石:如拳大之石。《礼记·中庸》:"今夫山，一卷石之多，及其广大，草木生之。"

[8]山峰:峄山，也就是邹山。峄:山名，又名邹山，在山东省邹县东南。

夹岭河之东岭，能见巨峰。巅又萃起，巍峰四面削成，似华山而小。华之奇尽仙掌[1]，此则万峰围绕，中现西岳，小像较易耳[2]。自大风口[3]望之，如仙人跌右足而坐[4]，巍巍峨峨。其最上一庵，于悬崖断壁，径穷磴绝,飞鸟不到处,忽开一小洞天,以收摩天浴日之奇观,非神工谁为之。[5]

注释:

[1]华之奇尽仙掌:华山奇秀之处尽在仙掌峰。仙掌峰为华山南峰,海拔2160余米,是华山最高峰,由两个山峰组成,一名松桧峰,一名落雁峰。

[2]西岳:华山,五岳之一。五岳,中国最著名的五座山,人常说"五岳归来不看山",也有"恒山如行,泰山如坐,华山如立,嵩山如卧,唯有南岳独如飞"的说法。东岳泰山之雄,西岳华山之险,北岳恒山之幽,中岳嵩山之峻,南岳衡山之秀闻名世界,各有千秋。小像:较小的肖像或画像。

[3]大风口:位于夹岭河上游处。

[4]如仙人趺(fū)右足而坐:巨峰盘巅之姿如同仙人盘曲右足而坐。趺:同"跗"。趺坐,佛教徒盘腿端坐的姿势。

[5]以收摩天浴日之奇观,非神工谁为之:向上可以无限近的看见邈远的天空,远望可以尽收太阳从海面升起,像太阳在海中沐浴的奇特美景。收:接受,这里指看到、看见奇观的意思。摩天:迫近蓝天,形容极高。前蜀韦庄《〈又玄集〉序》:"云间分合璧之光,海上运摩天之翅。"宋陆游《秋夜将晓出篱门迎凉有感》诗之二:"三万里河东入海,五千仞岳上摩天。"浴日:出自《淮南子·天文训》:"日出于旸谷,浴于咸池。"后以"浴日"指太阳初从水面升起。唐张说《奉和圣制初入秦川路寒食应制》诗:"香池春溜水初平,预懽浴日照京城。"唐杨巨源《寄昭应王丞》诗:"光动泉心初浴日,气蒸山腹总成春。"

而岩洞以数十计,明霞为最矣。洞在上清山半,当脊直上,峻其难置足。旧记称"垂木阶以登者"[1],入洞由右壁升三层若阁,上有窗,容日光照,洞内空明。出窗上里许,复得玄真洞[2],三面海光,豁目荡胸。从一洞吸之,山海一,而易地则观殊,以得日益奇也。[3]山顶必出,泉清而甘,泻自壁中,溅珠飞瀑,汇为涧,触石则雪飞而雷鸣。山内之巨涧四,即夹岭水至涧[4],皆天然。异石参差布涧中以渡水,汰砂砾尽[5],石骨自露耳。合之北山诸峰,上苑外,皆斜插入海,成撑拄之势,若戈戟,若旗,无正面。[6]山南诸峰,悉由西趋东,若屏,若城堡,卫昆仑[7]之尊严。即天门[8]高峻,亦东面而肃立然。

注释：

[1]旧记称"垂木阶以登者"：陈文《鳌山记》中记明霞洞之游有"垂木阶以登者"之言。

[2]玄真洞：由明霞洞沿小路向北便到玄真洞。山洞位于山巅的峭壁下，洞口朝南，山洞呈椭圆形，高约2米，洞壁光洁，传为张三丰修真处。洞口上方镌有"重建玄真吸将乌兔中吞"数字，笔法古拙，苍劲有力，传为张三丰手笔。坐在洞中俯视大海，明净如镜，别有洞天，又胜于明霞洞。清末翰林庄陔兰题诗曰："陡绝玄真窟，盘崖一径行。下云鸡抱卵，出海蚌还珠。中有光明镜，常悬日月符。三丰留口诀，玉兔养金乌。"洞外岩下另有一处小洞，名"三丰洞"，传为张三丰趺坐修行之地。

[3]从一洞吸之，山海一，而易地则观殊，以得日益奇也：从一个洞中吸入，山峰和大海是同一个，但换一个地点，所看到的景象就大不一样了，因此每日所看到的风景越加奇特美丽。日：每天。益：更加，越来越。

[4]即夹岭水至涧：即夹岭河水至此成涧。

[5]汰砂砾尽：冲涮岩石沙土殆尽。汰：淘洗，洗涤。《齐民要术》："作热汤，于大盆中浸豆黄。良久，淘汰，挪去黑皮，漉而蒸之。"《新唐书·马总传》："总为设教令，明赏罚，磨治洗汰，其俗一变。"

[6]合之北山诸峰，上苑外，皆斜插入海，成撑拄之势，若戈戟，若旗，无正面：此句描述山皆为斜倚耸挺之姿。北山的众山合在一起，除上苑峰外，都斜插入海面，形成撑天的柱子的气势，像一排排戈戟，又像一面面旗子，没有正面的景象。

[7]昆仑：崂山昆仑山。

[8]天门：崂山南路天门峰。天门峰：从流清河溯水而上，在云雾缭绕之中，有几座高峰巍然屹立，构成两座相邻的"大门"，横亘在半天之上，故名"天门峰"。继续前行有一个巨大的山谷，逶迤曲折，形成了一条深幽的山涧，名叫"天门洞"。洞长约两公里，两侧群山耸峙。据神话传说，这里是神仙们从太虚仙境降到人间必经的门户。凡人越过"天门"就可以羽化登仙。

山北麓海湍，穷凿山标之石，险极，犹有径。东南陡绝入海，无麓不受凿[1]。径夯，不得不转度岭，而嵁岩嶕峣[2]，无悬缙[3]，无级，惟循一二采药人旧迹。灰石刺足，不能步，以手佐之，左缘石，右拄杖，大石阻，则手足俱构[4]。令人前持杖，当絙[5]力挽，后推之。前人时失足，杖脱而坠，几不测。汗浃惴惴[6]，数十倚始到顶[7]。喘甫定[8]，旋下前山，复然如是度者也。盖至登天门，下夹岭河东岭，上巨峰，委顿几气绝[9]。然非劳邞，乌得此大观哉！

注释：

[1]无麓不受凿：指悬崖陡峭难以凿石为台阶。不，为衍字。

[2]嵁(kān)岩嶕峣(jiāo yáo)：高峻不平的山岩。嵁岩：不平的山岩；这里指高出水面较小而不平的石头。唐柳宗元《至小丘西小石潭记》："近岸，卷石底以出，为坻，为屿，为嵁，为岩。"嶕峣：峻峭、高耸；亦作"嶣嶤"。《汉书·扬雄传下》："泰山之高不嶕峣，则不能浡滃云而散歊烝。"颜师古注："嶕峣，高貌也。"晋陶潜《拟挽歌辞》之三："四面无人居，高坟正嶣嶤。"

[3]悬缙：悬索。

[4]手足俱构：手脚收拢一起用力。

[5]絙：粗绳索。《雨中登泰山》引东汉应劭引马第伯《封禅仪记》："直上七里，赖其羊肠逶迤，名曰环道，往往有絙索，可得而登也。"

[6]汗浃惴惴：害怕得汗水都湿遍了脊背。汗浃：即汗流浃背，汗流的太多，湿遍了脊背；形容满身大汗，亦形容万分恐惧或惭愧。《后汉书·伏皇后纪》："操出，顾左右，汗流浃背，自后不敢复朝请。"惴惴：害怕忧愁、忧惧戒慎的样子。《诗·小雅·小宛》："惴惴小心，如临于谷。"《魏书·阳固传》："心惴惴而慄慄兮，若临深而履薄。"

[7]数十倚始到顶：顺着绳子荡了数十次才到达的山顶。倚：顺着，和着。

[8]喘甫定：喘息刚刚平定。甫：才、刚刚。

[9]委顿几气绝：疲惫得几乎都要气绝身亡了。委顿：疲乏，憔悴，没有精神。

山春夏多雾，宜药，不产五谷，山外险远，未易致，寥寥数茅庵，多墐户，出山求食。[1]木宜松，生自山半，下石隙中，蟠囷[2]离奇，其巅则童[3]。惟上苑以巉绝得全，故多古。[4]上松清，老而不尽古，土石杂也。独宫前两

47

白果^[5],各抱三十尺,高二百尺,宋初至今弥茂,称仙树云。

其太平、上清、太清三宫、建自宋;聚仙建自元^[6];天门后,夹岭河、巨峰诸庵,则近日创之。上苑奇峭,面北只游玩之区;上腜宽夷^[7],山止矣。

注释:

[1]多墐户(jìn hù),出山求食:人们都关闭门户,出山求食,到山外谋生。墐户:涂塞门窗孔隙。《诗·豳风·七月》:"穹窒熏鼠,塞向墐户。"孔颖达疏:"墐户,明是用泥涂之,故以墐为涂也。"宋苏轼《秋阳赋》:"居不墐户,出不仰笠,暑不言病,以无忘秋阳之德。"

[2]蟠囷:盘曲的样子。

[3]其巅则童:山巅之上则光秃无木。童:秃,山岭田地无草木,植物无枝干或无果实。

[4]惟上苑以巉绝得全,故多古:只有上苑山的树木以山峰巉岩高绝不可攀而保全了下来,所以此山上多古树。全:保全,保留。古:这里指古木。

[5]白果:白果树,即银杏树,相传为上清宫落成时,创建者刘若拙栽植。

[6]聚仙:聚仙宫。聚仙宫在烟云涧东一里,依山面海,胜景天然。宫殿建于元朝泰定二年(1325),前殿祀真武,后祀老君,为九宫之一,今称韩寨观。旧有玉皇、其武、三滞等殿,现只有当年建的翼武殿。

[7]宽夷:地势宽平。

华楼者,以群峰玲珑嵌空名也。^[1]由西南转北而东,又转南,其圆如环,广十里,高三千仞,中为巨河。从壑中扪葛上^[2],膝时抵腹^[3],数息乃至老君殿。既上,则翠屏岩中峙,凌烟崮、高架崮左右翼,仙灵窟宅也。土人以峰名崮。玉皇洞藏翠屏岩中,如珠。从右攀陟二百余步,上凌烟崮,谒刘真人^[4]遗壳。复左陟百余步,从石罅中上,观玉女盆。盆在高石上,以游人携妓浴遂涸云。东望高架崮,壁立不能上。崮东南五十步,耸方石,高五丈,若冕^[5]。下观金液泉,亦高石上,纵广仅二尺,不涸不流。步至华表坐仙台,遥瞻巨峰,月甫上,峰顶诸峰,历历幻作五城十二楼^[6]。回望本山古松千余株,苍然碧峰绿嶂间,真大小李千仞山水[7]一幅,恋恋不能别。

注释:

[1]嵌空:玲珑。唐杜甫《铁堂峡》诗:"修纤无垠竹,嵌空太始雪。"仇兆鳌注:"嵌空,玲珑貌。"唐陆龟蒙《奉和袭美太湖诗·太湖石》:"所奇者嵌崆,所尚者葱倩。"

[2]从壑中扪葛上:从深谷中攀着葛藤向上爬。扪:攀扯、攀挽。葛:葛藤。

[3]膝时抵腹:膝盖不时碰到肚子,指山势极其陡峭。

[4]刘真人:指上清宫的建造者刘若拙。

[5]崮东南五十步,耸方石,高五丈,若冕:从此山向东南走五十步,有一块高耸的方石,高五丈,形状像一顶皇冠。崮:四周陡峭、山顶较平的山。冕:中国古代帝王及地位在大夫以上的官员们戴的礼帽,后专指帝王的皇冠。

[6]五城十二楼:古代传说中神仙居所,出《史记·孝武本纪》:"方士有言:'黄帝时,为五城是十二楼,以候神人于执期,命曰迎年。'"又传言为昆仑景致,以之比喻仙境。

[7]大小李山水:唐李思训李昭道父子,居高官,皆善于山水丹青,人称大小李将军或大小李。

夫牢山以苍茫孤高,特开妍秀,如华楼山之别馆[1]也。乃游人率自华楼止,至上苑已稀,山中则绝迹矣。岂尽道险无人居,非胜具裹粮莫至哉[2]!天地特钟此异气,以砥柱东溟[3],傲烟波,避理乱开遁世之薮。盖山之隐逸者也,非其人勿至矣。[4]斯山之所由名牢也。

夫汪有恒曰:"少阅名山记,知山胜,凡路径悉识之。至中岁已绝望,不意暮年投穷海[5],获遂此愿,幸也。忆子瞻守胶州,去此仅百里,未闻一游,[6]而余以冗散[7]得纵观七日,一舒其高旷寥阔之怀[8],岂于山有夙缘[9]乎!然险僻人迹所不到者十五,故足不尽履,目不尽览,笔不尽摹,聊记山川之概,以贻卧游者[10]。"

注释:

[1]别馆:帝王在京城主要宫殿以外的备巡幸用的宫室。旧时华楼山距县城近而游者众,东南大小崂则难以深入,故以华楼山为主而有此说。

[2]非胜具裹粮莫至哉:没有充足的器具和携带充足的干粮都不能到达这里。

[3]天地特钟此异气,以砥柱东溟:天地特别钟爱此地的奇异的风景气象,将它作为东海的砥柱。砥柱,山名,又称底柱山、三门山;在今河南省三门峡市,处黄河中流,以山在激流中蟲立如柱故名。今因整治河道,山已炸毁。宋玉《高唐赋》:"交加累积,重叠增益,状若砥柱,在巫山下。"李善注:"砥柱,山名。"北魏郦道元《水经注·河水四》:"砥柱者,山名也,昔禹治洪水,山陵当水者凿之,故破山以通河,河水分流,包山而过,山见水中若柱然,故曰砥柱也。"

[4]傲烟波,避理乱开遁世之菽。盖山之隐逸者也,非其人勿至矣:笑傲于烟波之中,逃避治政之累,开劈丛薮之地以避世,这是山中的隐逸之士,非为此类人等不应到于此地。

[5]暮年投穷海:指晚年到边海之地崂山来。

[6]忆子瞻守胶州,去此仅百里,未闻一游:回忆苏东坡任职胶州做密州知州时,距离崂山仅有百里,但没有听闻苏轼来游过崂山。指虽有苏轼三访崂山的完整民间故事,但没有确切的诗文证明这一点。故事中说,苏轼第一次慕名访太清宫,正值七月十五道士做法事,大门禁闭,不得入宫门。吃了闭门羹的苏轼因军务紧急,只得离去。叹曰:"崂山多隐君子,可望不可见。"从有"军务"判定此时苏轼是在密州(今诸城)任上,即北宋熙宁七年十二月至熙宁九年十二月(1074—1076)。第二次访太清宫,进得殿内,道士正低头静心打坐修行,无一人理会他。因怕误赴登州任,匆匆离去。又叹曰:"崂山多隐君子,可见不可识。"此时苏轼正在去登州赴任的路上,系为北宋元丰八年(1085)十月间。第三次进崂山去了太平宫,道士乔绪然一见如故,热情接待。离去时苏轼慨叹曰:"崂山多隐君子,可识不可攀。"此次为何时?不得而知。到底苏轼是否游过崂山,还需进一步考证。

[7]冗散:闲散、悠闲。一指闲散,无固定职守。晋葛洪《抱朴子·广譬》:"及既得之,终不能拔,或纳谏而诛之,或放之乎冗散。"宋陆游《辞免赐出身状》:"欲望数奏,特赐追寝,以安冗散之分。"

[8]一舒其高旷寥阔之怀:来一抒发自己高远旷达、豪迈宽广的情怀。舒:抒发。高旷寥阔:高远旷达,宽广豪放。怀:情怀、胸怀。

[9]夙缘:前世今生的缘分。

[10]贻:赠给。卧游:指欣赏山水画、游记、图片等代替游览。《宋史·宗炳传》:"澄怀观道,卧以游之。"倪瓒《顾仲赟见访》:"满壁江山作卧游。"

【赏评】

东海之上有大山隆起,雄踞海上,崂山是也！崂,只有一个基本意,从劳,从山,就是崂山。何以名之？清张道浚《游劳山记》云:"《寰宇记》言:始皇登劳盛,望蓬莱,以劳于陟,即名劳;又以驱之不动,称牢。"明顾炎武引申此意云:"秦皇登之,是必万人除道,百官扈从,千人拥挽而后上也。……是必一郡供张,数县储待,四民废业,千里驿骚而后上也。于是齐人苦之,而名曰劳山也。"元道士丘处机以其名不佳,易名鳌山,并赋诗云:"牢山本即是鳌山,大海中心不可攀。上帝欲令修道果,故移仙踪近人间。"劳山,牢山,鳌山,无论称呼如何,都彰显着崂山的雄伟与壮丽。

汪有恒称此山为牢山,有其亲身之体会:"盖山之隐逸者也,非其人勿至矣。斯山之所由名牢也。"崂山之美在当时鲜为人知,多因其山路崎岖,非有情趣者不能入。"岂尽道险无人居,非胜具裹粮莫至哉！"尽七日游崂山后,汪有恒十分满足,唯有不能尽览各处为其一憾。汪有恒曰:"少阅名山记,知山胜,凡路径悉识之。至中岁已绝望,不意暮年投穷海,获遂此愿,幸也。"他在欣喜之时,又泛起了嘲弄的心思,说道:"忆子瞻守胶州,去此仅百里,未闻一游,而余以冗散得纵观七日,一舒其高旷寥阔之怀,岂于山有夙缘乎！"

崇祯年间,崂山附近的主要城市就是即墨与胶州,即墨在崂山之北,胶州在其西北,较即墨稍远一些。当时的崂山西侧与胶州湾东侧大概荒无人烟,崂山南麓也无索道可乘,汪有恒这个即墨文士自然是从即墨出直接进入崂山。他此行由崂山之北进山,一路向崂山东、南、中、西、西北行进,最后又从崂山之北出山,围着崂山走了一圈。

此行有七日之久。他由劈石口入崂山,登鹤山,住上苑,此是第一日。第二日一早,他登上狮峰看日出,随后蹑海湍乱石中,向狮峰东南游览,到达太清宫西南,一路攀爬奇峻之山岭,当日宿于上清宫。第三日,陟明霞洞,登南天门。第四日,西逾夹岭河。第五六日,北上巨峰之巅,西游华楼。第七日,由劈石口返回即墨。

登上崂山之顶巨峰后,崂山之形势尽收眼底。"山形由西北而东南,其高九千仞,其广二百里,北东南并际海。巨峰居山之中,北支为上苑,东南为昆仑明霞洞。又至上隅尽焉。南分二支,左为南天门,右为夹岭河,西北落小山,蜿蜒四十里,突耸为华楼,兹其概也。"

汪有恒的游记总的来看,崂山之景有三,曰山,曰道场,曰树木。山多巨石,山势峻拔,多松多山洞,有若干洞为道家教场,教场前多白果树、黄杨、玉兰、紫薇等古树。山以狮峰、巨峰以及北山诸峰为奇绝,山体陡峭,直插入云。春夏之季,云雾多生,弥漫众多山峰之下,多有仙境之感。山石散布山间之谷地,洞水冲刷之下,"汰砂砾尽,石骨自露耳"。山洞以明霞为最,处于崂山西南之昆仑,此处同时又是道场。

《齐记》云:"泰山虽云高,不如东海崂。"崂山自古被称为"神宅仙窟"、"海上仙山第一"。单就登山而言,其乐趣就在攀爬与观览中对自身存在的确认。笔者曾登过崂山,一路乘车而至山脚之下,费三四个小时才到达巨峰之巅。游荡在山体之间,崂山之伟岸与峻拔直射魂魄。巨峰之上是两巨石与一山洞,山洞夹在巨石之间,从上向下俯瞰,只觉头晕目眩,高差近百米。立于巨石之上,向东南可观大海之浩瀚,山石欲携人一同飞向海天之间。北而望去,众多挺拔之山峰如刀剑之林,向北方延伸而去。

狮子峰在绵羊石北,背海面山,上面刻有明山东提学邹善题的"山海奇观"。在近峰巅处有一形如狮吻的洞厦,其内可容10余人。洞壁上石刻重叠,字迹依稀可辨,有明代蓝田、陈沂等于嘉靖十二年(1533)的题刻,以及金代游人明昌五年(1194)的题字。蓝田字玉甫,号北泉,明代嘉靖年间进士,曾任河南道监察御史,为人耿直,敢谏而无所忌,"直声震一时",晚年退居故乡蓝家庄(今属崂山区)。陈沂字宗鲁,号石亭,明代正德年间进士,曾任山东参政,善诗工画,擅隶篆,为当时的"金陵三俊"之一。他任职山东时,曾多次游历崂山。狮子峰侧有他的亲笔篆书"寅宾洞"三字及诗一首："潮涌仙山下,楼台俯视深。赤阑横海色,碧丸下峰阴。片石千年迹,孤云万里心。举杯清啸发,振叶欲空林。"山东提学邹善于明隆庆二年(1568)游太平宫时,又于狮子峰上题"明明崖"三字,并吟诗:"闲玩明明崖,日月递来往。沧波渺无涯,空明绝尘想。""明明"即明亮,如曹操《短歌行》:"明明如月,何时可掇。"又意歌颂帝王,见《诗经》:"明明上天,照临下士。"近年重修太平宫时,又在狮峰东侧镌"狮峰观日"四个大字,气魄十分宏伟。峰巅设围栏及石凳等,供游人小憩。附近还新刻有诗人臧克家和书法家蒋维崧的诗和墨迹。

明霞洞在崂山南部昆仑山腰。由洞后小径攀援而上,经玄真洞可达昆仑之极顶(俗称北大顶),上有天池。该洞凿于金大定二年(1162),洞额刻"明霞洞"三字,为清代书法家王墅所书。据说原洞高大宽敞,元代道士李志明曾于洞内修道,明代道人孙紫阳曾静修于此,清康熙年间遭天雷击,多半隐入地下。洞旁原建有三清殿、斗姆宫等道教建筑三十余间,后部分建筑毁于山洪。洞前平崖如台,置身其上,遥望大海,浩浩淼淼,俯视崖下,沟壑纵横,著名的崂山胜景"明霞散绮"即此。洞东巨石尚存,题刻有"天半朱霞"。明霞洞后玄武峰近巅处的峭壁上,有洞名"玄真",洞额镌"重建玄妙真吸将乌兔口中吞",传为张三丰真人手书。"乌、兔"即日、月,所谓"口中吞",是道家吐纳导引所达到的一种境界,即"采日、月之精华,散而为风,聚而为形",有"得道成仙"之意。玄真洞东有一大约高10米的大石,上镌有7个篆字,乃是明代陈沂所题,因年久风化,已不可辨认。再东的石壁上有一小洞,传为张三丰所凿,有明代登州武举周鲁题诗一首:"白云留住须忘归,名利萦人两俱非。莫笑山僧茅屋小,万山环翠雾中围。"从"山僧"字样推测,明霞洞在明代曾经僧、道交替。陈沂的游记中,也写道:"削攀绝,僧垂木阶下,乃援而升"、"左有佛宇僧庐"。其时为明嘉靖十二年(1533),与前述孙紫阳真人的事迹印证,可见孙紫阳初到明霞洞时,此处曾为佛刹,而从金代明霞洞刻石和明初玄真洞题额来看,可知明霞洞初辟于南宋中叶,明初尤为道观。明霞洞现有殿堂30间,房屋建筑状况尚好。

崂山的著名之处还在于其在道教中的重要影响力。崂山因其"僻于海曲,举世鲜闻"。故道教十大洞天、三十六小洞天、七十二福地,皆未列其名。然该山"三围大海,背负平川,巨石巍峨,群峰峭拔,真洞天福地、一方之胜境也",地理环境十分独特,道教因此还是选择其作为教场圣地。崂山自春秋时期就云集一批长期从事养生修身的方士之流,明代志书曾载"吴王夫差尝登崂山得灵宝度人经"。到战国后期,崂山已成为享誉国内的"东海仙山"。西汉武帝建元元年(前140)张廉夫来崂山搭茅庵供奉三官并授徒拜祭,奠定了崂山道教的基础。从西汉到五代时期末,崂山道教基本属于太平道及南北朝时期寇谦之改革后的天师道,从宗派上分属于楼观教团、灵宝派、上清派(亦称茅山宗、阁皂宗)。晋代以前,因崂山地处偏偶,道教的发展鲜为人知,唐宋以后,崂山道教发展迅猛,庙宇建筑越来越多。宋代初期,崂山道士刘若拙得宋太祖敕封为"华盖真人",崂山各道教庙宇则统属新创"华盖派"。宋末元初时期,道教全真派的一代首领王重阳率7位弟子来到崂山,宣传全真教义,崂山所有道教庙宇都归依了全真派。全真七子在崂山各立门派,成为道教全真派首领王重阳自立全真派以来第一处地面大、庙宇集中的丛林基地。崂山各庙纷纷皈依于"北七真"的各门派,成吉思汗敕封丘处机之后,崂山道教大兴。明代,崂山道教的"龙门派"中衍生三派,使教派总数达到10个,崂山及周边地区道教长盛不衰。至清代中期,道教宫观多达近百处,对外遂有"九宫八观七十二庵"之说。

上苑,即太平宫,初名太平兴国院。在崂山现存的寺观中,太平宫是有史料可考的最古的道观。太平宫,自宋初创建后,金明昌(1190—1196)及其后屡有修葺,现存正殿三清殿,配殿三官殿和真武殿。据明朝嘉靖四十五年(1566)和清朝顺治十年(1653)重修太平宫的碑文记载,太平宫是宋太祖赵匡胤为华盖真人刘若拙建立的道场,因落成于太平兴国年间(976—984),故初名太平兴国院,后改名为太平宫。与此同时,又兴建或重建了太清宫和上清宫,作为它的别院。金明昌年间(1190—1196)重修。在太平宫内沿太平宫后墙上山走不多远,有一块硕大的圆形巨石,由另外两块巨石支撑着,其中一块极像一只巨鳌。3块巨石构成一个天然的石洞。洞外石壁上镌有凸刻双勾的4个大字"鳌老龙苍"。洞深阔宽敞,可以容纳二十余人,里面供有道教全真派首领王重阳及他的7位弟子丘处机、刘处玄、谭处端、马丹阳、郝太古、王处一、孙不二的塑像。此洞在明代以前供奉老子,称为"老君洞"。明朝庆隆年间,山东提学邹善数游崂山,觉得洞的名称有过俗之嫌,陪同前来的即墨县令杨方升根据《史记》中"老君,犹龙也"的文字改此洞名为"犹龙洞",并书文刻石以记之,在洞额上刻有"别有洞天"4个字。洞口右侧石壁上镌有元代著名书法家赵孟頫所书《道德经》的摩崖刻石,笔画流畅,功力深厚,为不可多得的书法刻石。此洞的洞顶是块大圆石,上部刻有3组星座图,分别代表"九星"、"九宫"、"五行"、"六仪",还刻有"混元石"3个字。

太清宫,居崂山东南端,由宝珠山的7座山峰三面环抱。老君峰居中,左为桃园峰、望海峰、东华峰依次而东,右为重阳峰、蟠桃峰、王母峰依次而西。宫在峰下,大海当前。三官殿、三清殿、三皇殿为主殿,以附属设施关岳祠、东西客堂、坤道院等构成的房舍共一百五十余间。每个大殿都立有山门,并有便门甬道相通,房舍简朴、古拙,基本上承袭着宋代的建筑规模和特色。太清宫在崂山众多道教建筑中历史最悠久,影响最深远,规模最大。崂山太清宫始建于公元140年,公元905年在几位著名道士的努力下,逐渐有了一定规模,此后建筑不断增加。元朝时,这里成为全真派的道观,得到朝廷的大力支持,地位迅速提高,被称为仅次于白云观的第二丛林。明朝时,著名的道士张三丰曾经在这里修炼。崂山还和中国伟大的古代小说《聊斋志异》有联系,书里面有很多内容取材于此,而且据说作者蒲松龄还在这里居住过。

上清宫与太清宫(俗称下宫)对称,又简称上宫,是崂山的主要道观。汉代大经学家郑玄曾设帐授徒于此。有前后两处庭院和偏院,殿宇房舍28间,占地约1500平方米。前殿旧祀三清,后殿祀玉皇,左右偏殿分祀"三官"、"七真"。上清宫创建于宋初,后毁于山洪,元代大德年间(1297—1307),道士李志明再次重建,后历代屡有修缮。华楼宫,自元泰定二年

(1325)创建后,明、清、民国均曾重修,现存老君殿、玉皇殿、关帝殿等。

以上道场之前,多有古树。太清宫院内有银杏、紫薇、牡丹、耐冬等古树名花,特别是三官殿前两侧的白茶花和红耐冬最为有名。东侧是一株开红花的耐冬,现树高 8.5 米,围粗 1.78 米,树龄当在 600 余年,花期自 11 月上旬到来年 6 月中旬,雪天仍花红如火,蕊黄如金,叶绿如翠,是崂山珍贵古木,蒲松龄的《聊斋志异》中有一篇题为《香玉》的小说,其中穿红衣的花神"绛雪",很有可能就是指此树。如今,树前立石勒"绛雪"二字,以供观赏。殿前西侧是一株白山茶,树龄已逾四百年,每逢花季,如银似雪,与红耐冬交相辉映。三官殿山门前,并列着两株银杏树,高 20 余米,枝叶婆娑,生机盎然,树冠荫地约一亩。

上清宫门前有一参天大树,亦是银杏,现高 26 米,胸径 152 厘米。这株大树很是奇特,在它主干的周围长满了子株,其中最粗的胸径已达 40 厘米。这么多子株围绕着粗壮的主干,就像众多的儿孙围在一位老人身边一样,因此人们形象地把它称为"子孙树"。据说这棵树是刘若拙真人修建上清宫时亲手栽植,距今已有一千多年的历史。就其长势而言,是目前崂山最粗壮的一棵银杏树。前院门内东西各植古银杏一棵,枝叶繁茂,苍翠葱茏,为崂山银杏之冠。二进院内的紫薇和金桂,树龄也在百年以上。据说清代院中曾有一株白牡丹,高约 8 尺,每逢春天,白花似玉,清香四溢,满院生辉。蒲松龄到这里访居时,对这株白牡丹甚为赞赏,于是在《聊斋志异》的《香玉》一文中把这株牡丹当成"白衣花神"的化身。遗憾的是,那株白牡丹因树龄过长,早已经枯死了。宫中道士为纪念蒲松龄,又补栽了一株白牡丹,并栽植了芍药、绣球等名贵花卉。

崂山,"山涌海上",踞海之上而又波澜起伏。崂山也有目之所及的平静,但这平静之后却是风起云涌。任何一片土地都是历史的经历者,后来者只须细细探寻就能再现这片土地上经历的一切。在这平静自然的壮观之下,隐藏着许多前辈的精神与人生痕迹。汪有恒此记概括了崂山之美,这种美通过文字向更多人传播。这游记呈现的崂山是另一个崂山,是更壮丽的崂山。

劳山九游记

明·高弘图

　　以布衣徵就金马，天子至为降辇步，如见绮皓，用七宝床赐食，手调羹以饭之，千载必谪仙白也。[1]居无何，天子欲申命者三，力士修其脱靴耻，竟为所格。[2]复得以布衣浪迹，纵酒而畅之以咏歌，与贺知章、崔宗之诸人赋谪仙者，亦千载一白也。[3]其寄王屋山人诗："我昔东海上，劳山餐紫霞。"[4]而以王屋为可板与游。[5]于是又诗："愿随夫子天坛上，闲与仙人扫落花。"[6]使余读之，大有放兴。余买山于劳华之阴，为太古居停于内，实自读白集白诗始。[7]居停用自然楼、东华山为照，而以黄石老人峰拦后土作屏，非不劳也，然劳才什伯一。[8]顾不知谪仙所谓东海上餐紫霞者，姑俭取什伯一乎？当全休劳乎？借第令仅什伯一，有白一句，在白无弗劳，劳亦无弗白矣。[9]故不可责以偏全之数，如众人游者也。若余者，众人游也。居停劳而外，虚什伯劳以待余，余用是拓其游。黄子闻余游，谬以白归余，而以贺崔诸人欲成其游。余主臣拜曰：余实愿以子游，固即白之所谓愿随夫子王屋山人孟大融游者，是盖子肩而余随之，则可使余得牛耳游，如白之于知章、于宗之，余能乎哉！[10]于是游成，将记之，以谋诸客。客曰：居停太古，劳且盛矣，未闻为记记居。必记游何？余报客曰：居，得一日再饭者也，实家人遇我，我与为一家之人，狎之，岂有一家人必每饭登簿报谢乎？游，如挟策干王侯前，王侯为之赐食，设奏，极水陆之馔，管弦丝竹百剧为戏，劳苦。[11]而又将用其挟来所欲干者策，以下交于客匹夫，此不可为匹夫之极遇，而见艳[12]当时，传夸儿女者乎？宴罢具表称谢，事在必终。余有记，有不记，殆类是矣。客曰：记居亦不可少也，记游诚如子

57

言,亦不可不先也,遂许余记游,游断自鹤山时始。[13]余实先一夕抵太平村,以为今日游,故用以冠。游必村,此自下寻向上去之说也。游仅旬日,长空贡碧,助以鸣涛,山川之常也,不记;稍即入境,则晨汲暝舂,悠然与耳目谋,而适然与心遇会者,亦游人之常也,不记;记第记其发轫某,次某,又次某,税驾某,约之为九曰:[14]太平为劳盛神宫名村,即其宫之北趾四五家烟景也。[15]游人第以王家庄呼之,余易其称为太平村。村有中贵人李,作道院其中央。[16]余以游抵院,中贵人羽扮出相邀,自言先朝遗履,得东道于此,若干岁矣。[17]止余宿,余辄止宿焉。于是作谢中贵人诗。游一。

注释:

[1]布衣:指平民,后也称没有做官的读书人。微:召也。金马:"金马门"之省。《史记·滑稽列传》:"金马门者,宦署门也。门旁有铜马,故谓之曰金马门。"后用为典,指代朝廷,或指等待皇帝任用。辇:人推挽的车,秦汉以来特指皇帝、皇后和嫔妃乘坐的车子,如帝辇、凤辇等。绮皓:绮里季为四皓之一,这里借绮皓称四皓,用以咏隐士。《史记·留侯世家》:"及燕,置酒,太子侍。四人从太子,年皆八十有余,须眉皓白,衣冠甚伟。上怪之,问曰:'彼何为者?'四人前对,各言名姓,曰东园公、角里先生、绮里季、夏黄公。"七宝床:古人称坐卧之具为床,也称置物之架为床。七宝,饰以多种宝物。唐玄宗召见李白用七宝床赐食。后世诗词常用此典咏宫廷珍物。

[2]居无何:过了没多久。申:重申;重复。《荀子·议兵》:"虑必先事,而申之以敬。"三:表示多次。修:修饰,装饰。屈原《九歌·湘君》:"美要眇兮宜修。"格:格通"挌",击打、抗拒。《荀子·议兵》:"服者不禽,格者不舍。"

[3]贺知章(659—744):唐代书法家、诗人。字季真,一字维摩,号石窗,晚年更号四明狂客,越州永兴(今浙江萧山)人,太子洗马德仁之孙,与李白、张旭等相友善,为"酒中八仙"之一,少以文词知名。书迹有《孝经》、《洛神赋》等,著有《贺知章集》。崔宗之:名成辅,以字行,日用之子,袭封齐国公。历左司郎中、侍御史。与李白诗酒唱和。《全唐诗》存省试诗《恩赐耆老布帛》一首。

[4]王屋山人:孟融,排行大,事迹不详。李白《寄王屋山人孟大融》诗:"我昔东海上,劳山餐紫霞,亲见安期生,食枣大如瓜。"

[5]王屋:山名,在山西省阳城、垣曲两县之间。相传黄帝曾访道于此山,故以泛

指修道之山。王维《送张道士归山》诗:"先生何处去? 王屋访茅君。"板:我国民族音乐中打拍子的板。杜牧《八月十二日得替后移居雩溪馆因题长句四韵》诗:"万家相庆喜秋成,处处楼台歌板声。"这里当指唱歌。

[6]出自李白《寄王屋山人孟大融》诗。

[7]买山:《世说新语·排调》:"支道林因人就深公买印山。深公答曰:'未闻巢、由买山而隐。'"后因称退隐为"买山"。温庭筠《春日访李十四处士》诗:"谁言有策堪经世,自是无钱可买山。"太古:高弘图著有《太古堂集》,太古应为太古堂的简称。居停:居住。

[8]居停:寄居的处所。《宋史·丁谓传》:"居停主人勿复言。"东华山:即今江苏丰县东南三十里华山。《方舆纪要》卷二十九徐州丰县:东华山"亦曰华山,亦曰小华山。周十余里。土山也。明嘉靖五年,以河患移县治此。三十一年复还旧治"。照:对着,向着。劳:忧虑,担心。什伯:也写作什佰,什佰之一,形容少。

[9]俭:谦逊的样子。第令:即使,纵使。《史记·陈涉世家》:"借第令毋斩,而戍死者固十六七。"

[10]主臣:本谓君臣。贾谊《新书·礼》:"主臣,礼之正也。"后用为表示惶恐敬谢之辞。肩:在前。牛耳:古代诸侯结盟,割牛耳取血,歃血成礼,由主盟者执盛牛耳之珠盘。后世用执牛耳泛指领先、居首的人。这里指最好的。

[11]挟策:手拿书本;"策"本作"册",简册。《庄子·骈拇》:"问臧奚事,则挟筴(策)读书。"干:通"扞"(hàn),护卫,遮挡。《诗·周南·兔罝》:"赳赳武夫,公侯干城。"传:"干,扞也。"

[12]艳:美慕。

[13]诚:确实,的确。鹤山:即今山东宁阳县西北鹤山。《方舆纪要》卷三十二宁阳县:"鹤山在县西北三十里。"

[14]长空:指天空。因其辽阔无际,故称。暝:通"瞑",黄昏,日暮。韩愈《春雷》诗:"暝见迷巢鸟,朝逢失辙车。"发轫:轫,止住车轮转动的木头。车启行时须先去轫,故称启程为"发轫"。屈原《离骚》:"朝发轫于苍梧兮,夕余至乎县圃。"后用"发轫"比喻事物的开端。税驾:解驾,停车;谓休止、停息。《史记·李斯列传》:"当今人臣之位,无居臣上者,可谓富贵极矣;物极则衰,吾未知所税驾也。"

[15]趾:事物的基部。阮籍《咏怀》诗八十二首之三:"驱马舍之去,去上西山趾。"烟景:雾气缭绕的景色。

[16]中贵人:道教中的一种称谓。《宝鉴》云:"贵人无气,虽有如无。"《洞玄经》云:"贵人嗔则凶来。"

[17]遗履:遗弃之履。蒋防《惜分阴赋》:"出处无瑕,故垂法于前贤;往来不遑,见遗履之莫顾。"这里用作谦辞。东道:指主人。

晨起发轫鹤山,鹤即劳也。释其所谓诸劳者,从北道,耸然特表[1]者,是不曰劳。曰鹤,以山之间有洞类鹤也。竟鹤之同余游者,为纪二秀才及善谈方外事庄老生。由鹤升为滚尤洞,洞非伛其身不可得入,伛复不我受,则偃仰滚展于中者久之。[2]窍而出,为另天地。俯峭壁,穷我千里两目。由滚龙升,复有洞如前,而委蛇过之,又窍出,为又天地,此中何天地之多也。报黄侍御鹤岭子至,将以东道我。然是时,我实为主而客侍御,急出相招。侍御亦不复览鹤之胜,胜自侍御家旧物也,第与就神室下班荆握手而已[3]。为神直阍者,有近千年松,几于泰山五大夫,能为余敕脱粟劳饥,粟之外并无一侑,大有深山致,得专饱。[4]五大夫辄下令逐客。以亭午[5],发鹤山,作鹤山诗。游二。

注释:

[1]表:屹然独立的样子;特出的样子。《楚辞·九歌·山鬼》:"表独立兮山之上。"

[2]伛:弓腰屈身。受:接受;承受。

[3]第:副词,用于动词前,表示对范围的限制,相当于"只"、"只是"。《新唐书·裴行检传》:"自今第如我节制,毋问我所以知也。"神室:道教内丹名词。《玉谿子丹经指要》卷上:"鼎器者一名神室,此乃还丹之枢纽,神气归藏之府。"此外早期道教也曾提到神室,如《太平经》说:"遂为神室,聚道虚也。"此处当指地名。班荆:典出《左传·襄公二十六年》:"初,楚伍参与蔡太师子朝友,其子伍举与声子相善也。……伍举奔郑,将遂奔晋。声子将如晋,遇之于郑郊,班荆相与食,而言复故。"晋杜预注:"班,布也。布荆坐地,共议归楚事。朋友世亲。"后世用作旧友重逢的典故。

[4]直:直通"值",当。《仪礼·士冠礼》:"主人玄端爵鞸,立于阼阶下,直东塾,西面。"疏:"直,当也。谓当堂上东序墙也。"阍:守门人。《左传·襄公二十九年》:

"吴人伐越,获俘焉,以为阍。"泰山五大夫:相传秦始皇下泰山,风雨暴至,休于树下,因封其树为五大夫。初未言为何树也,应劭作《汉宫仪》始言为松。松在泰山小天门,至劭时犹存。五大夫,秦爵第九级。脱粟:仅脱去谷壳的米,指糙米。《晏子春秋》卷六《内篇·杂下》:"晏子相齐,衣十升之布,脱粟之食,五卵苔菜而已。"劳:慰劳。侑:配合、陪同。致:风致,趣味。

[5]亭午:正午。亭,适中;均匀。

　　复经太平村,抵宫,宫去村十里许,先是逸我以肩上舆,强半康庄,何游为此十里,遽得涌潮荡其胸,杜鹃桃李花杂立万松林中,以余之故,连夜报烂熳,海吼,花气逼人,皆鹤山所未有。[1]乃易肩而步,不欲辄抵宫,同仆子韵者,于海滩头用百鳞壳弱如豆者、太素者、花者、具奇巧状者为戏,如戏斗百草然。但戏草辄委地去,鳞以皮相入品题,便攫取之。[2]以是故,不遽抵宫。侍御复后余至,至即与抵宫登狮子峰宾日[3]所,是时且黄昏矣。必以昏登,将谓凌[4]明,宾日辨熟路也。及峰,急呼酒邀月,余之言曰:日月各以其主人峰为招,狮子主宾日,恐未肯越俎,月不须邀也,客用余言,暂谢狮子,去登侍御筵。筵于游为侈,盖以愧五大夫之恶草具者。侍御雄于酒,坐中惟秀才能执鞭[5]佐十分一,余与庄生皆避三舍然。随其大小局以任初不为限,竟亦无弗酒者,且曰,此太平宫也。兴言济下,风去台空,水流不流,今不太平之饮,其谓太平何!于是漏下几三鼓,然后敢告以不任酒力,各就静室寝。寝复不成寐,急宾日也。及其往,则扶桑欲吐,晨雾方张,青白其眼,懵而前迎。[6]道士向余白曰:春夏之间,率是物也,坐是宾而得者,唯峰、唯冬、唯深秋。客以春夏游,虽有离娄之明,穷王戎之视,无弗宾,卒无所得。[7]今迫欲得之,为复操何术乎?休矣!幸退而就舍,勿徒役[8]而睛以与晨霾争。此言出余仆子中,即韶如娄儿英偕余宾,恨不可得宾,遽引去。少焉,庄生捷得之,乃告余曰:宾且至矣!宾之百炼赤缕擎出银海中,洞视上下,不隔襟褵佳钱饼,佛螺姝眉,皆海中屿也,遂与日俱来,田横岛独能抱日之趾,宾日,并宾田横及田横之二客与夫五百人之烈烈东海者,映发人一腔肝瞻,使仰对青天。[9]盖日固无所不宣,融语其理,实乘

61

木气而旺火德,海虽大,让其高,故虽入水不濡,负海不概,令人瞻取,竟为我宾之而至,可谓一日之奇逢,不负游矣。^[10]夫均之宾也,有捷有不捷,骛其远而近失之,皆宾日之类也,若庄生者,则可谓良于宾也已。是时道士忽不见,惧余将罪状其顷所言为诳。然道士实非诳,顾游人如余,能宾者鲜也。道士去,娄儿旋复喘汗来,来则顷所宾而得者,去我良久,系天弥高,无以异其雅相垂丽者。余嘲儿曰:儿宾日乎?日宾儿乎?客用大笑,复谢狮子峰去。与狮子峰对者,为犹龙洞。^[11]颇复游余无观诗,至太平宾日,感慨系之矣!游三。

注释:

[1]逸:安闲,休息。舆:扛,抬;这里指抬的东西。强半:过半;大半。杜牧《题池州贵池亭》:"蜀江雪浪西江满,强半春寒去却来。"康庄:四通八达的大道。

[2]委地:散落或委弃于地。白居易《长恨歌》:"花钿委地无人收,翠翘金雀玉搔头。"品题:品评的题目;这里指对景吟诗的题目与内容。

[3]宾日:宾日,迎接日出。《尚书·虞书·尧典》:"分命羲仲,宅嵎夷,曰旸谷。寅宾出日,平秩东作。"

[4]凌:迫近,到。刘孝威《帆渡吉阳洲同孝仪赋》诗:"江风凌晓急。"

[5]执鞭:拿着鞭子;后表示对人十分敬仰,愿意听从他调迁,为他效劳。《论语·述而》:"子曰:'富而可求也,虽执鞭之士,吾亦为之。如不可求,从吾所好。"

[6]扶桑:神话中的大树,为太阳栖息之所,后即指代太阳。《山海经·海外东经》:"汤谷上有扶桑,十日所浴。"张:亢盛。《素问·生气通天论》:"阳气者,烦劳则张。"青白其眼,懵而前迎:化用李白诗句,唐李白《上安州李长史书》:"青白其眼,瞽而前行,亦何异抗庄公之轮,怒螳螂之臂。"但意有所不同。

[7]离娄之明:极佳的视力。《孟子·离娄上》:"离娄之明,公输子之巧。"赵岐注:"离娄者,古之明目者,盖以为黄帝之时人也。……能视于百步之外,见秋毫之末。"王戎(234—305):西晋名士,字濬冲,"竹林七贤"之一,琅琊临沂(今山东临沂)人。他擅长"人伦鉴识",曾品评山涛、王衍、裴颜等人,深受时人赞许。

[8]徒役:徒劳。

[9]皏(pěng):浅白色。佛螺:相传释迦牟尼佛的头发,旋曲为螺纹状。故以"佛

螺"借指盘旋高耸的峰峦。姝:美;美丽。《诗·邶风·静女》:"静女其姝。"田横
(?—前202):秦末狄县(今山东高青东南)人。原为齐国贵族。秦末,从兄田儋起
兵,重建齐国。楚汉战争中自立为齐王,被韩信打败。汉朝建立后,率部下五百人逃
亡海岛。刘邦赦其罪而召之,田横于途中自杀。部下闻田横死,亦皆自杀。《史记》
卷九四有传。瞻:敬仰。

[10]融:通;遍。何晏《景福殿赋》:"云行雨施,品物咸融。"濡:沾湿,沾染。概:
限量。《礼记·曲礼上》:"食飨不为概。"

[11]犹龙洞:在崂山太平宫西绝壁下。

发太平,至下清宫,凡五十里。马首皆南引,海与之俱。所经翻燕岭
等,得名不典,一言蔽之曰:险也!乱石滩一段,滩之名者,予方就肩假寐,
都不甚领略,便抵下清。用五言古体咏两宫道中。游四。

于是吊下清宫憨山上人禅趾。[1]诸劳皆道院,上人于此起禅林,功垂
就,而为羽流所妒,鸣于朝上人,得严遣,禅林竟废,今其趾在也,吊之![2]
是时海松道士者,酒矣,刺刺往事,憨山意主矜捷,不复恨憨也,殊有酽韵
诗嘲之。[3]游五。

注释:

[1]上人:对僧人的敬称。《释氏要览·称谓》引古师云:"内有德智,外有胜行,
在人之上,名上人。"自南朝宋以后,多用作对和尚的敬称。

[2]禅林:对整个禅宗阶层的称呼,丛林。《祖堂集》卷八华严:"华严和尚嗣洞
山,在洛京,师讳休静。大化东都,禅林独秀,住花严寺。"羽流:指道人、道士。

[3]刺刺:多言貌。韩愈《送殷员外序》:"语刺刺不能休。"这里指往事难以尽言。
矜:慎重,拘谨。

取路驱虎庵,观张仙塔、八仙墩,塔似好事者迭石逆海而设,非天削成
者。[1]然所托山之凹,海乘之,从旁睨不可即得,须下临不测之深,然后其
塔得全呈面目,不审当年何能设此观者,观其险也。[2]塔之南为八仙墩,本

一体,海限之使不达。更取途以达,途二三里也。险视驱虎,甚不甚互有之,遂达墩。[3]墩插海水头,成万仞绝壁,豂[4]可五七间,累如堂悬而伸者,如重檐蔽地,如锦绣籍中设石床,累状如墩,故名八仙墩。塔宾日,墩南面受潮水,潮跃仅薄壁际[5],弗及墩,憩墩上,宴如也。其墩其檐与壁皆五色成文,肤理腻以致。[6]壁之额,又似横嵌一段如匾,索余题者然。余以语黄子,黄子曰:若作四五大字于上,足用佳话,不犹愈于好事者,假合浮屠尖而徒以骇人瞻目乎!余未遽许诺,功大难也。大率此一观,实二劳第一奇、第一丽,游人罕至,即余与黄子才足奇状也。取路驱虎,无可纪,惟一步一险,几二十里。迄[7]用惊神。游六。

注释:

[1]张仙塔、八仙墩:八仙墩地处崂山东南突出的海岬崂山头,崂山十二景的"海峤仙墩"即此。传说八仙过海时曾在石墩上小憩,故名。在八仙墩东侧的大海中,耸立一座大石累累的尖峰,传说为明代著名道士张三丰埋骨处,名张仙塔。逆:迎。《左传·襄公二十六年》:"卫侯入,逆于门者颔之而已。"

[2]乘,覆也。不审:不知道。《曹溪大师别传》:"不审和尚初付嘱时,更有何言教?愿垂指示。"

[3]甚不甚:不管怎样。遂:于是,就。

[4]豂:相通。李白《江上寄元六林宗》:"幽赏颇自得,兴远与谁豂。"

[5]际:边际。宴如:安然自乐的样子。

[6]文:纹理。《左传·隐公元年》:"宋武公生仲子,仲子生而有文在其手,曰'为鲁夫人',故仲子归于我。"腻:光润,细致。致:表示动作行为或性状的程度达到了顶点。

[7]迄:表示从开始到最后,可译为"一直""始终"。《聊斋志异·促织》:"靡计不施,迄无济。"

折而北,有试金石滩。石不尽试金者,试金者转[1]佳,具只眼能辩取之。试金问之石,试石转问之我,游虽小必录,此类是矣!遂饭青山。青山者，一村落名，侍御实饭余，乃欲从余游，不果，以余言强谢之去，诚有不得已者。阂我良游青山为恨之，余乃与之执手而歌曰："月晕天风雾不开，海鲸东蹙百川回，惊波一起三山动，公无渡河归去来。"[2]歌出太白横江词，余用歌之助青山恨。游七。

注释：

　　[1]转：越发，更加。晁端礼《吴音子》："都缘我自心肠软，搁就得、转转娇痴。"

　　[2]阂：隔阂；阻碍。恨：埋怨；不满。《史记·魏公子列传》："公子往而臣不送，以是知公子恨之复返也。""月晕天风雾不开，海鲸东蹙百川回，惊波一起三山动，公无渡河归去来"：出自唐李白诗《横江词六首·其六》，主要是写横江的地势险峻，气候多变，长江风浪大且恶的景象。

　　别黄子，登上清宫，是夜止上清。质明[1]，乃肆游，见其向离受海与下清同，第远近疏邃异也。至于稠芳茂木，泊白云而下乌鸟，颓垣废迹，萦蔓草而栖鼯者，得于转瞬之顷，以视下清，能故作异同也。[2]于宫之右，倚流而立者题诗石，云是了道真人所留。为余摩薜拨沥，仿佛读之，果有道者言，亦历年久矣。循其左，不半里许，穿石窦而入小茅团[3]，凡三两钩，每构仅受一人，有志玄学必处一焉。余爱其为诸游奥雅第线，庙史遂属余典锁钥，余欣然额之，遂登明霞洞。洞为道姑刘静室宫，道士王方与讼。为余言：道士非一窟，上清峰一而二自姑始，且割其绝顶去。余是以有："毛女今凌顶，强梁分去青"之句。宫有白牡丹一本，近接宫之几案，阅其皴干，似非近时物，道士神其说，谓百岁前曾为有大力者以其本负之以去，凡几何年，大力者旋不禄。[4]有衣白人叩宫门至曰：我今来！我今来！盖梦谈也。晨视其牡丹旧坎，果已归根吐茎矣。大力者之庭向所发而负者，即以是年告瘁[5]。事未必然，谈者至今不衰。复指宫后两枯柏。亦神物而有年，忽若羽化不知所因，仍听其戟立宫廷，无敢擅伐取。[6]余叹曰：山灵实呵护之，松柏未尝凋也。宫之花树有此生死两异，虽两咏之，颇似为向之有大力负牡丹去者解嘲。游八。

注释:

[1]质明:天刚亮的时候。方苞《狱中杂记》:"质明启钥。"

[2]泊:停留,这里表示树高耸入云。下:从高处到低处。乌鸟:即乌鸦。鼯:鼯鼠,一种哺乳动物,外形像松鼠,生活在山林树洞中。鲍照《芜城赋》:"坛罗虺蜮,阶斗麏鼯。"

[3]石窦:石穴,石洞。《水经注·溾水》:"池水逕石窦,石窦既没,池道亦绝。"茅:传说西汉茅盈兄弟三人,"得道"于句曲山(后称三茅山或茅山)。后用"茅"比喻"得道"。囷:聚集,簇聚。构:建筑物。陆云《岁暮赋》:"悲山林之杳蔼兮,痛华构之丘荒。"

[4]皴:物体表面有皱褶;不平滑。不禄:死的讳称。

[5]瘁:劳累,病貌。《小雅·雨无正》四章:"曾我暬御,惛惛日瘁。"《毛传》:"瘁,病也。"

[6]因:凭借;依靠。戟:武术器械之一。这里指树像戟一样地立着。

　　信宿,辞上清,将命驾巨峰为最上游。[1]得津二,由天门后一津差捷,凡三折。天门后才一折,进而达巨峰,折倍之,折每十里许,纯任杖不任舆策,乃尽以其策付纪生,取天门另道去,至烟云涧迟余至,生不须峰,余当游后由峰乃涧也。[2]天门后神室以回禄故,神方露御,独香火在。[3]余与庞眉道士展老君卷慰劳者久之。见其斋鼎中煮山蔬,道士自相味,余就鼎探其煮,试味之,果太羹[4]也,终不以易余味,性相近习远也,余不胜叹息云。向前达一折险于一折,俗呼为折中倒溜者,余谬认为如急流义,能令人故退之,是曰倒向。余善退,不善嗜进,兹乃嗜进不复善退,即余亦不自知其所以然。客庄生曰:固不同也,向之急流实畏途,今之倒溜将彼岸名类而实殊。宜其有嗜不嗜、善不善也。余曰:知言哉! 倒溜穷,得康庄。里许,而榛莽[5]一望靡涯际,又当其前矣。触地挂[6]阁须十手披之,乃进。递进递披,十手可作千万手用也。客颇固从来不易,聊试一仰首焉,巨峰在目中矣。居顷之,莽复穷,而竦尊,去天尺五者,复不以目,以鞠如不容,即玉皇殿玉皇门也。肃衣冠,拜玉皇,出登峰四眺,儿孙罗立,争投余怀。当是时,手弄白日,濯足沧崖,真可以挥斥幽愤排闼蓬莱游矣。[7]不图一至于斯也已!复念黄子别我,去已三日,一羊祜不成其为贤达胜士[8],此游虽造极巅,顾安得百岁后,不至湮灭无闻?巨之尖处,隐有洞,今其主人洞者,非方外而姑托之方外者也。透骨俗即可以主人洞,决不可以主人我,洞亦以是故损声价。[9]余去洞,复就殿侧小憩,道士顶礼焚香,读玉皇经者,颇足耳而目也。鸟卉之观,上清第一,诸宫亦复不可胜穷,独巨峰寥寥尔!所处太高,凉冷随之,夫山亦有然者。问其司,巨者何在?遂有两羽人如俗家苍头[10]状云:师采药烟云去,知将以游至,属羽为邀能共否烟云?即客秀才分道去迟我处。余于是如羽指,辞峰就涧,辞无几何武,雨为之涤尘三里,河居士为之腰峰,饷芋栗。[11]薄暮,抵涧,得晤[12]司巨峰采药未还者。即涧命盘飧,盘飧皆松脂之属也,腹用果然。[13]是为最上游,亦最后游。余喜其游之成也,得句云:"生被石头结碧魂,肯因昏黑放昆仑。"游九。

注释:

[1]信宿:在同一地方连续住宿两夜,杜甫《三川观水涨》诗:"交洛赴洪河,及关岂信宿。"巨峰:即崂顶,为崂山主峰,顶如平地,面积约1.5平方公里,名曰盖顶,俗称磕掌。

[2]折:回转,转变方向。舆策:"舆"本指车厢,后又借以称车。策:古代的马鞭子。舆策此处当指马车。

[3]回禄:回禄为传说中的火神。《左传·昭公十八年》:"郊人助祝史除于国北,禳火于玄冥回禄。"晋杜预注:"回禄,火神。"一般借指为火灾。神方:神奇的方术。《晋书·艺术传论》:"或假灵道诀,或受教神方,遂能厌胜禳灾,隐文彰义。"

[4]太羹:古代祭祀用的不调和五味的肉汁,亦作"大羹";比喻品质醇正。语出《礼记·乐记》:"大飨之礼,尚玄酒而俎腥鱼,大羹不和,有遗味者矣。"

[5]榛莽:杂乱丛生的草木。

[6]挂:通"絓",牵系窒碍,牵阻,触碍。《世说新语·排调》:"王文度(坦之)在

西州,与林法师(支遁)讲……林公理每欲小屈,孙兴公(绰)曰:'法师今日如著弊(敝)絮在荆棘中,触地挂阂。'"

[7]白日:太阳。王之涣《登鹳雀楼》:"白日依山尽,黄河入海流。"排闼:推开门。闼:指小门。宋王安石《书湖阴先生壁》:"一水护田将绿绕,两山排闼送青来。"

[8]羊祜(221—278):字叔子,泰山南城(今山东费县西南)人,西晋初年著名军事将领,出身于官宦世家,博学多才。贤达:贤明通达之人。胜士:犹佳士。《晋书·羊祜传》:"自有宇宙,便有此山。由来贤达胜士,登此远望,如我与卿者多矣。"

[9]透骨:渗透到骨头里。形容程度极深,达到极点。人我:即"我执",谓世俗者对于"我"的执着。

[10]俗家:指没出家的人。苍头:称奴仆。汉代仆隶以深青色巾包头,故称奴仆为"苍头"。《汉书·鲍宣传》:"苍头庐儿,皆用致富。"

[11]武:古代长度单位,三尺为武;这里指足迹。《诗·大雅·下武》:"绳其祖武。"芋栗:即玉蜀黍。

[12]晤:相遇,见面。《诗·陈风·东门之池》:"彼美淑(当作'叔')姬,可与晤语。"

[13]盘飧:指饭菜。杜甫《客至》:"盘飧市远无兼味,樽酒家贫只旧醅。"果然:腹饱的样子。

　　九游者,其山皆盘薄吐吞于穷海僻陋之滨,若遁而肥,畏名而逃焉者,而独以恣余游。余游放矣,其山当潮波,作镇我东极,如唇齿附胻[1]咽,使负海之民,恃以不怵。而涧则蒸油云、泄膏雨以利生物,不无太劳,故总称之曰劳山。余以是故游,游非敢放矣。始三月三日庚申,迄于十有五日壬申而游成。言归太古居停,即复简报黄子曰:"医称国手徒为尔,命压人头不奈何。"[2]盖亦白集中词。余一再歌之,哑然笑,扫花[3]天坛手,复若不免太牢骚发于声咏。谪仙!摘仙!独不畏千载下有高子者适病之为不广乎?于是乎记,得诗十首,五言古一,余皆律也。青山恨者,白也,非我也。借之共成十一咏。己卯夏五月记。

注释:

　　[1]脰:脖子、颈。

　　[2]医称国手徒为尔,命压人头不奈何:出自唐白居易写给刘禹锡的诗《醉赠刘二十八使君》,该诗对刘禹锡贬官23年的坎坷遭遇,表示了极度不平和无限感慨。

　　[3]扫花:亦作"撒花"、"撒和"。

【赏评】

　　中国古代文人大多有着浓厚的山水情结,他们在仕途受挫之后都喜欢把自然山水作为栖身之所和心灵慰藉之地。这种现象与中国古代皇权社会中文人特殊的生存境遇有着千丝万缕的联系,同时也与道家文化的浸染、传统园林艺术的影响、山水自身的魅力以及战争和人口迁移等因素密不可分。但是,受儒释道思想文化熏陶的中国文人尽管在诗文中经常流露出对青山绿水的舒适与悠闲的向往,但能真正达到王维所说的"行到水穷处,坐看云起时"(《终南别业》)的从容与淡然的却并不多。在他们眼中,山水并不只是纯粹的静态风景,而是自己外在生命的延伸,也是流落异乡的漂泊生涯中的亲切归依,更是匡世的理想和治国的抱负无法实现时排遣郁闷的一剂良药。古人强调外在事物变化对人心的感染作用,其实景物又何尝不会沾染人的气息呢?毕竟有了柳宗元的永州就不再是寻常的永州,而是刻上属于他印记的寂寞清冷的永州。而从李白登上崂山的那一刻起,崂山也不再是原来的东海崂,而是与谪仙李白一起披上了神奇迷离的色彩。大自然的鬼斧神工造就了云海仙山的雄峰秀水,也用它博大的胸怀接纳了一群又一群羁旅的文人。

　　作为中国古代文学史上最具浪漫色彩的伟大诗人,李白的一生也和他的诗作一样浪漫奔放,闪耀着千古不灭的动人光辉。当年,年轻的李白初抵京师,就以一首悲壮得令人沉迷的《蜀道难》折服了贺知章。这位有着沧桑阅历的文坛长者将"谪仙人"这一崇高的称誉慷慨赠予李白,并与他结下了深厚的友谊。与李白相交甚好的杜甫也在《饮中八仙歌》中写道:"李白斗酒诗百篇,长安市上酒家眠。天子呼来不上船,自称臣是酒中仙。"正是这样一位浑身散发着仙气的诗人将有"海上仙山"之称的东海崂山带进了更多人的视野,李白在诗中用他的天才大手笔把崂山描绘得犹如人间仙境,众多的文人墨客看了李白的作品之后纷纷慕名前来一睹这座名山的风采。本文的作者高弘图对崂山的兴趣就是始于李白的诗歌。李白诗《寄王屋山人孟大融》:"我昔东海上,劳山餐紫霞。亲见安期公,食枣大如瓜。中年谒汉主,不惬还归家。朱颜谢春辉,白发见生涯。所期就金液,飞步登云车。愿随夫子天坛上,闲与仙人扫落花。"让这位革职的士大夫对崂山的仙风神韵产生了向往。在游览的过程中,作者时而惊叹于山川之秀、造物之奇,时而对沿途所见所闻略述感慨,时而又感叹盛地难常、盛景不再。《劳山九游记》遂与其他众多的诗文一起构成了崂山记游的精品,不仅给崂山增添了丰厚的人文积淀,也给后人留下了宝贵的精神财富。如今的游人不仅可以欣赏崂山的奇山秀水,更能够感受历代文人寄寓在花草树木和一峰一石中的历史沧桑感。

曹丕在《典论·论文》的开篇就提出:"文人相轻,自古而然。"曹氏所言当然是文学史上非常普遍的现象,但古往今来相交甚好的文人也同样数不胜数。刘勰感叹的"知音难逢"(《文心雕龙·知音》)从另一个方面也恰好说明了文人渴望寻求精神相通的好友的迫切心情,但"音实难采"(《文心雕龙·知音》)的苦恼使得他们往往只能孤独地徘徊于山水之间,独自抒发他们对于宇宙人生的感慨。然而,对于失意的文人来说,最大的慰藉莫过于与自己惺惺相惜的友人携手同游于名山大川,"纵酒而畅之以咏歌",共抒悲喜。在此过程中,他们之间的友谊也能得到进一步的巩固和加深,这也是作者效仿李白呼唤二三好友同行的原因。作者久居太古堂看到的只是崂山的部分风景,因此他猜测李白诗中所说的"我昔东海上,劳山餐紫霞"中的"劳山"也仅仅只是崂山的一部分,即李白并没有窥得崂山的全貌,毕竟崂山之高大险峻众人皆有目共睹。但作者又笔锋一转,强调李白的精神气质已经与这座仙山融为了一体,所以他有没有游遍劳山并不重要。

　　王安石在《游褒禅山记》中就已经说过:"古人之观于天地、山川、草木、虫鱼、鸟兽,往往有得,以其求思之深而无不在也。夫夷以近,则游者众;险以远,则至者少,而世之奇伟、瑰怪、非常之观,常在于险远,而人之所罕至焉,故非有志者不能至也。有志矣,不随以止也,然力不足者,亦不能至也。有志与力,而又不随以怠,至于幽暗昏惑而无物以相之,亦不能至也。然力足以至焉,于人为可讥,而在己为有悔;尽吾志也而不能至者,可以无悔矣,其孰能讥之乎?此余之所得也。"对于普通游客来说,做到"尽吾志也"便能不留遗憾。但作者显然并不满足于平日所见的寻常风景,而是准备深入山中以"拓其游"。卸去了政治责任的他似乎并没有完全放弃自己的仕途理想和"身名传于后"的愿望,这似乎是中国文人的共同特征。作为一个特殊的阶层,他们很容易感觉到人生的短促和生命的转瞬即逝,因而也就更加希望从自然中寻求更广阔的生存空间和更悠长的生存时间。所以作者十分重视这次游玩经历的记录,他有所记有所不记的理由亦说明了自己希望通过文字超越短暂的人生以流芳百世。《左传》提出的"立言不朽"的主张在以后的历朝历代都有所发挥,司马迁作《史记》欲"成一家之言",曹丕也说"是以古之作者,寄身于翰墨,见意于篇籍,不假良史之辞,不托飞驰之势,而声名自传于后"(《典论·论文》)。中国古代的文人十分重视文字对声名的巨大影响,这也是他们每到一处必赋诗纪念的主要原因,作者亦如此。在记游的内容上,他以每日游览的先后顺序来记录自己的行程,虽无新意,但妙在挥洒自如。在事件的处理上也能做到详略得当、错落有致,对于寻常景色大都一笔带过,而对于那些不为多数人所知的隐秘部分则不惜花费大量笔墨来尽情展示。作者以流盼的眼光绸缪于身所盘桓的形形色色,用"俯仰自得"的精神来面对沿途的美景,因而成就了这篇独具特色的游崂记闻。

　　道教文化自古以来就与名山有着不解之缘,魏晋时期,道教盛行,灵山崇拜初步形成。正因为如此,那些传说中众仙云集的名山也就成了在政治上如履薄冰的魏晋文人的精神避难所。以后每个时期道教虽然都有所分化和改造,但却都在与名山的这种双向互动中获得了更充足的发展,而信奉道教的文人士大夫也热衷于前往名山寻道访仙,让那些原本就不乏仙人传闻的山川更具神奇色彩。作为道教的发祥地之一,崂山从春秋时期开始就与道教结下了不解之缘,以后历朝历代都有所发展壮大,到了明代,崂山的道教派别已发展到 10 家。如此可观的道教文化给崂山增添了众多独具特色的道教风景,那些散落在崂山峰谷崖壑间的宫、观、洞吸引了包括作者在内的众多游人的眼光。作者此行就始于修有道院的太平村,院中有修道于此的先朝遗履李贵人。萍水相逢,这位贵人即热情相邀,作者亦不扭捏,大方留宿于此,再赋诗以为回报。主客能坦诚相待至此,虽尚未入山观风景,已然先观人心之朴。古人之交,平淡如水居多,却让人忍不住心神向往之。

作者次日于鹤山观洞,山上各类洞景非常之多,既然是传说中神仙居住的地方,洞中一定别有天地,也就更加引人入胜了。但洞内大多低矮,"非伛其身不可得入",涉洞比想象的更辛苦,然而一旦"窍而出",则自有另一番天地现于眼前。人生亦是如此,在崎岖的山路上行走的确是一种美丽的负担,但只要最终能站在山头尽览风景之胜,先前的跋涉就都有意义。大自然的鬼斧神工造化了万千风景,它们用无声的语言告诉欣赏之人:旅行的真正意义不仅在于心灵和眼睛的舒适与放松,也在于新的观念生成和新的世界开启。山水本来多相似,但在不同人眼中,它们的形态却不尽相同。而花之开落,潮之涌退,本属自然,人却也能根据自己的心境赋予它们不同的情感,杜甫尝言"感时花溅泪,恨别鸟惊心"(《春望》),秦观也说"有情芍药含春泪,无力蔷薇卧晓枝"(《春日》),作者则认为松林间的杜鹃桃李皆是因己之故才现出烂漫之态。世间风景众多,无法一一览尽。能够看到此处花开实属幸运,断不可轻易辜负。作者深谙此中真意,遂"不欲辄抵宫",而是且行且游。古人登临山水,常常尽日忘归,这并非由于古人出游没有规划,而是因为他们一置身于山水之间便禁不住用诗人的眼光来看待万物,脚步和心态也都因此变得缓慢和从容。既然目的地就在那里,迟早都会到达,又何必急于赶路而错过沿途的风景呢,况且远离庙堂的文人有的是闲暇的时光来感受这美妙的山光海色。现代游人总是在压缩的时间和空间里步履匆匆,再也享受不到古人欣欣然徜徉于天地之间的那份自在自得。文明带来了林立的高楼和各色的物品,却让物我合一的心境荡然无存。古人官场上的失意换来的是内心和笔端的诗意,这又何尝不是最大的"得"呢?

一行人就在这种悠然自在的气氛中抵达太平宫。此时正值黄昏,恰是攀登狮子峰为明日观日出作准备的绝佳时机。登罢,众人于宴席上饮酒作乐,期间因见太平宫"凤去台空,水流不流",光景已不复从前,心中难免感伤,遂散去各自就寝。但因观日心情迫切,终难成寐。谁料次日清晨大雾弥漫,道士又告之曰:"春夏之间,率是物也,坐是宾而得者,唯峰、唯冬、唯深秋。客以春夏游,虽有离娄之明,穷王戎之视,无弗宾,卒无所得。"此言一出,众人大多心灰意冷,毕竟道士常居山间,对山中日出日落之现象与规律可谓了如指掌,此行似乎只能以遗憾告终了。同行之中已有人愤然离去,但仍有坚持不懈如庄生者,作者亦如此。最终他们不负此游,观赏到了日之"百炼金缕"自银海擎出的壮观场面。太阳每日都会升起,但有时也会暂时被遮蔽,并不是每一个人都能幸运地看到它一跃而起时发出的万丈光芒。所谓坚持,其实不在乎长短,至少当第一缕曙光照到身上的时候,没有人会为自己的坚持而后悔。旅途中总是充满了未知,游人每到一处就像解开了一个谜团,但途中若遇到返程的人就总会情不自禁询问前方的状况。若对方所答并非自己心中所想,许多人就会原路折返,是否错过了最美的风景也未为可知。然而人生只是单行道,人永远无法重新选择自己的人生,这就是米兰·昆德拉笔下的生命中不能承受之轻。游山玩水虽属风月之事,但同样能给人以无限启示。

观罢日出,作者自太平宫前往下清宫,道路之险或真如作者所说,但作为士大夫的他们虽仕途不顺,却尚能用肩舆代步,路途上的艰难险阻在很大程度上是一种欣赏和领略。正如曹顺庆先生在《中西比较诗学》中描述的那样,对于众多的普通民众来说,"日出而作,日落而息"就是最理想的生活状态,他们天天在田园里劳作,在山野中憩息,听到的是"狗吠深巷中,鸡鸣桑树颠"(陶渊明《归园田居·其一》),看到的是"桃之夭夭,灼灼其华"(《诗经·周南·桃夭》),唱的是"七月流火,九月授衣"(《诗经·豳风·七月》），向往的是"八月剥枣，十月获稻"（《诗经·豳风·七月》）。他们或许也感叹过造物者的伟大和宽容，但却没有足够的闲暇和才情像文人雅士一样把自己体会到的艰险、恐怖、神奇和喜悦渲染成笔尖上流淌着的诗情画意，所以今天的读者于古人诗文中看到的山水总是渗透着文人细腻的情思和若有似无的淡淡闲愁，仿佛那个时候的所有的事物都被风霜雨雪吹打出了自己的性格，令人不禁对古代的生活心怀憧憬。其实，几千年过去了，山或许还是那座山，海也还是那片海，但看的人不同，看到的东西也就不一样了。下清宫里的那位遭羽流嫉妒而被严谴的修禅之人早已不知所踪，留下的禅趾却让作者突生凭吊之情。宇宙缅邈，一切终会化为虚无，我们能留下的又有什么呢？

　　崂山自古以来被称为神仙窟宅、道家仙山，但在崂山有记载并已被证实、能称得上仙迹的地方并不多，其中最神奇瑰丽者当为张仙塔。传说张仙塔是张三丰入崂修行后手砌的衣冠冢，古人文字中关于张仙塔的描述也有很多，但都不尽相同，明代高僧憨山的《张仙塔》："屹立千寻险，山尧一径通。坐观丹峤外，遥映白云中。泽隐鱼龙稳，波涵世外空。到来堪寄足，促必问崆峒。"堪称最早记载张仙塔的文字。稍后的高出在其《劳山记》中写道："山尽矣，又突如耳一耸，根纳海水而水覆之。有塔，其悬崀者，俗夸之为张三丰，讹也。"本文作者高弘图也紧随高出的观点说："塔似好事者叠石逆海而设，非天削成者。然所托山之凹，海乘之，从旁睨不可即得，须下临不测之深，然后其塔得全旱面目，不审当年何能设此观者，观其险也。"明末黄宗昌《崂山志》中记载："自峰（覆盂峰）北东下，有石塔在山崦，直探海中，人不能至。舟行自下观之，是所为张仙塔也。岂非东海奇观哉？"比黄宗昌略晚的张允伦的《游张仙塔记》则说："因问仙塔何以名，道士指悬崖上，有累石状如塔，相传张三丰遗迹。"到了清朝康熙年间，即墨文人纪润在《劳山记》中提出了自己的观点："观张仙塔二座，系邋遢张神仙碎石所砌。一塔在海边，数丈削壁顶上，紧贴南崖，往南探头。北边又有一碎石塔，塔旁有一大耐冬树，至今几百千年。而碎石安如盘石，非神物而何哉？一小小土山，乃有如此二大奇景，诚劳山第一奇观也。"清朝光绪年间的黄肇鄂在《崂山续志》中如此描写张仙塔："塔居八仙墩东北,垒石为之,横探海中。塔旁旧有耐冬数本,传为三丰遗迹。游者从其脊背登乃得至,自墩望之反不见,今耐冬亡矣,塔不仆。"而近代周宗颐的《太清宫志》中却这样记载:"张仙塔,在劳山头左背海岸,石塔高数十丈,形势天成,于山顶不能见,乘舟由海面可以观之。塔底有洞曰仙窟,系张三丰养静处。"可谓众说纷纭。迄今这座仙塔的真面目依然没有定论,但这丝毫不影响它的诡奇,反而像它面前的海一样因神秘莫测而更加迷人。

如果说张仙塔的扑朔迷离并没有引起作者太大兴趣的话,那么八仙墩的瑰丽带给作者的震撼绝对可以用惊心动魄来形容了。崂山头的南部崖岸在海浪多年的冲击下断落较多,崖下的海中有十多块石墩,皆有两米高,传说八仙过海时曾在此小憩,故名八仙墩。明代高僧憨山有诗赞曰:"混沌何年凿,神功此地开。势吞沧海尽,潮压万山回。洞宇今何在,仙人去不来。蓬莱应浪藉,身世重堪哀。"本就颇负盛名,而作者观察之细致、描绘之精微又使得这处由海蚀岩洞组成的奇特自然风貌显出世间少有之奇状。但是由于路途惊险,游人罕至,能够看到此处胜景的并不多。作者与友人专为涉险而来,能够得偿所愿,也实乃人生一大快事。但让读者不解的是,在今人看来颇具价值的试金石却被作者轻描淡写的寥寥数语草草带过。老子曾说:"万物作而弗始,生而弗有,为而弗恃,功成而弗居。夫唯弗居,是以不去。"大概在古人眼里,大自然的一峰一石、一花一木都有自己的生命,人大可以欣赏它们的姿态情趣,却不能占有它们。至于石头自身的实用价值,也就更加不在他们的关心范围之内了。古人自幼注重修身养性,境界自然超出我辈凡俗之人甚远。

至上清宫,作者此次的旅程已进行了大半,但其兴致却丝毫不见减。关于上清宫的名称由来也有着特殊的渊源,道教中把"上清、太清、玉清"称为神仙所居的最高天境。据《云笈七签》记载,"上清之天,在绝霞之外",宫以此为名,俗称上宫。上清宫曾繁极一时,作者见到时已多"颓垣废迹",不过依然"稠芳茂木",虽年代久远,但胜在幽静,只有有志玄学的人才能享受这份清冷。作者虽心怀儒家治国之理想,但对修道隐士的逸闻趣事也不乏兴趣。道士所告之事,他都详加记录。但作者绝不轻信道士之言,而是根据自己的亲身观察作出判断。宫中的一盆白牡丹和两株柏树虽都已枯死,道士却以神物名之,遂"无敢擅伐取",恐惊扰神物。传说虽神乎其神,作者却大胆怀疑,足可窥见其勇气与胆识。苏轼在《石钟山记》中说:"事不目见耳闻,而臆断其有无,可乎?"言外之意即是赞扬不偏信盲从之精神。王国维先生在《静庵文集·自序二》中说:"大都可爱者不可信,可信者不可爱。"此语虽是针对哲学上的两种不同风格而发,但却适用于很多地方。在某种程度上来看,传闻是否可靠并不重要,毕竟大多数事情都是信则有不信则无,怎样看待全凭当事人的心态,只要不人云亦云、以讹传讹即可。

作者此行的最后一站是巨峰,巨峰是崂山的主峰,又称"崂顶",历来登崂之人都对它的高大雄伟大加赞叹,但在古代,交通尚不发达,登山之路也未经人工修缮,作者又"纯任杖不任舆策",攀爬之辛苦可想而知。但他并未将过多的笔墨花费在渲染路途的艰险上,而是兴致盎然地描述自己的沿途见闻。作者似乎并不急于登上巨峰顶,所以路遇庞眉道士竟停下来食其斋鼎中所煮的山蔬,因不喜其味而感叹自己与道士性情虽相近但习惯却不同,表现了作者的直率随性。接下来作者表面上一直在就"倒溜"而言进退,实际则是隐晦地谈自己的官场遭遇。退无可退就只能继续前进,但这次行进变得更加艰难,"榛莽一望靡涯际",而"须十手披之"。作者对这一过程言之较少,但对见到巨峰之后的感受却不吝笔墨。虽无夸张铺排之词,然巨峰峰势之伟巨已展现无遗。"出登峰四眺,儿孙罗立,争投余怀"一句形象生动,既写出了巨峰傲视群峰之姿,又表现了作者内心的欣喜和震撼。"当是时,手弄白日,濯足沧崖",此句气势之雄伟、胸襟之开阔几乎可与李白的"欲上青天揽明月"相媲美。如此壮丽之景,好友黄子却不在身边,作者此时又生发出了一种人生幻灭感:"此游虽造极巅,顾安得百岁后,不至湮灭无闻?"但他很快就收拾好心情继续游览,足以说明作者是一个乐观旷达的性情中人。连山中修道的仙师都对其十分尊敬,可见作者虽被贬但德望仍在,而他那句"生被石头结碧魂,肯因昏黑放昆仑"却也让人对这位执着的高洁之士心生敬仰。

到此,作者历时 15 天的旅行就全部结束了。回头再看,作者所到之山"皆盘薄吐吞于穷海僻陋之滨",故所至者寡。然而山势虽险,却如一道天然的屏障,耸立在东海之上,"使负海之民,恃以不悚",山中之涧则"蒸油云、泄膏雨以利生物"。孔子尝言:"凡人心险于山川,难于知天;天犹有春秋冬夏旦暮之期,人者厚貌深情。故有貌愿而益,有长若不肖,有顺懁而达,有坚而缦,有缓而钎。故其就义若渴者,其去义若热。故君子远使之而观其忠,近使之而观其敬,烦使之而观其能,猝然问焉而观其知,急与之期而观其信,委之以财而观其仁,告之以危而观其节,醉之以酒而观其侧,杂之以处而观其色。九征至,不肖人得矣。"庄子在《杂篇·列御寇》中引用了孔子的这段话,并表现出了对孔子观点的认同。事实的确如此,官场上的尔虞我诈、明争暗斗不正是"人心险于山川,难于知天"的真实写照吗?因而正直高洁之士只能自我放逐于山光水色之间,寻求内心的安宁和平静。李白虽为风华绝代的"谪仙人",但也须借游山玩水来摆脱俗世纷争带来的困扰,不过谪仙就是谪仙,大笔一挥便成就了崂山的千古盛名。作者在文中一再提到李白其人其诗,处处流露对他的敬佩和景仰,原因主要是李白所赋之诗多成为流传后世的名篇,作者亦想象李白一样名垂千古。虽然他没有太白的惊世才情,但用平实的语言将自己游历崂山的见闻娓娓道来,倒也别有一番风味。

王国维在《人间词话》中说道:"诗人之于宇宙人生,须入乎其内,又须出乎其外。入乎其内,故能写之,出乎其外,故能观之;入乎其内,故有生气,出乎其外,故有高致。"但无论是"入乎其内",还是"出乎其外",都不是一般人能够轻易做到的。高弘图却能任其丝线一般顺畅的思路在"出"与"入"之间自在发挥,把散置在崂山各处的奇人奇物一一串联,并在结尾处打了一个漂亮的结,最终形成了一条完满的项链。因此在众多记录崂山之行的诗文中,《劳山九游记》绝对是有着无可替代的价值的佳作。清代张潮在《幽梦影》中写道:"山川万物皆文史,阅尽沧桑自在身。"当作者重新回到太古堂的时候,一定也是自在之身了吧。

劳山周游记

明·曹臣

　　劳山古称神仙窟穴,秦皇汉武殷勤慕念,频屈万乘而至焉者。[1]余昔接黄侍御鹤岭神游之日也。[2]及侍御家食久,思念故人。癸酉秋书走新安,以白云红叶之贮期余,明年春来即墨,云叶尽改,欲一访之而未能焉。秋,九月与公嗣长朗生、次隆生从事斯役。适侍御役莱郡,期以归日,会集于山游末路。所谓白云红叶,依然客岁[3]所藏也。

注释:

　　[1]窟穴:特指隐士的住所。秦皇汉武:秦始皇和汉武帝。殷勤:关注,急切。曹操《请追赠郭嘉封邑表》:"贤君殷勤于清良,圣祖敦笃于明勋。"屈:屈就。万乘:指皇帝,帝王。《汉书·蒯通传》:"随厮养之役者,失万乘之权;守儋石之禄者,阙卿相之位。"

　　[2]侍御:侍奉君王的人。《尚书·冏命》:"昔在文武,聪明齐圣。小大之臣,咸怀忠良,其侍御仆从,罔匪正人。"神游:身体不到而只是心神向往,犹如身临其境。苏轼《念奴娇·赤壁怀古》词:"故国神游,多情应笑我,早生华发。"

　　[3]客岁:去年。

　　于是,与伯仲[1]出自南门,二十里至不其山,入谷沿涧五里许,抵宿邋邋石之玉蕊楼。石据涧流之左,云张三丰所至故名。楼峙涧之右,为侍御昔日修藏处。对挹三标,周回万木,称为静胜云。沿涧更深入六、七里,有庵曰圣水,渗漫不能句[2],仅辩有"洪武年"字。涧水灏灏皋皋[3]鸣阶下,有潭如卓剑,曰剑潭。孙燕雏构空篆壁,小酌潭下而归。

注释:

　　[1]伯仲:指关系密切的朋友。孔尚任《桃花扇·骂筵》:"东林伯仲,俺青楼皆知敬重。"

　　[2]句:读出,辨识。

　　[3]瀄瀄:水流声。

　　翌日,复从故道[1]出谷,访康成书院,院当不其山东麓,废久不可识。骑而西过不其山脊,歇马百福庵。息阴崇佛寺,地控南原大陆,余谓朗生曰:"入山矣而复出何也?"曰:"圣水庵绝壑[2]耳,无所往。"

注释:

　　[1]故道:指来时的路。

　　[2]绝壑:深谷。元好问《游黄华山》诗:"湍声汹汹转绝壑,雪气凛凛随阴风。"

　　游劳唯两户,非南始华楼,即东始上苑。南入者,则自山及海,入眼小出眼大,如禅子蒲团观寂转入无遮道场[1]。东入者,则自海及山。初境旷终境寂,如圣功之返博从约退藏于密。乐事也!宁大无小,宁旷无寂,请为子南。余唯唯喜,遂望华楼秀著刺天,不禁指舞。

注释:

　　[1]禅子:佛教僧侣。唐皎然《闻钟》诗:"永夜一禅子,泠然心境中。"无遮道场:即无遮大会,佛教每五年举行一次的宗教仪式,因广结善缘,一律平等而称为"无遮"。

　　访赵氏隐居,撷裾慧炬院。院建隋开皇中,孤僧小结存系而已。佛有旃佛大部藏经,盖废海印寺移来者。折而右涉[1]为黄石宫,酌月宫门台

79

上。华楼南去[2]黄石宫十里。渡溪履原,然后舍骑从杖[3]。踏华楼之脊,目不偿足之艰。至此,奇峰怪石争出献状,荟然喜崭然愕,忽失疲之所在。宫倚三峰,最高者为高架崮,玉女盆次之,凌烟崮又次之。元人刘志坚遗蜕[4]崮中,侧而仰卧,疑复起,盖余得睹真仙,但不敢惊觉耳。华表峰居宫左,削如台立不可上。云旧有黄冠梯登之,得仙人遗物焉。南天门居宫前,松石布之,不庄为止,疑有大力仙人,斫之种之,为玉皇[5]作供者。石门山则缥缈右际,竞意为秀,似不肯见辱为臣邻。猗欤[6]!华楼,余莫能愁其奇也。

注释:

[1]涉:到,经历。

[2]去:距离。

[3]舍骑从杖:放弃骑马转而步行。

[4]遗蜕:尸体。道教认为死亡是遗其形骸而化去,明宋濂《万寿宫住持提点张公碑铭》:"后三日,奉遗蜕焚于石子冈,执绋从者至数千人。"

[5]玉皇:道教信奉的天帝,简称玉皇大帝或玉帝,是天上人间主管一切祸福的尊神。

[6]猗欤:即"猗与",叹词,表示赞美。汉班固《东都赋》:"猗欤缉熙,允怀多福。"

翌日,从东北壑中下,骑而南折,三十里过石佛寺,渡汊[1],五里许为烟游涧,南三里许为聚仙宫。黄冠炊黍饭客,携榼莲华矶[2]上。矶当聚仙宫南三里许,卓立海滨,石峰瓣瓣出,童子穿瓣送酒。少焉,西日坠尽,成德在月,浮光溶溶,金鳞万道,各讶奇观。快饮无算,去宿烟游涧。晨起,北渡砖塔岭,南望大海,北望巨峰,杖藜[3]欲废复起。比日自华楼以下,杖底诸山,弃而不顾,至此峰不跃者耻焉,石不幻者耻焉。不跃不幻,愁斥伏涧底。自岭脊径而南二里许,为金壁洞,径东二里为夹岭河。两境俱有修真玄客[4]。北振十里许,为白云庵,庵当巨峰南麓。巨壑当前,左右诸峰成耸身作物像,是夜宿庵中。从月下出观,则人,则兽,则伏草,则拱立,更逼肖[5]于昼所见者。庵创不知何时,瞿昙故居,介玉皇有之矣。

注释:

[1]汊:河流的分岔。

[2]矶:在江边突出的岩石。

[3]杖藜:拄着手杖行走。《庄子·让王》:"原宪华冠继履,杖藜而应门。"

[4]修真玄客:信奉道教修行的人。

[5]逼肖:很相像。唐鲍溶《采葛行》:"镜湖女儿嫁鲛人,鲛绡逼肖也不分。"

翌晓日暗,温其枕荡荡不归。从人趣早起,云巨峰峰高在天际,非穷日之力莫旋,强起蹑庵址右眉而上,二里许为慈光洞。壁穷径绝,梯隙而上,再发天光。洞前,悬石如掌,海色愈来足下,唾之若可及波。洞左一窦如蒬[1],虚圆明洁,足展坐蒲。憨道人题诗洞中,横勒三字,曰慈光洞。朗生伯仲屑墨涂之若新出者。坐久,仍从隙下,径从砢?中陡,或隐或现,三、四里许,为自然碑,直削千尺,木修额短,俨若天质[2]之妙。因笑秦皇汉武,何不于此勒[3]功德而遂失之也!小憩碑阴,俯视灵旗,金岗诸峰,悉沉杖底,再陡径益险。左右诸峰,刻划物类[4],有同化工[5]。喘息,三、四里许,为幕云崮。无跃在空莫可上,舍之往,历美人峰下。与其跻美人而坐石,不如登石而对美人。又舍之往。然仰巨峰犹在天上。自此,密棘拒人不能前,导者剃而腰镰建功。二里乃见石巅之趾。回视幕云、美人两峰,沉沉献顶矣。极力振其石,人坐一石,周回四顾,盈天地皆水也。朝鲜、日本、琉球诸岛,都来襟带下。而劳山全体,仅同蚁垤[6],信一足障之蔽荫无余。隆生贾勇徒坐危巅,余为毛起,戒之勿若所为,恐罡风[7]携去。从人发干糇[8]遍啖以下,携杖与巨峰揖别。转身下舂,前经肖类诸峰,各以次迎,无有失职。将至白云庵,朗生伯仲尚矫余勇绕渡仙人桥上招余[9],余不能从。抵庵,日已西坠,从人急具醨茗慰劳苦[10],乃卧。

注释:

[1]窦:山洞。龛:供奉神像的小阁子。

[2]天质:天然,天生。《后汉书·崔骃传》:"因天质之自然,诵上哲之高训。"

[3]勒:在石头上雕刻。

[4]物类:万物。《荀子·劝学》:"物类之起,必有所始。"

[5]化工:自然造物的工巧。

[6]蚁垤:蚂蚁窝。晋葛洪《抱朴子·喻蔽》:"寸枝之上,无垂天之翼,蚁垤之巅,无扶桑之林。"

[7]罡风:道教中指高空刮的风。

[8]干糇:干粮。

[9]矫:依靠。余勇:还没用完的勇气或力量。北周庾信《周柱国楚国公岐州刺史慕容公神道碑》:"敛气余勇,雄边遗则。"

[10]从人:仆人。具:准备。醪茗:酒和茶。

次晨,南去左折而踏会仙山,寻碧天洞,亲与仙人共语。从山之左胁,降而复陡,三、四里经响云峰,峰秀甚,令人仰而目眩。忽三麃起前,从者拱之奔而灭影。沿峰力杖[1]里许,为云门峰。身从云门中过,峰石缝理与他峰异,面文背质,挺而从天,巨峰虽高,不如此之丰隆卓削,大雅逸群也。轻捷者可登,朗生蚁缘而上[2],跳舞其巅,余为之骨战[3],峰下为碧天洞,明敞可宫,洞口一罅平坎,形如蚌怀受月有涓浅盈可供栖者。峰前一峰为浴盆峰,池颠沉黝莫测,风来浪涌,人莫敢临视[4]。此境,虽樵者间至[5],游劳之客不知,知之,亦不能作鸿蒙[6]想也。徘徊久之,从左堑悬削而下,径陡如井,左足探级不得,则右足之任谢;右足探级不得,则左足之任不释。手足并职[7],胸腹协劳,如是十里而至先天庵。庵在天门、海天两境之间,东趣[8]上宫约五里许。朗生谓,当逐海门涧流水曲折达之,以尽潭石之胜。余即不振[9],耻不若人,从之。涧多巨石,交锁成潭,潭溢而出为长短瀑,人沿巨石曲行,率胸腹贴地者七八,头颅向天者二三耳。潭多不能殚[10]录,最胜者曰龙窟,幽沉蕴绿,处绝壁下,据石俯窥,毛发尽起,朗生大书龙窟二字于壁,坐久之去。

注释:

　[1]杖:拄着拐杖行走。

　[2]蚁缘而上:像蚂蚁那样沿着攀登。

　[3]骨战:骨头发抖,形容内心惊恐。

　[4]临视:靠近观看。

　[5]间至:时不时到来。

　[6]鸿蒙:亦作"鸿濛",道教中指宇宙形成前世界的混沌状态。《庄子·在宥》:"云将东游,过扶摇之枝,而适遭鸿蒙。"

　[7]手足并职:手脚并用。

　[8]趣:同"去",距离。

　[9]不振:不振作,疲劳。

　[10]殚:竭尽,全部。

　　比暮始抵宫,宫为真人刘华盖道场。山势蜿蜒,开拓雄旷,天然成道之所。饭罢,录元人碑记及丘仙人石上诗[1]。是日疲甚,不欲他烦杖履。黄冠[2]指其巅明霞洞云,新创有楼,顾客临之。朗生伯仲强余往,比至无足观,第海展半规,清澈天际,一舟灭没杳霭[3]间。向西而逝,差悦人目。由上清趣太清[4],步率东下,游人之趣恒在海,山遂疲于献奇,春足十里许而至下清宫。平壤纵马可汗,海则荡颖[5],憨山利其航深不便,取《华严经》中那罗严窟之名[6],创为海印寺,食僧日繁千指。唯不能善居其成,妖孽害之,遂为虚址,断碑遗础为足抚然[7]。

注释:

　[1]碑记:石碑上刻的记事记人的文章。丘仙人:丘处机(1148—1227),道号长春子,南宋登州栖霞(今属山东省)人,全真道掌教、文学家、养生学家和医药学家。

　[2]黄冠:道士戴的帽子,被用来代指道士。

[3]杳霭:亦作"杳蔼",云雾缥缈的样子。唐韩翃《题荐福寺衡岳睐师房》诗:"晚送门人出,钟声杳霭间。"

[4]上清、太清:道家所称的三清境之二。《云笈七签》卷三:"其三清境者,玉清、上清、太清是也。亦名三天,其三天者,清微天、禹馀天、大赤天是也。"

[5]颡:额头,脑门。

[6]华严经:全名《大方广佛华严经》,是大乘佛教修学最重要的经典之一。那罗严窟:亦名"那罗延窟",位于那罗延山的北坡,是"崂山十二景"之一。

[7]抚然:若有所失的样子;抚,通"怃"。

　　北行二十里许,有矶卓立曰八仙墩者,比日艳谈之。又有齐仙蜕化之事,亟[1]欲一往。人沿壁上行,蛟龙嘘影,加以怒涛虚喝,不坠者幸焉。欲尽如线,复跃一峰起,濯濯[2]然无他。唯周遭巨浸,远光正园,如镜如瑞玦[3]。回视所来二十里走入海中者,又如镜碎玦缺,神摇目荡,不复知天地间有尘世累矣。自右胁螺旋而下,左折及滨,一壁万仞,洪涛撼激,人语不闻,对之令人神战。此中水势,千军万马,急鼓严金,非进而摧城,即退而曳尾,一进一退,震动淘渹[4],即天地亦无容其主张。复缘壁右而左过北山,有筏待于水滨,泛之一叶,数人与波上下,浤浤汩汩升天坠渊[5]。少焉,暮霭向沉,海天无色,加橹而北,遂谢山影数重。约之二十里而泊宿黄山草舍。是日犯高临深,看奇乐旷,虽惊怖欲死,而雄豪亦欲死也。

注释:

[1]亟:急切。

[2]濯濯:光明清朗的样子。《诗经·大雅·崧高》:"四牡蹻蹻,钩膺濯濯。"

[3]玦:半环形有缺口的佩玉。

[4]淘(hēng)渹(huò):浪涛冲击声。

[5]浤浤汩汩:水流急的样子。《文选·枚乘〈七发〉》:"怳兮忽兮,聊兮慄兮,混汩汩兮。"

翌日晨起,遥瞰海色,风日恬美,水波不翔。安游二十里许至雕龙嘴。筏上遥视那罗延山,峦峰簇簇,作态招人,遂舍筏振策[1]。磊砢[2]间十里许为那罗延窟,窟当散花峰东绝壁之上,凿壁而登,崆崆峒峒,内通天阙,俨乎名胜之景。惜前临深壑,柱础无施,故憨师舍此他求。若菩萨则芥子纳须弥窟设恒河沙无量道场[3],何用余地为也。侍御公尝此葺茅,居僧有志者,欲延名胜而小径有为功德,舍此莫为善地也。洞前仰看那罗延峰,益侧益秀,薄云临风,片舞在空不去,以劳山灵概,此山尤在华楼、巨峰、云门诸峰之上。惜日已昃[4],无息杖所,不能在,遂下宿于雕龙嘴。

注释:

[1]振策:扬鞭骑马。晋陆机《赴洛道中作》诗之二:"振策陟崇丘,案辔遵平莽。"

[2]磊砢:亦作"磊坷",很多垒在一起的石头。宋梅尧臣《拟水西寺东峰亭九咏·幽径石》:"缘溪去欲远,磊坷忽碍行。"

[3]芥子纳须弥:佛教用语,指微小的芥子中能容纳极大的须弥山。恒河沙:佛教用语,指极多。

[4]昃:太阳偏西。

循矶而北十里,形如覆釜[1]者为峰山,骑而发游而至,大醉海滨石上,晚去宿于太平宫。宫左一峰突起曰狮子峰,万松托出于上,松稍见石数螺,嵱岈[2]净洁,如髻珠[3]之在佛顶。游劳者,类于此宾日焉。翌明登峰之巅,露滴松香,月斜杖影,蛩声与潮声答响。虽隐显微著不同,而隐隐莫辨海光,则东弥万里,光景可谓清绝。第东际一抹痴云,蔽害日穴不出,久之,天渐明,鸟离宿,日出云上,如往日,无有如人所云溶金焕紫者。隆生命酒一申石上,之好而下。是日,侍御公自郡至遇诸途,共投黄芝卿之宽山斋。芝卿醉客海滨石上。夜欲午,落月在起,去潮复来,客大醉罢去。

注释:

[1]釜:古代的锅。

[2]谽呀(hān xiā):高峻的样子。

[3]髻珠:佛教用语,指头发中的明珠。

北骑十五里曰鹤山,鲎[1]山也。纯骨无肤,巨石长松谋而复合,高深不及他山,而一株一块意态自足,如云林画中。庙貌犹存,胜国时左衽之制[2]。惜栖宇害骑,羽流妒客,侪辈[3]策他计未决。侍御公先别归。余侪更振其巅,遍盟松树下,宿于张茂才家。

注释:

[1]鲎:一种生活在海中的节肢动物。

[2]左衽之制:指少数民族的服装,泛指少数民族的制度。古代许多少数民族的服装区别于汉族的右衽。

[3]侪辈:同辈的人。《三国志·魏志·武帝纪》:"公与邈父同岁孝廉,又与邈同时侪辈。"

游劳自华楼抵山,游事已毕。他无可托杖藜[1],原欲同公归邑,公谓足下[2]远人也。田横[3]岛远不百里,不乘兴吊之乎? 余唯唯[4]。于是,朗生先人具[5]舟筏。明日骑而八十里,抵海滨曰山东,舟筏具待,风帆而前,筏橹而后,上下波头二十里,历岛门而至岛。岛门隘,其石门水怒,鬼神挟波要食,番舶具牲后渡,否则祸人。岛形椭纵长十里,横二里,附骨而肉土黑坟,毛食五百人,访吊先生遗庙既五百义士冢,冢草芃芃[6],庙废无有。先足辽人,百家聚此成落,共祀先生,后以耿孔寇乱。防兵苦之,渐而鸟散。庙亦寻废,侍御公有意重建未果,徘徊久之。日欲暮,不得归渡,宿于子遗茅下,翌日,西风大作,海波如卷,不能渡。闭门苦坐,静听风涛而已。次晨,风愈恶,小尽残尊而暮。更次日,风波顿息,水光如镜,于是,乘潮急渡。鸣榔所至,鸥鸟惊飞,不啻[7]在吾江南湖山间,略宽且大也。抵岸骑行而归。

注释：

[1]杖藜：拄拐杖行走。《庄子·让王》："原宪华冠继履，杖藜而应门。"

[2]足下：古人对同辈的尊称。

[3]田横（？—前202）：秦末的齐国贵族，因不肯向刘邦称臣而自杀，岛上的五百名部属闻讯后也都自杀，史称"田横五百士"。

[4]唯唯：恭敬的应答。

[5]具：准备。

[6]冢草：坟墓上的草。芄：一种野草。

[7]不啻：如同。《聊斋志异·促织》："虽连城拱璧不啻也。"

　　是役也，历日二十有七，绕途七、八百里。山行则看海；海行则看山。洪涛削壁，狎[1]而归诸杖下，可谓豪矣。余之有是役也，侍御公命之，朗生伯仲佐之，善乎！公不食言，虽染指岚光[2]，不必大信。伯仲见山即喜，虽曰日久克完始终，畴为山水戏事也，大义徽焉。况失山水之外者，余实窃夫山水之幸也已。

注释：

[1]狎：拥挤。

[2]岚光：山区的雾气被阳光照射发出的光彩。

【赏评】

　　明代崇祯皇帝在位的 17 年，是明朝气数渐尽最终走向灭亡的时期。此后清军入关，大大改变了中国历史的发展轨迹。明朝灭亡虽然发生在崇祯年间，但却不能把造成这一重大历史事件的原因归咎于崇祯本人。历史的发展总是遵循着某种客观的规律，单凭个人的力量远远不足以扭转明代衰败的颓势，尽管崇祯一心想要中兴大明，但积重难返，结局已定。皇帝尚且如此，普通人的力量就更加微弱了，生活在晚明的士人未尝不希望重新恢复盛世局面，但终究无力回天。他们只能与好友一起游山玩水，赋诗作文,看上去悠闲自在。今天的我们已经无法得知他们当时的真实心境,只能透过文中的山光水色来体会古人游赏时的精神感受。"人生代代无穷已,江月年年只相似。"(张若虚《春江花月夜》)跟浩瀚无垠的宇宙相比,人的生命实在短暂,但那又有什么遗憾呢?今人虽不见古时月,却确切地知道挂在天边的那一轮照亮我们归家之路的月亮曾经也以如水的清凉让古人沉醉过。人世沧桑变幻,山川风景也流转不止,难以凝固,唯有诗人们用深情和睿智编织进诗文之中的精神体验能够跨越漫长的时间与广阔的空间成为永恒。他们在奇洞险壑、危峰怪云、清水巨石中品味出的优美灵动、欢喜忧伤依然能让现代文明孕育下的我们感动和沉思。这就是文化的魅力,历久而弥新,但绝不意味着遗忘和背叛。

《劳山周游记》的作者曹臣于万历十一年(1583)出生在一个商人家庭,他遍览经史子集,学识渊博,32岁即写出笔记小说《舍华录》,其中包含了古今人士的数千条警言隽语,涉猎之广非一般作者所能及。但就是这样一位才华横溢、性情独特的人,仕途上却一直郁郁不得志,生活拮据窘迫,颠沛流离。正是因为如此,作者才十分珍视与友人的感情。崂山虽有"神仙窟穴"之称,历代皇帝也热衷于来此访道寻仙,但若不是与故人曾同游于此并相约再会,想必作者也不会这般心念。历来游记都以情景交融为胜,那些流传下来的名篇大多渗透了作者的思想感情和身世遭遇,很少单独写景状物。这篇《劳山周游记》初看只是作者游劳的印象记录,模山范水居多,但仔细品味倒也能拈出无数情趣。作者观察细微,描摹精致,将劳山的山水峰石刻画得十分传神。尤其是修辞手法的巧妙运用,使各色景物显得愈发生动可爱。

崂山是道教的发祥地之一,自古就有着仙山之名。今天的我们已经很难说清究竟是崂山孕育出了丰厚的道教文化,还是道教成就了崂山的千古盛名。不过这些都不重要,至少散落在崂山的古迹遗存永远会作为一种符号象征着它的灵性和生命力。道教是中国土生土长的宗教,但在很多人看来,它的发展十分缓慢,盛行程度远不及外来的佛教。这也许是某一方面的事实,但实际上道教因为一直有名山作为载体,又强调清静无为和自我修行,在文人中间还是产生了很大影响的。而且道教追求的长生不老本来就是超越生命有限性的一种尝试,这对于敏感脆弱的文人来说更是一种心理慰藉,因而也就无怪乎他们偏爱仙山了。曹臣在文中虽没有显示出对劳山道教古迹的特殊喜爱,但还是能够隐约窥见他对神仙世界的向往,又或者说,作者对尘世生活感到厌恶和疲倦,希望像传闻中的仙人一样隐居山间,自在优游。除了道教之外,佛教的一些范畴和概念也对文人的思想观念产生了重大影响,这反映在文中随处可见的禅理和禅趣上。

作者这次周游的起点是不其山,此山并无殊丽出奇的景色,也没有高大险峻之姿,但山中有东汉末年的经学家郑康成讲学旧址,后经即墨知县高允中在明正德七年(1512)改建成康成书院。书院附近还有玉蕊楼,此楼为明代进士黄宗昌所筑。黄亦是本文作者曹臣的至交,他为官正直,因敬慕郑康成的为人和学识而筑楼隐居于此。此外,传说中的道教宗师张三丰也到过此山,还有以他的武功名称命名的邋遢石,因而不其山的知名度颇高。作者到此感受到的是不其山的宁静,寥寥数笔即将山中的风景悉数展现在我们面前:山谷中流动着一条清涧,涧的两旁有石有屋,屋的四周有树木环绕,涧水顺着台阶淙淙流淌形成剑潭。这里描绘的意境让人不由得联想到了王维那首著名的诗《辛夷坞》:"木末芙蓉花,山中发红萼。涧户寂无人,纷纷开且落。"但与王诗的"以寂为乐"不同,作者并没有让山水处在一种自在的陶醉中。"纷纷开且落"是辛夷花的自在状态,它只为自己开放。不其山的涧户也十分空寂,但作者先写侍御所居玉蕊楼和张三丰到过的邋遢石,又写自己"潭下小酌",这就营造了另外一种与王维的空寂之境不同的意境。这种意境有如《江雪》,却无柳宗元式的清冷,有一种人与自然合而为一的亲切感。

作者描述事物精准又简约,只一段话就概括出了游览劳山的奥秘。"游劳唯两户",一是自东始于上苑,一是自南始于华楼。"南入者,则自山及海,入眼小出眼大,如禅子蒲团观寂转入无遮道场。东入者,则自海及山,初境旷终境寂,如圣功之返博从约退藏于密"。"小"与"旷","大"

与"寂"形成了鲜明对比。作者认为游山玩水"乐事也","宁大无小,宁旷无寂",因而选择从南入。佛教常讲"觉悟",其实是教人如何处在一种自明的状态中。冯友兰先生在《新原人》中也提出过类似观点,认为圣人并不是要做不寻常的事情,而是他们在做寻常事情时了解自己在做什么,并自觉地在做,所以圣人丝毫不惧怕选择,这就是他们与普通人的区别。作者虽没有圣人通透的境界,但也称得上是智者,若非如此,不能有这般独到的判断力。

华楼位于崂山西北部,奇峰怪石皆似仙人助力而成,非常神奇。此外,还有不少道教名胜。历来游崂的达官贵人大都对此地情有独钟,它也是崂山风景中保存古诗与题词刻石数量最多的地方。但因为地处偏僻,道路艰险,需要渡溪舍骑从杖,才能尽览风光,不过一到黄石宫,作者便被眼前美景所震撼,忽而惊喜忽而错愕,先前的疲劳顿时消失不见。作者用巧妙的笔法将黄石宫周围景观的各色姿态一一置于读者面前,其间还穿插了许多关于仙人的似真似幻的趣事,让人禁不住产生无限遐想,究竟是怎样神奇的景观能使作者描述它们有如细数家珍一般,莫非真是仙人造就了此等人间盛景?

劳山人文风景虽以道教名胜为主,但也不乏佛家景观。聚仙宫旁的石佛寺和莲华矶就都与佛教有关。莲华矶卓立于海滨之上,本就风姿绰约,作者此处又以花瓣喻石峰,并写童子穿瓣送酒,一派其乐融融的景象。日落西山这一意象在很多诗人眼中都因带有衰亡之义而多用来表达凄凉之感。李商隐《登乐游原》诗句"夕阳无限好,只是近黄昏"更是以其丰富多义性成为流传千古的佳句。但作者一行人并不以为然,他们欣然自在,一边喝酒,一边观赏月光洒在海面时的奇妙夜景,非有异于常人的开阔胸襟不能为也。佛教传入后对中国文人产生了重大的影响,尤其是中国化佛教的典型派别——禅宗。这种影响尤其体现在对他们思维方式和审美情趣的改造上,禅宗注重个人独特感受和直观体会的悟禅方式与中国古代感兴的思维方式一拍即合,使文人在面对自然美景时能够逐渐领悟到万物的自在自足,也就更容易欣赏自然的和谐与有序了,这也使他们变得更加深沉和超脱。所以不管是聚仙宫、莲华矶，还是砖塔岭、白云庵，作者总能发现它们特殊的美。

巨峰似乎是游崂之人必去之地，前人游记中对巨峰的描述多集中在其高远上，作者也不例外，但他选取的视角却与众人不同。常人都是站在巨峰顶上俯瞰万物，作者自山脚仰望巨峰，言其"峰高在天际，非穷日之力莫旋"，在攀登巨峰的途中，明明已经于慈光洞、自然碑、幕云崮和美人峰等地历尽艰难险阻，"然仰巨峰犹在天上"，至此，巨峰之雄伟高大不言自明。再往前走，则有密荆遍布，用镰刀砍掉才得以行进，等到石巅之趾时，再回望幕云、美人两座山峰，则"沉沉献顶矣"。人坐石上，四周风景一览无余。作者并没有从正面表现巨峰的孤峰突起之势，但却使它高耸入云的雄姿更加生动。在经过自然碑时，作者笑秦皇汉武没有到此地发现这座"俨若天质之妙"的石碑，言外之意是说他们不可能涉险求功德，似乎表现了作者自己的冒险精神，但后面他见隆生贾勇徒坐危巅时却又告诫他们不要这样做，"恐罡风携去"。这里作者想要传达的似乎也是巨峰顶上的风力之疾。接下来两兄弟在仙人桥上招呼作者过去想要锻炼他的勇气。他却不为所动。可见，作者已过了年少气盛的时期，不愿做无谓的冒险，这也从侧面说明了劳山风景多奇险。

刘禹锡在《陋室铭》中说"山不在高，有仙则名"，崂山则是二者兼备，既有众多连绵成势高耸入云的山峰，又不乏关于仙人的各色传说。其中的会仙山与碧云洞就是传说中仙人聚集的地方，作者到此寻仙，虽未果，但把沿途所见诸景描绘得特别引人入胜。无论是响云峰、云门峰，还是碧云洞、浴盆峰，都在他的笔下现出各自的形态。同时，作者通过自己的主观感受使地形的陡峻和复杂更加突出，作者并非贪生怕死之人，却时而"为之骨战"，时而"莫敢临视"，时而"徘徊久之"，不知脚落何地。一行人历经艰险才到达先天庵，先天庵亦是道教遗址，位于天门峰之下海门洞之上，相传为元代至正年间白不夜道人所建。庵四周风景秀丽，潭石交错。众人在朗生的提议下逐海门洞流水，曲折前往上清宫，路上尽览潭石之胜，然而潭多不能全录，作者仅选龙窟潭略加描述，但足以观风景之奇特。

在游上清宫时,作者见多识广,说这里山势蜿蜒,开拓雄旷,乃天然成道之所,可谓眼光独到。上清宫是宋太祖赵匡胤为华盖真人刘若拙建的道场,是劳山众多道观中唯一的一处丛林庙。元人朱犟撰《重修上清宫碑记》,碑安放在宫内。全真道人丘处机也曾居此宫中演道说法,并撰诗于石上。作者对前人留下的遗迹很感兴趣,饭罢即尽数抄录。与内地的名山相比,崂山山海相映的自然景观可谓独具一格。这座海上仙山之所以能够吸引众多修道之人来此建筑修道场,在很大程度上是因为它奇特的地貌形态。古人游崂山时目光常在山与海之间变换,观罢山之奇,再看海之壮阔,也就不会轻易出现审美疲劳。作者这句"清澈天际,一舟灭没杳霭间"让人不由得想起了李白《送孟浩然之广陵》中的"孤帆远影碧空尽,唯见长江天际流"。两者描绘的意境虽不同,但都做到了含吐不露而余味无穷。古来文士,凡到太清宫者,几乎没有不提憨山的。憨山是明代高僧,因慕崂山盛名而从五台山来此修禅,后将太清宫的旧道院改建成海印寺,一时间僧侣云集,气势之盛可媲美五台、普陀等名刹。但很快引来奸人迫害,被充军发配偏远之地。作者到此遗址,见人去寺空,一片衰落景象,不禁喟然而叹。作者对仙人之事颇感兴趣,对修禅高僧的遭遇也十分同情,可见他并不偏爱佛道中的任何一家。

八仙墩向来以奇险至极观著称,又与八仙过海的故事直接相关,所以尽管山势险峻、水势迅急,这里依然是游劳之人亟欲一探究竟的地方。作者运用比喻、拟人、对比等修辞手法,以独特的视角、精细的笔触将八仙墩的瑰丽神奇形态尽显无遗,足见功力之深厚。他自幼饱读诗书、博闻强识,但却诸事不如意,难免心生苦恼。而在跋山涉水、犯高临深、看奇乐旷的过程中,作者的心胸也变得越来越开阔,遂"不复知天地间有尘世累矣"。经历了八仙墩的波涛汹涌,再面对风平浪静的海面时心境就更平和安宁了,在筏上遥视那罗延山,作者竟感觉到峦峰在作态招他前去,从中可以看出作者内心非常轻松喜悦。前面所说的明代高僧之所以从五台山远赴崂山,就是因为被《华严经》中描述的那罗延窟所吸引,他在此窟中坐禅修行两年多,原本想在窟旁建寺,但受地域所限只能舍此他求。作者因此联想到了佛法中"芥子纳须弥"的典故,芥子虽小,却能容纳一座巨大的须弥山,这看似不合常理,其实却是教人不要执着于真实的大小,喻诸相皆非真,巨细可以相容。既然如此,憨山和尚又何以因地势条件不利于修建寺庙而舍弃此地呢?言外之意是说憨山不应该拘于形式而放弃这等有灵气的地方,同时也蕴含着作者深深的遗憾。

可是遗憾归遗憾,对于游人来说,周游各处风景才是最重要的。狮子峰上观日出绝对是游崂之人不可或缺的体验,明代即墨文人黄宗昌就曾赋诗一首表达自己夜宿狮子峰的感受,诗曰:"石上开樽有浊醪,海天东望月轮高。夜声时到秋山寺,半是风声半是涛。"(《宿狮子峰》)作者于天亮之前登峰之巅,感受到的亦是此类情境:露滴松香,月斜杖影,蛰声与潮声答响。待到日出云上,却并未见到别人所说的溶金焕紫的景象,但作者一行人却没有为此扫兴,而是尽情饮酒作乐,加之作者好友侍御公自莱郡归来途中与他们相遇,所以众宾客大醉海滨石上,好不痛快。作者十分擅长抓景物的主要特征,在游鹤山时,他言其高深不及他山,但山上松石都意态自足,如云林画中,颇具情趣。《齐记》中称:"泰山虽云高,不如东海崂,崂山最秀奇者,首推鹤山焉。"如此盛景,自然令作者流连忘返。但作者好友侍御公却因公务缠身只得作别。由此可见,只有如作者般的落魄文人才有闲情逸致游山玩水。

游罢鹤山,作者此行本已结束,但侍御公认为作者远道而来,而田横岛距此不到百里,乘兴前往悼念一下五百义士才算不虚此行,作者欣然应允。岛门狭隘,浪高风大,水势凶猛,作者认为定是有鬼神携波向过往船只要食,若不献上牲物,则祸害船中之人,令人毛骨悚然,也说明了路途艰险。五百义士的坟冢早已杂草丛生,十分荒凉,让人不胜唏嘘。接连几日大风阻碍了作者一行人的返程之路,只能闭门苦坐,静听风涛。待到风顿波息,方得以归。这正印证了一种观点:旅行只是冒险,最终目的却是回家。即使像王维、孟浩然和柳宗元那样著名的山水诗人,也无法真正把自然界当作自己的最终归宿。诗人敏感的心灵虽使山水愈发灵动可爱,但他们终究只是借山水来抵御现实,并不是真心想做隐者,本文的作者曹臣也仅仅是众多匆匆的游客之一。古往今来，能够通过对自然的领悟而达到一种自在自为的生存状态的只有陶渊明，陶诗的恬淡是由内而外散发出来的自然理想，没有过多的修饰，却能从中窥得作者对田园的认同感，这是其他任何一个以游客姿态出现的诗人都无法做到的。

　　苏轼有诗云："人生到处知何似，应似飞鸿踏雪泥。泥上偶然留指爪，鸿飞那复计东西。老僧已死成新塔，坏壁无由见旧题。往日崎岖还记否，路长人困蹇驴嘶。"(《和子由渑池怀旧》)东坡居士之旷达众人皆知，此诗更是表现了诗人不为凡物所累的宽广胸怀。同时，它也能很好地诠释作者此次周游崂山的意义：既有好友相伴，又得以遍赏崂山山海奇景，尽尝跋涉之艰难喜悦。

游槐树洞记

明·张允抡

洞在太平宫西南隅[1]。峭壁相对立,有巨石五、六,累累塞峡间,石罅窅然[2]。每穿益上,其罅处皆洞也。舁[3]梯而往,道士前导,循西南三里许,至洞下。洞口巨石园如颅,不可登。竖梯而登,梯不及处,余惮不能,欲下梯。道士曰:"勿然,余以肩承公也。"乃踏肩而上,初洞气乍寒,其上为第二洞。有小穴,卧梯而入,匍匐从之,穴穿而梯竖,又深黑无所见,道士燃松节[4]照登。梯至二洞,又穿至第三洞,乃通明可外瞰。四人皆坐憩若猿,猎落石间。道士曰:"其上复有四、五洞,洞尽处一穴达巅,然陡绝不可上,此先年土人避兵处,幽且险,游者绝迹焉。"夫天下固有此至幽极险之处,待乎人之力与明以相之,而卒以济[5]者,其亦不少也。

注释:

[1]隅:角落。

[2]窅(yǎo):眼睛眍进去,喻深远。

[3]舁:抬着。

[4]松节:松树的节心,含有油脂,古人点燃用来照明,可入药。

[5]济:渡过,达到。

【赏评】

自春秋始,游山玩水便成了中国人的传统人生享受之一。《诗经》中的许多脍炙人口的名篇,即为作者们遍寻美景后所作:如"关关雎鸠,在河之洲""蒹葭采采,白露未已"等,无一不将眼前的良辰美景,刻画得栩栩如生。我国最早的游记《穆天子传》,生动翔实地记载了周穆王驾八匹良骏,一路驰骋西征的壮举。虽其原文与现实稍有出入,但那种将所见所闻细录于笔下,传于后人的念头,不减分毫。魏晋南北朝以来,文风日渐率直通脱,狂士频出,纵情于山水之间,名篇佳作,更是不胜枚举。同时,随着运输技术的不断提高,原本舟车难至之处,也变得车马易行。不仅节省了游人的时间,更使他们的足迹拓宽到了更大的范围,而游记也逐渐脱离了"流水账"般的简单记叙,其本身的内蕴也更为广阔,所包含的感情也更加复杂。有的借古讽今,有的怀古伤今,有的托物言志,有的托物寓意。明末的徐霞客,即为山水游记的集大成者,一生志在四方,偏向险境,风餐露宿,与猿同行。以非凡的勇气和热情,汇集了常人无可比拟的第一手资料。其30余年积累的心血之作《徐霞客游记》,成为了具有里程碑意义的著述,悉心绘制了一幅神州地貌的写实画卷。后世的游记作者,也从中受到颇多启发,下笔由心,呈现出多样的色彩。

与徐霞客同时代的张允抡,别号栎里子,明代莱阳人。进士及第,官至户部主事,后任饶州知府。明亡后,断念仕途,遁入崂山,不问政事。期间结识颇多名流隐士。曾在崂山授徒十余年,晨钟暮鼓,安之若素。唯留一老仆相伴,自得其乐,徜徉其间,并著有《希范堂集》、《廉吏高士传》及诗文11卷。除了传道授业外,他得闲时遍游崂山名胜,仅在《栎里子游崂山记》一书中,就载有游记13篇,诗文70余首,对崂山的人文、自然景观记载甚详。其诗文俱佳,生趣盎然,深得文理,含蕴隽永。尤擅长于游记写作,凡足所至处,所思所念,所感所悟,逐一录过。开卷读来,令人心旷神怡,耳清目明,细咀之下,有"不可再赞一词,不可再省一字"之感。

常言道:"泰山虽云高,不如东海崂"。崂山这颗屹立在黄海之畔的明珠,东高傍海,西低顺丘。中起高顶,支脉沿生。秦皇汉武,传说中都曾来到此地寻仙求道。为这山海奇景,增添了仙道之韵。只惜地处艰险,山路蜿蜒,稍有不慎,便有葬身之虞。又囿于航运水平的落后,旅人们往往是只闻其名,难见其貌。就算不惜跋涉,来到山下,望着那深不可测的云海,往往也只能抱憾而归。宋代以后,随着国力的强盛,造船技术有了质的飞跃,大大促进了崂山周边地区的经济繁荣。与财富一起上路的,还有诗兴繁盛的旅人。他们不畏劳顿,来到这山海仙境,一探究竟。或是干脆长居于此,随兴而游。从地理位置考量,"槐树洞"在崂山的诸多景点中,甚为占优。经过崂山历史最悠久的道教宫殿"太平宫"后,沿洞西南行不到两公里即至。洞由两侧高70余米、峭壁夹缝中的多块巨石叠摞而成,自上而下,共有10层,盘旋曲折,离奇险怪。洞内阴晴不定,忽而幽深黑暗,须秉烛而入;忽而异境天开,如豁然开朗;忽而台阶蜿蜒,必拾级而上;忽而石壁陡立,得攀梯而登。变化莫测,奇趣万端。站在洞顶石台上,放眼远眺,海天一色,群峰竞秀,心神荡漾,不可言喻,故也称"觅天洞"。近代著名的乡土作家周至元,也曾作诗咏赞过槐树洞:"古洞悬崖半,扶梯始克上。秉炬匍匐入,玲珑仙踪赆。初进狭而隘,再上幻而旷。洞尽天光露,微微一孔亮。平生好探奇,兹游浓而放。低回不能去,惬此幽独赏。"不难看出,槐树洞的客观条件,为作者的创作备好了素材。全文虽不过300余字,却将攀洞而上时的心境变化描绘得细致入微,实为难得佳作。

　　游记开篇,首先交代了槐树洞"在西南隅"的方位,其意图十分明显,是为了暗示从太平宫到此地的直线距离并不远。或者说,它属于太平宫的视野范围以内,是一个不必专门寻路探访的景点。太平宫,起初名为"太平兴国院",后来更名为太平宫,是崂山自古便有的主要景区之一。广为人知的太清宫和上清宫,也不过是它的别院而已。其所在之处,负山面海,景色绮丽,不啻为人间仙境。奇峰异石,古木幽洞,更是比比皆是。作者并没有因为地理距离上的近,而避谈这段路的实际情况。"巨石五六,累累塞峡间",一个"塞"字,形象地写出了顽石的形态。这无疑说明,它们在视觉上对游览者会造成一定的阻碍,或可解释此洞缘何与太平宫近在咫尺,却人迹罕至。紧接着,"每穿其上,其罅皆洞也"又可视为对视觉阻碍的进一步证明。一缝生一洞,一洞乱一心,其形大同小异,其貌难辨难分,不由得让人想起白居易的名句"乱花渐欲迷人眼"。而何处是作者要抵达的地方呢？作者虽是有备而来，却被这顽石和繁洞迷了心窍，也是浑然不知。只得在同行道士的带领下"舁梯而往"。按常理，游玩山水，应该轻装上阵，身轻松，心才得轻松，才能凭空生出几分诗情。可一行人早有准备，四人前后，抬着梯子在陡峭的山路上前行"寻洞"，以今人的角度来看，不免有几分滑稽，但也从侧面反映出，此地绝非易至之处。

片刻之间，一行人抬梯来到了洞下。面对"圆如颅，不可登"的巨石，一路抬去的梯子，便派上了用场。但可能因梯子长度不够，并没能完全解决问题。作者的恐惧，开始在心间蔓延，他直白地交代了此时的心境："余惮不能，欲下梯。"沿途的山势有多陡峭，路途有多艰险，作者已是历历在目，忆忆在心。此地一旦踏空，怕是要摔个粉身碎骨。但同行的道士，不只能凭着记忆引路，还敢于"用肩承公"，甘愿将自身也置于危险的境地中。仅有微光透入的洞中，隐隐地又浮现出一处小穴，一行人你攀我扶，前后相助，艰难地爬过以后，却陷入一片伸手不见五指的漆黑里。不难想象，他刚刚被按下去的恐惧，又不自觉地从心底涌了出来。这时，准备充分的道士，从背袋里掏出了一根陈年松节，轻轻点燃。温润的光亮，在洞中一点点弥漫开来。这一个细微的举动，在很大程度上减缓了作者的紧张心情，为下一步的旅程，提供了精神上的支持。

连续攀上两洞后，一行人才发现别有洞天。原本黑暗恐怖的幽境，在众人眼前突然通明起来，新鲜的雾气，丝丝缕缕。令人忍不住俯下身子，贪婪地呼吸起来。之前如过山车般此起彼伏的紧张心情，也终于在这一刻得以尽情释放。"坐憩若猿，猎落石间"即为此刻最好的写照。出于对"物有本末，事有终始"的探寻本能，他怎能不向道士发问：这里是终点吗？为何仍不见山巅？还有没有路可以走？道士拈须答曰：这里不是终点，事实上，还有两洞。但太陡峭，太艰险，已经超出了我们的能力范围。我们现在所处的地方，就是原来当地原住民躲避战乱的地方，一般游客是不会来的。作者听罢，心生了一番感慨。"夫天下固有此至幽极险之处，待乎人之力与明以相之，而卒以济者，其亦不少也。"

前文已经提到，作者选择避于尘世，将感情寄寓于山水之间，是在明亡之后。他虽与徐霞客是同时期的人,但两人的出身却有极大的不同。徐霞客不靠官府资助,不恋名利纠葛,只靠一双脚,一颗赤子心,便行走于广袤的天地之间。在行文的风格上,也接近于格物致知,擅长于再现现实中的点点滴滴,并不过多地掺杂个人情绪,是一名属于时代的、理性的记述者。而作者,既是官场中尔虞我诈的参与者,又是王朝兴衰的亲历者。他眼中的世界,他潜意识中对事物的认知角度,自然与徐霞客有很大的不同。他笔下对于游记中事物细节的描摹,也显然不是重点所在。彼时,内乱外患,民不聊生。文官集团、满清新贵、农民军,三股力量汇集成一股合力,将明朝推向历史的终点。1644 年,崇祯自缢于煤山,拉开了明亡的序幕。在这种历史背景下,作者于结尾之处的感慨,值得我们再三琢磨。对其最适合的解读是:"天下固然有这样的'绝境',能够提供给百姓躲避战乱,暂时喘息。但等到国家之势力与明代相像之时,猝然完成王朝的过渡,这种情况,(在历史上)也是不少的啊。"这处人迹罕至的"槐树洞",或可成为战乱年间实际存在的"庇护所",而一个王朝的"庇护所",又在何处呢? 作者通过对槐树洞的攀登,经历了一番心境的起伏变化,从中感悟到历史的趋势,是不可逆转的。但细细品味,却无通常的那种感时伤事、哀叹惋惜的情怀,它更多地表达了一种对历史的反思。纵使自己隐居不仕,看似超然物外,但多年从政经历所养成的敏锐直觉,也无法让这种本能的反思从脑海中抹去。这种反思是值得的,是必要的,也成为张允抡游记的独特所在。

　　游记行文至此,戛然而止。道士听了那句话,又将如何作答呢? 是否会有更深的见地呢? 作者没有再多言,只留给读者以无尽的想象空间。槐树洞虽小,然能小中见大,以点窥面,借景生思,以叹问史。

游崂东境记

明·张允抡

正月十五，与李子圣约于太平宫。及期，与刘生翔溟、于生冲阳及七十二龄道人姜观阳同行。比至，则李子已迎门相待矣。是时，宿云乍敛[1]，风日光霁，缘海东南行，一路穿松林，步石径，青霭萦山，碧波拍岸，仰而视，俯而听，每行三五里，辄小憩[2]。十五里，过乱石滩。滩中乱石磊砢，其状如瓮[3]，或如斗，皆匀圆如摩拭[4]。其上窑货堤，石壁千尺，下浸海，阻南北之路，凿壁开道，仅可通人。十五里抵青山村，夜静止宿。时闻风泉悲鸣，潮声撼枕，宵分不寐，披衣起，视皎月犹悬，海色天光，虚白如一。西南上峻岭，取道松石中，曲折如羊肠，约五六里，北陟岭，东方始白。六人皆踞[5]危石上，观日出。初自游底升，状如金盆，其动如猱[6]，满亏不定。稍升而高，体乃圆，或曰水气摩荡然也，或曰日出状各殊。天极晴，海波不兴，为一状；有风为一状；有云为一状。故或极圆如轮，或微长如瓶，乍闷乍奄[7]，或影射水如珠盘，或其围参差伸缩如火动，海上人得备而见之。循岭西南，下抵上清宫。千峦万峰，重围环拱，峭峰干霄[8]，曲壑蟠龙。南山一口，海光涵绿，果洞天幽绝处。宫前，古银杏树二，其枝干云蔽日，根皆出土上，作虬龙[9]盘曲状。西有浑天石，支渠两岸间，广轮数丈，如山而天根，上镌长春子诗，犹可拂读。背宫而北上五里，翠微间为明霞洞。又上里许，为玄真洞，路益隘且削，面如石摩，手攀足缘，如猱升木，仅乃得达。有石壁，巉岩数丈，凿为洞，仅容人。上出云霄，振衣独立，高风震撼，如恐飘去。群壑上下，累累培塿[10]，丛林深坠，奔壑无声，东南大洋，浸涵天际，岛峙微茫，黑子[11]而已。此山之绝径，游者非深好事，不能至焉。日晡去宫东南行,逾岭而下,走绝壁,危石层累,鸟道如悬,行者前后鱼贯,首与足承,回转之间,前后相失。其地,三面高岩,南折大海;僧憨山海印寺遗址在焉。憨山与道士构讼[12],万历间长老能言之,因寻览耿义兰所为疏稿,故纸犹存。嗟乎!以憨山名,与其交游使得终始,其业将不为晋惠远之流也耶?惜其终于珰祸[13]也。庭多耐冬[14],红翠烂然,类江南山茶。宿之明日,折而北。自青山村逾东南岭五里许,至海滨。多文石[15],阔可十余亩,大小象物有五色,皆光润可弄,各拾所爱,盈怀袖。越日北归。是日,天重阴,山云海气,氤氲四合,一路所见云气乍上乍下,峰峦出没,海光明灭,瞬息万状。至窑货堤,会东南风急,海涛大作,如马奔,如山倒,触石冲崖,雪飞雾洒,其声怒吼,霹雳万千。逡巡行至小歇场而休焉。四子者不能行,余及进以归途之近也,冒雨而还。约四十里,皆山之东陲。中间颇有人家,每二三室为一聚,依山傍海而居,庐舍篱落[16],随势高下。少可耕之土,其生以鱼以蚌以薪木易粟而食。其风土[17]大概如此云。

注释:

[1]宿云:夜晚的云。乍敛:刚刚消散。

[2]辄:总是,就。小憩:短暂的休息。宋沈括《梦溪笔谈·权智》:"远行之人,若小憩,则足痹不能立,人气亦阑。"

[3]瓮:古时一种盛装液体的大型陶器。

[4]摩拭:用手摩擦。汉王充《论衡·率性》:"今妄以刀剑之钩月,摩拭朗白,仰以向日,亦得火焉。"

[5]踞:蹲坐。

[6]猱:古书上记载的一种猴子。

[7]闳:广大。奄:气息微弱的样子。

[8]干霄:高耸入云霄。唐刘禹锡《和兵部郑侍郎省中四松诗十韵》:"便有干霄势,看成构厦材。"

[9]虬龙:古书上记载的一种龙。《楚辞·天问》:"焉有虬龙,负熊以游?"

[10]累累:重叠的样子。培塿:小土山。

[11]黑子:比喻空间狭小。北周庾信《哀江南赋》:"地惟黑子,城犹弹丸。"

[12]构讼:造成诉讼,打官司。

[13]珰祸:指宦官专权造成的政治灾祸。珰:汉代宦官帽子上的装饰物,后来代指宦官。

[14]耐冬:即络石,一种常绿植物。

[15]文石:有花纹的石头。《山海经·北山经》:"又东北二百里,曰马成之山,其上多文石,其阴多金玉。"

[16]篱落:篱笆。

[17]风土:当地的风俗,风土人情。

【赏评】

　　崂山,自古便得"海上名山"之称,但因为是地处偏僻,舟车难至,游人每每至此,却难以尽睹秀色,故而颇少诗文传世,着实可憾。全真教掌门人丘处机曾有诗曰:"只因海角天涯背,不得高名贯九洲。"叹惋之情,犹然可见。自宋代后,航运日盛,青岛地区沿海一带的经济、文化亦趋之繁荣,尤其是依托道教文化的传播,崂山之美名亦被传之于海内外。明、清两代,游客接踵而至。文人雅士们,饱览过崂山的风景美色,既为崂山的山海奇景所沉醉,更为其雄伟浑厚所叹止。他们见景生情,各抒胸怀,佳作频出。其爱慕之情溢于言表,幽发之思蕴于文辞。这些诗文或著录于书,或雕刻于山,而传诵于世,从而使崂山扬名四海,中外得知。

　　本文《游崂东境记》,为崇祯年间的进士张允抡所作。张允抡曾任户部主事,后至饶州知府。官场沉浮数载,已然看透世事。明亡后,无意从政,隐居崂山,以授徒传习为乐。若有闲暇,便悠然游于山海佳景之中,亦钟情于怪石奇峰之趣。虽是不欠文债,仍笔耕不辍。每游罢一处,必细细记之。其想象之丰富,摹写之细微,文采之飞扬,可圈可点,可赞可叹,实为中国游记文学中不可多得的佳作。本文试从几个角度对《游崂东境记》进行评析,使读者得以体会到张允抡游记之妙处。

这年的正月十五,作者与好友,从崂山太平宫出发。太平宫是宋太祖为华盖真人刘若拙建的道场,坐落于一处深山峡谷间,四周重峦叠嶂,只余一条羊肠小道蜿蜒而上。作者的旧友李子圣,早已迎门等候多时。久别相逢,欣喜难抑。三言两语稍抒情意后,便向着目的地出发。慢慢的,一幅波澜壮阔的画卷,既在作者的眼前,也在胸中舒展开来。"宿云午敛,风日光霁",天公作美,似对这份久别重逢的欣喜格外开恩。一行人穿松林,步石径,三五里就停下来小歇一次,体位也随着所处之景,不断变换。"仰而视,俯而听",仰视薄雾穿山,恍然已至仙境,俯听惊涛怒号,心中万马奔腾。这沿途中的美景,已足使作者心神逸动,文思荡漾。接下来对乱石滩的描摹,更是栩栩如生,如在眼前,令人充分领略到作者的写实功力。从"如瓮如斗,匀圆如摩拭"中不难看出,石群虽乱,却不尖利,更像是天造之作。很快,一座千尺高的石壁又将作者的视线吸引了过去。它下端屹立在海中,横阻南北之路,在形式上颇具崇高之美。细细看去,一条在峭壁上由人工艰难开凿而成的运道,又赋予了这壮绝之景人的力量,也使作者不由得生起了几分赞许。前文已述,宋代后,由于航运业的繁盛,崂山一带已成北方的商业重镇。其海山壮景,也借着商路的兴起得以走进大众视线。

行路15里后,作者一行人渐疲,夜色降临,宿青山村,"风泉悲鸣,潮声撼枕"。自然界的百变身姿并不足以阻人入梦,但对一览日出盛景的期待,却使他们兴致盎然、辗转难寐。按时间分析推算,他们约在丑时左右动身。远处的海天结合成一色,界限不再分明。又有道士友人在侧,或是捻指默叩,或是不发一语,都令作者不自然地进入一种"此时此地,道生于一"的幻境。而后的旅程,依然如白天那般艰险。东方始白,作者与友人也终于抵达了目的地。付出了这般辛劳后,上天是否会给作者等人以观感上的犒赏呢?六人"皆踞危石上",此处"踞"字用得尤妙。古有"箕踞"一词,用以形容人席地而坐时,两腿如八字形分开的姿态。其字又有"盘踞,占领"之意,体现出一种克服重重困境后的自豪心情,一字落纸,形意俱生。炼字功夫,不言而喻。是时,太阳始升,令作者半夜不寐的心愿已达成。他的心情虽然激动难平,却仍保持了相当的克制,并没有任诗兴恣意飞扬,而是试图从科学、理性的角度,对日出时的形态变化进行描摹。袁宏道曾言天下有三件事,败兴最甚:山水朋友不相凑,乃败兴之一;朋友繁忙,相聚不及,乃败兴之二;游非其时,或花落山枯,乃败兴之三。于作者而言,六人一路日夜兼程,跋艰涉险,才得以箕踞于危石之上,实足相凑。期间无人借故离去,便无相聚不及之虞。其时为正月十五,正当赏月佳时。月日连观,更能使审美情趣得以充分抒发。这是一次尽兴之旅。但能不让自己的情绪如脱缰之马般失控,不让自己的感怀牵着理性走,则反映了作者心性的成熟,以及对行文的良好控制力。作为游记文学,游山玩水的价值所在,也非一时的冲动记录,而是一种深层意识上的心理满足,一种理性的愉悦与再现的真实交织而生的满足。"初自游底升,状如金盆",何谓"游底"呢? 此处应当作"河流的底部"解。"其动如猱,满亏不定"中的"猱",更加体现了作者下笔之细致。猱与猿,是同科动物,为何不用"猿"这一易于理解的动物作比呢? 因两者在体形上不尽相同,前者要更加小巧,爪子锋利,移动起来更加迅速,品性也更加狡诈。明刘元卿《贤奕编·警喻》载过一则寓言,讲述的即是黠猱媚虎的故事。老虎头痒,知猱爪利,唤其来解。猱在虎头上挖了一小孔,慢慢取食脑髓。若有剩余,便奉与虎。虎曰其忠,爱我而忘其口腹。等到脑髓渐空,头痛发作,寻猱,早已不见。虎终蹦跳大怒而死。这则小寓言,形神兼备地勾勒出猱这种动物的品性。作者用它来形容旭日升起时那种满亏难测、波谲云诡的变化紧接着,这冉冉升起的旭日,与周遭自然现象产生的结合,便更加能显现出它的姿态万千。"天极晴,海波不兴,为一状;有风为一状;有云为一状。"晴朗的天气,毫不阻碍作者纵目万里。他细细观察日出的同时,在脑海中飞快地盘旋着与之相适的喻体。"故或极圆如轮,或微长如瓶,乍闷乍奄,或影射水如珠盘,或其围参差伸缩如火动。"他通过比喻,传达出瞬息万变的自然现象中所包孕的美感。可紧接着的一句"海上人得备而见之",却写出了另一番情景。在海上往来从事贸易的船员,对此胜景熟稔于心,并无惊叹之情。这难免不让我们联想起自身的经历,当到某地旅行时,身体的各个感官似乎都被调动起来,变得敏感且专注,再细微的景致,都能迅速地捕捉到。而在日常生活中,对身边随处可见之美,却保持着一种"钝感"。当看到外人为自己身边之美而心醉神迷时,往往生出怀疑与不解。这种思维趋势看似荒诞,但却普遍存在。

观完日出,作者一行人又来到了上清宫。上清宫的命运可谓多舛,初建于汉朝,至今已历经了三毁三修,作者游览时,已经修了两次。上清宫为崂山许多道观中唯一的丛林庙,丘处机、刘处玄、李志明等道人到崂山时,都曾居上清宫演道。"千峦万峰,重围环拱,峭峰干霄,曲壑蟠龙",充分说明了上清宫的地理位置之偏僻。作者在此时,难免不与陶渊明的《桃花源记》一文联系起来,发出"果洞天幽绝处"的喟叹。而眼前的两棵盘根错节、枝繁叶茂的银杏树,又将作者的思绪拉回到现实中来。在此古意盎然之处,做些什么才最是应时应景呢?他向西远眺,一块"广轮数丈,如山而天根"的浑天石,映入眼帘。上面镌刻着的诗篇,正是全真道"七圣"之一的丘处机所作。只可惜风蚀日晒,上面的字句已经模糊不清,但"犹可拂读"。丘处机的时代,离作者游览此地已相隔三百余年。说是作者在怀古,也未尝不可。作者不是在用"手""眼"去拂,而是用"心"去拂。他所读出的,是古人提笔时的那份清静且寂寥的心境,在情感上已与古人融为一体。

伫立良久,对古人进行了一番内心的读解后,作者转过身来,北上走了数里,来到了明霞、玄真两洞。明霞洞居于崂山南向的昆仑山中段,一路攀岩而上,个中奇艰,不言而喻。行路一公里许,已见洞口。此洞开凿于金大定年间,原洞高大宽敞,明代道人孙紫阳曾静修于此。洞在接近山巅的峭壁下,洞口向南,洞呈椭圆形,高约2米,洞壁光洁,传为张三丰修真处。洞口镌"重建玄妙真吸将乌兔口中吞"数字,笔力遒劲、古拙,亦传为张三丰手笔。洞外东岩下另有小洞,口西向,名"三丰洞"。清末翰林庄陔兰诗曰:"陡绝玄真窟,盘崖一径行。下云鸡抱卵,出海蚌还珠。中有光明镜,常悬日月符。三丰留口诀,玉兔养金乌。"这一路的惊险,堪称十倍于昨日。作者在文章中给予了细细的描绘。"路益隘且削,面如石摩,手攀足缘,如猱升木,仅乃得达。"他刚才还在把旭日比作猱,此刻又写自已化身为猱,仿佛也长出了它的尖牙利爪,拥有了它的灵逸身手。"手攀足缘"在这陡峭山间,体会着心境上的自由飞翔。来到玄真洞后,作者再也按捺不住心中的沸腾情感,独自登上一块仅容一人的石壁,"上出云霄,振衣独立,高风震撼,如恐飘去"。这一瞬间,他似乎已经化身为《观沧海》中的曹操,与之不同的是,曹操是用饱蘸浪漫激情的大笔,勾勒了大海吞吐日月、包蕴万千的壮丽景象。而他独立危巅,只余狂风做伴,却在不知不觉中,体会着一种道教里"羽化成仙"的欣悦感。接下来这段对周遭环境的描写,更见境界:"群壑上下,累累培塿,丛林深坠,奔壑无声,东南大洋,浸涵天际,岛峙微茫,黑子而已。"不计其数的小土丘,散乱地分布在群山之间,丛林深陷在视线的下方,向东南眺望,海天一线,难以分清界限。原本能叫得出名字的大小岛屿,已成了针尖大小的黑点,只可依稀辨认。作者可谓到了"绝"境,不仅是地理位置上的"绝",更是心理上的"绝",也正是处于这种情景里,才最易涤荡人的身心,产生道德人格上的自我超越,自我再生,甚至激发某种高峰体验。但作者似乎并不急于将这一体验传达给读者。他没有用过多笔墨去刻画自己的所思所想,而是用一句"此山之绝径,游者非深好事,不能至焉"为这段"私人化的体验"收场。看似吝啬,实则有理。若非具有相当的热情,是不会到如此绝境来的,而这绝境中生出的绝景,就是对这份付出的一种犒赏。

午后三时许,作者离开了"绝"境,朝着东南方向继续前行。他似乎还未从"绝"处逢"生"的体验中拔身出来,依然选了一条危艰的狭路。"危石累累,鸟道如悬","行者前后鱼贯,首与足承,回转之间,前后相失"。人与人的距离,小到几可不计。每人都捏着一把汗,稍有不慎,就有粉身碎骨的可能。真可谓"不敢高声语,恐惊前后人"。他们愿经这番周折,去探访何处呢?原来是要探访海印寺的遗址。有记载曰:"德清,号憨山。于明万历十一年来劳。十五年改太清宫建海印寺。又八年为故太清宫道士耿义兰控告,谪雷州,寺毁。"明代高出《劳山记》称:"达下清宫,是憨师启檀越地,其始作定之方中,大风拔其炉。"又有陶允嘉《游劳记》称:"方其毁宫为寺丹垩落成日,天宇澄丽,忽飘风飞雨,洒淅而至。四众骇怖,罔测所由,出视海口,见二巨鱼如山,昂首喷波,直射殿中。"不难看出,海印寺的崩毁,本身就带着某种神秘的意味。个中的是是非非,也是说来话长。憨山大师是明代佛教的四大高僧之一,万历十一年(1583),他开始从五台山到东海访寻崂山,决心寻找《华严经》中所提到的"那罗延窟",并开始使用"憨山"这久已取好的名号。他经过千里跋涉,终于来到崂山。只见荒山野岭,树木稀少,百姓贫穷,各处庙宇,墙倒屋塌,掩埋在荆棘丛中,很少见到出家人。但山海风光,却非常壮观。他在靠近大海的山上找到一处石窟,认为那就是华严经中所提到的"那罗延窟",那罗延窟在憨山到来之前是默默无闻的,自从憨山居此之后,身价陡增,名扬四海,被誉为崂山十二景之一。可惜后来他身陷诬告,历时多年的僧道争地纠纷,以道教胜诉告终。万历二十八年(1600),他被皇帝放逐到雷州半岛,海印寺也遭拆除。本来颓败的太清宫,却得以重修。此事对憨山而言,有如窦娥之冤,但他并未一蹶不振,仍然积极传道,最终功成圆寂。无论是道教还是佛教,都是残酷的宫廷斗争的牺牲品。当宗教被强加以政治立场,它的作用就将变得面目全非。但历史不可改写,命运不可改变。一代人的悲欢离合,只能由这一代人来承受。作者站在遗迹上,心绪翻滚,"惜其终于珰祸"。而未遇珰祸的他,又身陷时代的悲哀里。建功立业,福荫一方的志向,也逃不过历史车轮的碾压。"庭多耐冬,红翠烂然",这遗址上生生不息的草木,似也通晓了人性,知道了憨山的那一片苦心,它们是岁月的记录,是时光的见证。

这无疑是一次精彩的旅行,眼福心福,相伴共生。作者选择了青山镇周围的海滨作为此行的最后一站,他的审美感官已经被充分地调动起来,连面前遍地的文石,在他看来,也宛如奇珍异宝,不禁弯下身来挑拣:"皆光润可弄,各拾所爱,盈怀袖。"而此刻自然环境带来的景致变化,自发地将这次旅行推向了高潮。"山云海气,氤氲四合,一路所见云气乍上乍下,峰峦出没,海光明灭,瞬息万状。"这是一幅神秘又奇特的景致,山云海气,生出了如梦似幻的体验。"触石冲崖,雪飞雾洒,其声怒吼,霹雳万千",既冲击着作者的耳膜,也冲击着他的心胸。

游崂山西境记

明·张允抡

三月十三日出太平宫,至家庄。同行者道人陶松庵,而故人王元俭适至,喜与俱。沿石水河,过劈石口二十里折而东,平壤旷然,阡陌畇畇,栗林茂密。行数里,抵大崂观。观在芙蓉峰下,天气暄晴,惠风微扇,丽日当午,青霭霏微,山容如黛,梨花盛开,高下飞雪,与松翠相间也。[1]观之北为北九水河,有深潭多鱼。去观西南行十余里,过灰牛石,一路风景青葱,林木蔚茂,峡深径曲,暖气薰人,桃李花竞开,红素缤纷。遥望岭际,红花簇簇,如朱霞半天,莫知其名类也。北登三里许,至华楼。南望群山,重峦叠嶂,与襟带等齐,祠庙台坛,结构云中。[2]忽然烈风大作,寒气袭人。别地桃花已谢,此中方盛开,生气之后至也。岩之名者曰"翠屏"、曰"碧落";崮之各曰"凌烟"、曰"王乔";岭之名曰"清风"、曰"虎啸"。山之岭有层石出云霄,四面崭绝者,所谓华楼也。洞中有骸骨,宛然全身,云是羽人刘志坚遗蜕。[3]自元大德中,道士神之。既夜,徘徊台殿间,长空一碧,星月近人,群山微茫,攒星万点,絪缊烟霭,松风四合,飕飕飗飗,撼岩吼岫,其境之寥阔凄清特甚。[4]道人云:"每当夏日,云雨在下;天雨,则诸山响应,填填[5]如鸣大鼓,良久乃已。"此境殊非人间。然少林木,或曰先年苍松古木,来此黯不见天,今剪伐[6]殆尽。独恨此耳!宿之明朝,北下十里,尽山麓,折而西,沿白沙河至莲台禅寺,清旷修洁,新松如栉。[7]自华禅师普通塔在焉。过河北东行,历华阴村,望黄石宫,在翠微[8]间。缘石盘礚上,有大洞扼中路,穿洞过,复上跻,乃达宫所。[9]古柏一株,老干四五楼,亭亭耸上,是前代物。宫后铜壁山;壁下黄石洞、玉液泉,俗传圯上老人[10]曾宅其中。出宫下行,折而西北,日晡至慧炬院,有古碑,记山之西陲游者。[11]兴尽而返时也。出山北行十余里,抵曹村万寿宫一宿。折而东南,逶迤[12]五十里而还。张子曰:崂山玄教盛矣! 五代以前弗可考。宋初有道人刘姓,来自蜀,太宗命建太平宫居之,称华盖真人。元时,王重阳[13]为之宗,至邱长春而其传益广,山中有六祖七祖之说。元主隆重玄教,问道赐号焉。碑记往往而是。此其最盛欤! 汉武好方士,而方士[14]至,故其时为之欤! 虽然遗世而独立,养性而全真,愈于世人溺于欲,以伐其性者也。故隐人君子往往托焉。[15]

注释:

[1]暄:太阳的温暖。惠风:柔和的风。三国魏嵇康《琴赋》:"清露润其肤,惠风流其间。" 青霭:紫色的云气。南朝宋鲍照《登大雷岸与妹书》:"左右青霭,表里紫霄。"霏微:飘散。南朝梁何逊《七召·神仙》:"雨散漫以霑服,云霏微而袭宇。"

[2]重峦叠嶂:形容山势重叠连绵。襟带:衣襟和腰带。祠庙台坛:泛指山上的宗教建筑。

[3]骸骨:尸骨。宛然:真切清楚的样子。

[4]细缊:亦作"细氲",云烟弥漫的样子。南朝梁沈约《八咏诗·会圃临春风》:"既铿锵以动佩,又细缊而流射。"飔飔飗飗:象声词,形容风雨的声音。岫:山洞。特甚:特别厉害和过分。

[5]填填:形容声音非常大。《楚辞·九歌·山鬼》:"雷填填兮雨冥冥,猨啾啾兮又夜鸣。"

[6]剪伐:砍伐。

[7]山麓:山脚。栉:梳子。

[8]翠微:青翠颜色的山。

[9]盘磴:弯曲而上的石头台阶。唐王建《元太守同游七泉寺》诗:"盘磴迴廊古塔深,紫芝红药入云寻。"跻:攀登,上升。

[10]圯上老人:道教神仙,秦末人。传说是在圯上传授给张良《太公兵法》的老人。

[11]日晡:申时,下午三点整到五点整。西陲:西边的边疆。

[12]逶迤:亦作"逶里"、"迤逦",曲折连绵的样子。

[13]王重阳:宋代著名道士王嚞,全真道的创立者,道号重阳子,故称王重阳。

[14]方士:修炼方术以求得道成仙的修道之人。

[15]遗世:远离世俗隐居,修仙学道。全真:保全天性,也指全真道。溺于欲:沉溺于世俗的欲望。伐其性:危害身心。南朝梁刘勰《文心雕龙·养气》:"秉牍以驱龄,洒翰以伐性,岂圣贤之素心,会文之直理哉?"隐人:隐逸之士。汉刘向《列仙传·方回》:"方回者,尧时隐人也。"托:找理由躲避。

【赏评】

崂山之美,在于它的雄奇壮美,云海相生,亦在于它的花木繁盛、儒道交融。千百年来,不断吸引着海内外游客到此一访,寻迹探幽,畅目舒神,也留下了许多脍炙人口、沉博绝丽的名篇,其中较为突出的艺术成就多集中在游记领域。游记文学,是我国文学宝库中尤为夺目的瑰宝之一。它既通过作者的翔实描绘再现名山大川的美丽所在,又将作者的心志情感包蕴在字里行间,给人以情理交融的阅读享受。典型作品有徐霞客用尽毕生精力撰写的《徐霞客游记》,不仅记载详尽,状物生动,更首先尝试将科学与文学相互结合。也有范仲淹劝慰被贬友人滕子京的《岳阳楼记》,夹叙夹议,藏情于景,留下了"先天下之忧而忧,后天下之乐而乐"的千古名句。更有清末刘鹗《老残游记》这种看似是游记,实则深刻地揭露了社会现实的针砭时弊的佳作。实可谓类型不一,各分秋色。本文《游崂山西境记》,是在崇祯年间考取了进士的文人张允抡所作。他的一生并不平淡,尝过得势的欣喜,也品过失势的苦楚。经过官场的沉浮,看过朝代的兴衰,最终选择隐居山林,远离人世,只与一老仆相伴,闲作诗文,聊以自娱。虽在名望上尚未达到文坛大家的地位,但在艺术水准上,却自有一番可圈可点之处。本文尝试从几个角度对张允抡的游记稍作分析,使读者体味其匠心独运。

初春三月,早樱缤纷,嫩柳抽芽,正是出游的好时节。作者的游兴开始萌发,随着花势渐好,愈加心痒难耐,十三日这天,他约了道人陶松庵外出游览。两人刚打算上路,正巧阔别多日的老友王元俭登门拜访。知道了他们的行程后,要一同前往。三人出行,喜乐更添一分。沿着水流湍急的石水河,有说有笑,不觉间已走了20里地。眼前的风景,逐渐生动起来。一望无际,令人心神舒畅的耕地,被划分得整整齐齐,令人心神舒畅,远远可见辛勤的农夫正在弓腰耕作,而茂密的森林却仿佛成了点缀。又行了数里,来到了大崂观。大崂观在历史的记载中,颇有几分神秘的色彩。它原名聚仙宫,是全真教的道场,经历过数次重修,但每一次重修后都在意外中损毁。而作者此时看到了大崂观,却似乎忘了陈年旧事,完全沉醉在这深合时宜的美景中。"天气暄晴,惠风微扇,丽日当午,青霭霏微,山容如黛,梨花盛开"。审美是需要条件的,只有得了天时地利人和,原本属于自然范畴的审美对象才能显现出美感。倘若此刻是"电闪雷鸣,狂风大作,深夜子时,浓雾弥漫",想必山容再怎么"如黛",梨花再怎么"盛开",作者怕也只能是"和衣欲去,退避三舍"了。他与友人绕观一圈,打量着周围的景致,品松翠,赏游鱼,吟诗作对,好不快活。稍作歇息后,便重新踏上旅途,向着西南方向,又行了10余里。初春胜景,依然在他的眼前延续。绿意葱葱的林木,纵深奇险的峡谷,暖阳洒在万物身上,春意不住地升腾,直教人心醉神迷。争奇斗艳的鲜花,更引来作者的兴致,每走几步,就忍不住驻足观赏。一路赏景,一路悦情,相伴踏青的那份欣悦,绽放在每个人心间。不知不觉,一行人来到华楼之上。这里的视野极开阔,向南望去,是一望无际、绵延起伏的群山。重峦叠嶂,虽有怪奇之姿,却不乏连绵之韵。作者思忖着,随手拈住了衣上的襟带,低头比对,却惊喜地发现:山势竟与襟带的样貌如此相似,看来世间的万物,都存在不经意的契合。天气忽然给了作者一个下马威,"烈风大作,寒气袭人"。他的目光随着身旁道士的手指看去,原来在山岭之巅还建有一座华楼。洞中传说有羽人刘志坚的遗骨,至于他是何方神圣,今已不可考。但根据上下文推测,他很有可能也是一位富有名望的道士,在此地羽化成仙,留下了骸骨,作为一段往事的见证。道士介绍这些给作者时,想必也是心情激动的。作者听得入神,全然忘了刺骨的寒风对身体的折磨。天色已晚,明天还有不少路程要赶。三人一商量,决定暂且歇脚,就在华楼这里住上一晚。

夜色阑珊,漫步在这千年古殿,无意间触摸到沧桑久远的台柱,一缕思绪也悄然爬上了作者的心头。白日里的春色与欢笑逐渐散去,而这夜晚却属于每个孤独的行者。接下来的这几句,如诗似画,不仅深具音韵之美,更放飞了读者的想象力,穿过篇章,穿过历史,将现代的读者拉入彼时的情境中去。"长空一碧,星月近人,群山微茫,攒星万点,绷缊烟霭,松风四合,飕飕飀飀,撼岩吼岫"。清净,是一种境界。它并不是中国独有的概念,在日本美学的研究领域里,也具有"幽玄"这种审美境界。而后者的产生,与佛教用语的发展关系十分密切。如《临济录》中所言的"佛法幽玄",《一心金刚戒体诀》中所言的"得诸法幽玄之妙,证金刚不坏之身"等。道家则讲究"清静无为,玄虚冲淡"。不难看出,审美境界跟宗教思想也是有一定联系的。作者能于此时此地产生这种审美境界,也有赖于同去道士的耳濡目染。这时,道士也开口了。他告诉作者,每年夏天只要一下雨,连绵的群山就将这种雨声几十倍、几百倍地放大,简直如同在击打大鼓一般。这其中,可能存在条件物理学的原理,作者当时还没有条件弄明白其中的原因。他所愤愤不平的是另一件事,山中有千年历史的古松名木,却被人砍伐去充作燃料,这简直是在暴殄天物。道士也不住感叹着,世风日下,人心不古。但一行人对此却都无能为力。困意袭来,三人休息,一夜无语。第二天,三人早早起来,沿着白沙河来到了莲台禅寺。作为崂山数千年来儒佛相争的幸存品,这座寺还是以整洁的面目迎接着他们的到来。走进寺门,清净空旷,少了几分冲天的香火气息,却落得一分心境上的安宁之感。华禅师的塔碑,仍安然伫立着,没有被捣毁。绕寺一周后,几人继续前行,接下来的旅程却让他们尝到了山路崎岖的滋味。他们的目的地是黄石宫,黄石宫又名黄石洞,位于今崂山城阳区夏庄镇崂山水库北岸,创建于元代。明代黄宗昌《崂山志》记有:"黄石宫有上宫、下宫,在华楼迤北十里许山之巅,元时建。"宫内祀三清,明代的崔道人便成道于此。一行人手牵着手,沿着陡峭的山石,攀岩而上,又接连穿过几个山洞以后,才到了黄石宫门口。令人遗憾的是,黄石宫的现景,略有几分颓败之感。只余有一棵千年的松柏,恐怕也是少有人来浇灌,孤零零的几根老枝，零落其间。作者踱步着，心境却渐渐低沉了下来，往事也不住地浮上心头。不远处的一个古亭是前代遗留下的。作者站立在亭中央，细读着壁上的诗句，若是有笔墨伺候，也会忍不住和上几句，借以抒发一下沉闷的心情。

少顷，一行人离开黄石宫，往西北方向行进。约在申时，到达了慧炬院。该寺创建较早，其年代已经无从可考，据碑石记载，于隋代开皇二年（582）曾重修。明代万历年间，憨山和尚被谪后，海印寺所有佛经均移此处。由慧炬院南下西去为神堂口，是明清两代由即墨入崂山游览的一条孔道。几人发现此处立有一块古老的石碑，上面记载着到此一游尽兴而归时的心情。几人走了几里地，来到万寿宫。又住了一宿，便踏上了返程的道路。篇末，作者发了一通议论，且幽默地把自己称作"张子"。他感叹：崂山的道教是如此的兴盛，而佛教的踪迹却很少见。道教"五代之前弗可考"的原因，是因为当时佛教占了优势地位。按历史记载，最早的崇佛寺建于公元264年，是崂山最古老的寺院。东晋时，高僧法显从印度取经回国，在崂山南岸栲栳岛一带因风浪被迫登陆，却受到当地太守的重用。从此，佛教在崂山大盛。处于优势地位后，势必要对道教进行打压。直到宋初，有一位来自四川的刘姓道人，才在崂山建了太平宫。太平宫初名太平兴国院，位于一个隐秘的深山峡谷中，四周重峦叠嶂，水声潺潺，非有人引领，难以找到。古往今来，关于太平宫的传说，更是不胜枚举。如宫口水潭的"三怪石"，相传是一只蛤蟆精的尸体。它在每天早晨都要幻化成一个婀娜多姿的美女，蹲在水潭里哭泣。如有好心人循声而至，它就狰狞毕露，一口将人吞掉。后来惊动了玉皇大帝，他迅速下旨，一个炸雷将这只作恶的蛤蟆精劈成三段。也许是这种传说所带来的力量太过于震撼人心，也许是当朝皇帝赵匡胤对迷信力量的格外推崇，刘道人迅速被召进开封府，封为"华盖真人"。有了官府的支持后，道教在崂山的发展如鱼得水。到了元代时，王重阳创立了全真教，道教由此成为世界性的宗教。他的传道之法，也颇为另类，多以随口而出的歌诀告诫世人，别人还未回过神来，他早已微笑着远远离去。还修筑了"活死人墓"供自己平日修炼仙术使用。到了丘处机执掌的时代,全真教的地位更加稳固。此时的道教较先前也少了很多奇诡的修炼方式,更多地侧重于普世价值的宣扬。丘处机本人在74岁高龄时,仍不辞劳苦,远赴西域规劝成吉思汗不要杀生,而应该"敬天爱民,清心寡欲"。成吉思汗也给予丘处机以极高的礼遇,让他统领全国的道教。作者不由得感叹道:汉武帝喜欢方士,请了许多方士到他身边去,给他开具了许多五花八门的药方,试图借此修心养德,但在思想观念上,仍逃脱不了穷兵黩武的作风。而全真教,却可以将"敬天爱民,清心寡欲"的思想向圣上传达,从而影响到一国国君的治国观念,这也可谓是深具积极意义了。

　　游记虽然终结了,但它带给读者的思考并没有终结。众所周知,道佛两教的争斗,在崂山已有上千年的历史。每一代政治者的个人好恶都深刻地影响到了某种宗教的地位。宗教甚至成为了政治斗争中的角力点,一旦得势,塔楼频建,一旦失势,焚毁驱赶。无论是道教还是佛教,其思想内核中都有着不杀生,不作恶,与外物和谐相处的观点。如果能加以妥当的利用,它们对普通大众,对时代发展的帮助作用,无疑是不言而喻的。作者写本文的时间是清代,而他所回忆的却是道教在元代全盛时的景象,这无疑表明,他对宗教相斗这一现象并不满意,认为偏离了宗教的本意,但又不好明着说出口。只能在游记末尾,用一种婉转的方式含蓄地表达自己的不满,这提升了全文的思想境界。

崂山记

清·纪润

予性癖山水,幼时,从王师肄业黄石宫,后迁于上下华楼。[1]昼听松风吟,夜闻钟鼓韵。耳得之而为声,目遇之而成色,[2]大足快心。一朝师徒早起,挑灯共读,仰观天色,触景成诗曰:"林深入静夜森森,侵早犹寒夜拥衾。何处晓钟催老衲,满前古木叫幽禽。千山嶂曙天初动,百道泉飞月未沉。长啸一声空谷应,浮生多少隔云岑。"[3]每一追念[4],不胜今昔之感、师徒之伤。光阴如电,不信然乎?及二十四、五后,即遍游诸山,酣洽不倦。[5]嗣后,偕友重游,大略境况,颇印心版。今书之后,奉告高人韵士,果有佳兴,问途已经想不误耳。[6]

注释:

[1]王师:人名。肄业:修习课业。黄石宫:黄石宫又名黄石洞,位于崂山城阳区夏庄镇崂山水库北岸,创建于元代。明代黄宗昌《崂山志》记有:"黄石宫有上宫、下宫,在华楼迤北十里许山之巅,元时建。"

[2]耳得之而为声,目遇之而成色:出自宋苏轼《前赤壁赋》,耳朵听到了就成为声音,眼睛看到了就成为景色。

[3]衾:大被。《说文》段注:"寝衣为小被(夹被),则衾是大被(棉被)。"云岑:云雾缭绕的山峰。

[4]追念:回忆,回想。

[5]信然:确实如此。及:待,等到。酣洽:酣畅欢洽。

[6]嗣后:以后。奉告:敬辞,告诉。果:连词,如果。经:经过。误:耽误。

　　自西而进至神堂口，则渐入佳境，新建草庵，一茶即行。劳一道童引至东北慧炬院，又一石竹洞，大殿内有憨山大士所请藏经并檀香佛。[1]有一老僧月心[2]，写作颇通，除此外别无观矣。转而至东。由王官楼后登黄石宫，有奇壁流泉，北面有高山，前面大河，河南即华楼大顶。举目一望，四面山色令人神往气爽。目空天地，不知有人间世矣。仍有中宫、上宫，可以略目。[3]下而过王官园林，大门对曰："十亩绿野渊明稼，一带青山中立图。"楼上一对曰："清狂客至无兼味，老病人扶有远山。"[4]前有华阴小集，停骖[5]片息，饮酒数杯，即过河，南游西莲台。此周官所施荒山，僧人新建佛殿也。老僧子华坐化偈语[6]："叵耐这个皮袋，终身唯作患害，撒手抛向尘埃，一轮明月西迈。"现刻塔石。一游即转而东，由响石过下华楼，即登上华楼宿。明晨谒庙，看洞中刘真人蜕壳，登老师傅坟，路甚窄险，非胆大力强者，不敢行也。[7]回而之南天门一坐望，即之东。仰观梳洗楼，孤峰峻顶，上有一洞，洞中有一神像，曾无人能登其顶，六十年前，山灵泄机，有一刘道人，值云雾寂静时，闻山坡有笙管声，即信步徐行。[8]路虽崎岖却分明，及至顶，云散雾收，风清日朗，刘道人大叫大笑，跳跃于顶上。山下左近村落并赶华阴集人，互相讶疑，以为是神仙现化[9]，齐奔之山根，望刘道人从容而下，手持琉璃绿杯，此洞中仙物也。佛像亦是白琉璃，别无他物。地方即报至邑侯张公，得去此杯，自此再有欲登者，已迷津矣。[10]间[11]有强攀而上者，岂可得乎？真所谓刘郎误入天台也。尚有金液泉、天液泉、玉女盆、高架崮，皆华楼景也。

　　观毕南下，过外祖蓝官书院，亦堪进歇。即过蓝官祖茔，一坟面东，西一大山，东向椎儿崮，风水妙甚，古松如龙，皮如鳞甲，游者无不盘桓赞美。[12]再东过毕家村，村南有外祖蓝官新茔，亦可一游。即至晋生杨公之乌衣巷，大门首一对曰："十日大都留客事，一春多半为花忙。"过河南，看红石崖，颇湛流连。[13]直登上庵，一名"神清宫"，景虽隘，却精。即下至大劳观一茶。

注释：

[1]草庵：小寺庙或庵堂。一茶：喝了一杯茶。劳：烦劳。请：迎请。大士：对高僧的敬称。

[2]月心：僧的法号。

[3]仍：还有。略：巡视。

[4]渊明：东晋陶渊明(约365—427)，字元亮，自号五柳先生，晚年更名潜，卒后友人私谥靖节征士，浔阳柴桑(今江西省九江市)人。兼味：两种以上的菜肴。

[5]骖：三匹马同驾一车叫骖。

[6]坐化：佛教用语，谓修行有素的人，端坐安然而命终。偈语：佛经中的唱词。

[7]谒：拜见。真人：古代道家、道教把修真得道成仙，洞悉宇宙和人生本原，觉悟的人称为真人。脱壳：蝉变为成虫时要脱去一层壳。比喻用计脱身，使人不能及时发觉。

[8]曾：竟，简直。泄机：泄露机密。值：遇到，逢着。徐行：走路缓慢的样子。

[9]现化：佛教所称佛或菩萨在人间显现的化身。

[10]地方：本地，当地。邑侯：县令。迷津：找不到渡口、桥梁，迷失了道路。宋秦观《踏莎行·郴州旅舍》："雾失楼台，月迷津渡，桃源望断无寻处。"

[11]间：偶尔。

[12]祖茔：祖坟。盘桓：徘徊，逗留。

[13]乌衣巷：巷名，今在南京秦淮河南岸。三国时吴国戍守石头城的部队营房所在地。当时军士都穿着黑色制服，故以"乌衣"为巷名。后为东晋时高门士族的聚居区。大都：今北京城。流连：依恋、舍不得离去。

东游九水，由山后牵骑至七水庙子。自一水至九水，一路鸟音树色，两岸奇峰削壁，水中磊落怪石，曲折万状，幽雅绝伦。游客脚踏石跳水为路。真所谓："水向石边流出冷，风从花里过来香。"[1]桃源仙境，不过如是。予恍然大悟，讶刘郎之误入天台欤？凡游至此者，名利念淡，万缘[2]俱空，真劳山第一佳景也！更有可羡、可赏、恋恋而难舍者，北有峻石名"骆驼头"，乾坤[3]幻象，古怪异常。予昔与知友宗方侯游此题诗曰："泰桥万里逐东流，疑是当年鞭石游。力殚五丁驱未尽，山灵幻结骆驼头。"山有一村,新创草庐,骚人韵士过此者,题三对于门上,其一曰:"山光悦鸟性,潭影空人心。"[4]其二曰:"有山有水区处,无是无非人家。"其三曰:"茶熟香清有客到门可喜,鸟啼花笑无人亦自悠然。"居此地者,不知此地之妙;亭此福者,不知福中之趣。可惜[5]人间天上,为庸愚蠢夫得之乎!再过七水庙子,南至九水庵,西有"仙姑洞"三字。前有明武进士周鲁书者。[6]宗方侯又题诗曰:"逍遥仙洞辟灵区,题者何人周鲁书。看得古今只一瞬,摩崖丹嶂是吾庐。"面东有"三清草殿",是予昔年领袖所建者。不知费几许焦劳,今一旦被豺狼[7]破坏,良可浩叹。游毕至旱河庵,新建玉皇大殿,规模宽宏,尽堪一宿。

注释:

[1]水向石边流出冷,风从花里过来香:相传苏轼与其父苏洵及小妹有过一次"深浅随所得"的撰联比赛,此联为苏洵所写。

[2]万缘:佛教指一切因缘。

[3]乾坤:八卦中的两卦,乾为天,坤为地,乾坤代表天地,衍生为阴阳、男女、国家等人生世界观。

[4]新创:刚刚创建。山光悦鸟性,潭影空人心:出自唐常建的题壁诗《题破山寺后禅院》。

[5]可惜:怜惜,爱惜。

[6]明武:明武宗朱厚照(熜)(1491—1521),在位16年(1506—1521)。进士:中国古代科举制度中,通过最后一级中央政府朝廷考试者,称为进士,是古代科举殿试及第者的称谓。此称始见于《礼记·王制》。

[7]豺狼:比喻坏人。

次日,直抵登窑村,一路山色环绕可观。此村三面皆山,面前大海,风景甚佳。昔有一避世高人,埋名居此,酷好结客,谈豪侠。静室对联曰:"无钱结客能倾胆,有剑酬知未为贫。"后不幸丧子,大门一对曰:"子去花为伴,友稀鸟作宾。"今人读之潸然[1]。

注释：

[1]潸然:流泪的样子。

东北峻岭,有一古刹[1],名"上元石屋"。因路险地僻,所以不得受名人之玩赏。由登窑之韩豸观,内有大耐冬、大白果树,[2]其余不足观也矣。即止宿于烟云涧,乃巨峰之角庵也。倘[3]日光未落,穷力而至砖塔岭亦可。里人相传,山外有唐王征东[4]建一双塔,名双塔口。有夫妇塔旁收田,老母送午饭至,时即值风雨骤作,其夫只背妇向塔避雨,触天大怒,雷龙连塔将不孝夫妇一总[5]抓离,摔至下巨峰,相隔数里遥也,砖迹尚存,故名砖塔岭。然顶后坡,又有骷髅花[6],五月方开,有头有口,即此夫妇之遗踪。噫!人可不孝乎哉?此处有一张道人,打坐[7]悟道,山中第一人也,大可谈论。东南有一金壁洞,宽大明亮,凡在内读书者,未有不发达者也。再上巨峰,系铁瓦殿。举目南望,面前一小山,势如插屏,屏外汪洋浩漫者,即碧波万顷也。[8]令人神骨皆清,真别有一洞天矣。殿旁之慈光洞、金刚崮、仙人桥,山后之自然碑及种种奇象,一经目者皆恋恋难舍也。

注释：

[1]古刹:年代久远的寺庙。

[2]耐冬:山东对山茶花的称呼,又名绛雪,隆冬季节,冰封雪飘,绿树红花,红白相映,气傲霜雪,故而得名耐冬。耐冬是青岛市的市花。白果树:即银杏。

[3]倘:假使,如果。

[4]唐王征东:唐太宗李世民征东和唐高宗李治征讨"辽东"的历史事件。

[5]一总:一块。

[6]骷髅花:学名三色堇,又名蝴蝶花、鬼脸花、猫儿花,为堇菜科堇菜属植物。

[7]打坐:僧道盘腿闭目而坐,使心入定。

[8]插屏:几案上的一种摆设。于镜框中插入图画或大理石、彩绘瓷版等,下有座架。浩漫:喻指辽阔、广大而深远。碧波万顷:形容水面或天空一片碧绿或碧蓝,广阔无际;此处指大海。

更上一层是上巨峰,不可不到,不堪[1]久住。然巨峰为万山之祖,在山外遥望,山内近瞻,顶之两旁,各一流长山,其顶皆向北敧,俨然群臣,阶下执笏班立,伏首朝阙。[2]造化之妙,唯会心人、巨眼人看出此景,而冒冒粗游者不知也。[3]在此能住数日者,真有仙风道骨[4]之福量也。次日,下转东登天门后,脚底是海,头上是山,十余里路,坎坷陡险,可谓星列,令人心旷神怡,动人以缥缈之思矣。[5]听涛声浩荡,观山色参差,非此景欤。天门后之大殿,是一齐道人名本守者,独手钻石,三年成功,墙皆石条。一旦无踪,找至八仙墩,得一衲脱,留一诗句曰:"道名齐本守,功夫从未有。打坐二十年,用工下苦修。若问归何处?仙台阆苑游。"此万历年间事也。[6]

注释:

　[1]不堪:承受不了,不能,不可。

　[2]敧:倾斜,歪向一边。俨然:副词,形容特别像。执笏:拿着笏板。古时臣下朝见君王或臣僚相见时,手持玉石、象牙或竹、木的手板为礼。朝阙:宫阙,借指朝廷。

　[3]会心:领悟;领会。巨眼:喻指锐利的鉴别能力。冒冒粗游:鲁莽、轻率地游览。

　[4]仙风道骨:仙人的风度,道长的气概。形容人的风骨神采与众不同。

　[5]星列:如天星罗列,形容密布。缥缈:隐隐约约,若有若无的样子。

　[6]一旦:忽然有一天,忽然间。万历(1573—1620):是明神宗朱翊钧的年号,明朝使用此年号共48年,为明朝所使用时间最长的年号。

　北至上清宫,两旁大山,前面大海,中间奇怪峻石,予与知友宗方侯持竿钓毕,漫吟诗曰:"钓罢归来意自如,晚烟倚树遍村墟。谁家老酒新开瓮,换我金鳞尺半鱼。"北顶有名烟霞洞,是吾邑马山东刘仙姑修真[1]处也。一派秀色,胜上清宫多多矣。更奇者,殿前有一牡丹一墩,道人相传,吾邑蓝侍郎游此,值花方开,爱甚。至秋,即遣人移取。是夜,道人梦一白衣美人告曰："我今要去,至某年、某月、某日方回。"天明,蓝官持帖来取,道士详记壁上。届期[2],道士又梦白衣美人告曰："师傅,我今回矣。"晨起趋视旧窝,发芽皆带花蕊。道人即奔县诉之,蓝公同至东园,则花果槁矣。[3]二百年来,此花尚存,花之神也、仙也,千古流传也。

注释:

[1]修真:道教中,学道修行,求得真我,去伪存真为修真。

[2]届期:到预定的日期。

[3]诉:告也。槁:干枯衰败。

再转东南至下清宫,三面大山,面前平滩巨海,风水佳景。昔有憨山和尚,年方二十余,写作全才,海内名家。曾与胶州赵进士讳任者作对曰:"去路还从来咱转,粗心须向细心求。"将三官殿毁,葬神像于海。逐道招僧,建大佛殿,劈山取土,日费百金,可惜劳山无福,有耿义兰者,疏奏万历皇帝,将憨山充发广东卫。[1]去后,道众方重修三官大殿。佛殿基之址尚存。此时,三殿内皆有耐冬成树,自十月开至来年三月。予昔冬游,遇雪压花,见夫白者,雪也;红者花也;黄者花之心也;绿者花之叶也。真一径一花色,无处无鸟音,令人终日[2]对赏,实恋恋而不忍舍也。然福薄人,焉得长消受哉?[3]可笑孽道,守此景而不知此趣也。再说,憨山至广东,立一大丛林,门徒无算,后坐化而成七祖。吾邑有广东道周天近太翁,在日与憨山甚善,天近幼时常在座前后。天近任广东,竭诚拜谒,其面如生,肉胎如漆,用指一弹,叮当有声。衣钵[4]辉煌,题其匾曰:"因果非偶,至今追忆。"设[5]憨山坐化劳山,名扬天下,至今游者络绎不绝,劳山之享名更当何如?

注释:

[1]憨山:万历十一年(1583)四月,憨山因慕崂山之盛名,由五台山来此。先在

崂山那罗延窟修禅,又因此处不可住,该年夏季至太清宫附近树下掩片席为居,历7个月,山民张大心结庐使其安居。憨山认为崂山乃一形胜之地,诚为大观,但对"处处琳宫皆为荆棘"的衰落境况,甚为叹息。他本想长揖山灵而去,但又不舍此处之钟灵毓秀,故淹留崂山,徜徉其间,饱览山光水色。疏奏:臣下向帝王上本进言。充发:充军发配。

[2]终日:整天,整日。

[3]薄:轻视;鄙薄。消受:享用;受用。

[4]衣钵:衣,袈裟;钵,钵盂,古代和尚用的食器。原指佛教中师父传授给徒弟的袈裟和钵,后泛指传授下来的思想、学问、技能等。

[5]设:假如,假使。

　　东南山之尽头,一小土山,由猎泊、涨泊而进,一流海滨有试金汪[1],水中有试金石。大者可作砚,小者试金银,黑坚堪赏。土山之下有八仙墩,五色缤纷,上有云岩笼罩,大小圆窝,光彩陆离[2]。前有海波潮,荡吞吐奔腾,真瀛洲仙界、蓬莱瑶岛,天之生物也,奇哉!观毕复回,向东坡往西转,观张仙塔二座,系邋遢[3]张神仙碎石所砌。一塔在海边,数丈削壁顶上,紧贴南崖,往南探头。北边又有一碎石塔,塔旁有一大耐冬树,至今几千百年。而碎石安如盤石,非神物而何哉?一小小土山,乃有如此二大奇景,诚劳山第一奇观也。

注释:

[1]试金汪:崂山玄玉,产自青岛崂山试金湾,试金湾实为青山湾中的两个小湾子,当地人称之为"试金汪"。

[2]光彩陆离:色彩斑斓错杂。

[3]邋遢:本义指行走之貌。《广韵·盍韵》:"邋遢,行貌。"又《广韵·叶韵》:"邋,迈也。"后来引申指为人猥琐糊涂,不整洁。

　　回至青山,昔年有一埋姓奇人隐于此。结茅庐,小门短对曰:"晦朔[1]潮为历,寒暄草记晨。"又曰:"何处是汉宫秦阙,此中有舜日尧天。"静室长联对曰:"老去自觉万缘都尽哪管闲事闲非;春来尚有一事相关只在花开花落。"数年后,不知何往,真高人也。由此北上,过大小黄山,举目东望,碧波无涯,群岛星列,耐冬成林,海鸥聚鸣,别有人间。予避东兵,触景兴怀,漫吟二句曰:"闲来检点平生事,谁似悠悠水上鸥。"

注释:

[1]晦:阴历每月末的一天。朔:阴历月初的一天。

过窑货堤至华严庵,是吾邑黄朗生先生所施创建者。有慈沾和尚塔,塔前有四柏,是予所施而命伊徒栽者。面东佳城,福薄人不能得也。西南二、三里,有那罗延佛窟。其门北向,窟顶明亮,如日似月,真乾坤幻象。憨山看经中注:"那罗岩佛出自东莱国。"故找至劳山,遍问僧道得窟名,心中了然[1],故在下清宫修行建庙。里人相传,佛在窟中打坐,到该飞升[2]时,值徒不爱供给,遂用柴杜门发火,而佛借此火力,飞冲腾顶,故有此名,而顶旁尚有石盖存焉,真耶?幻耶?不可得而考也,又劳山之一大奇观也!此庵有胶州秀才赵安期出家涅槃[3]偈语:"口说无佳碍,今朝挂碍无,风光随处好,净土[4]不模糊。"

注释:

[1]了然:明白;清楚。

[2]飞升:道教语,指修道者所谓的得道成真、飞登仙界。《三天内解经》:"张(陵)遂白日升天,亲受天师之任也。"

[3]涅槃:佛教语,梵文的音译,指灭度、入灭、圆寂。涅槃是佛教所指的最高理想境界,佛教徒通过种种修炼,净化身、口、意诸行,戒除并熄灭一切痛苦、烦恼,在生活中,契合宇宙人生真理,永不退转,这样的境界就叫涅槃。

[4]净土:指清净国土、庄严刹土,即清净功德所在的庄严处所。

由此而至太平宫一宿。黎明,上狮子峰看日出,再看槐树洞。明朝远年,有文宗[1]来游,登临时告诸生曰:"此所谓在明明德[2]也。"取其一时,谨凛万缘皆静意耳。因铭其石门上曰"明明崖"。昔避东兵者,几百人而未伤其一也,东兵以为窟窿山,真仙地也。

注释:

[1]文宗:朱聿鐭(1605—1647),南明绍武帝,明太祖二十三子唐定王朱桱八世孙,南明绍宗(隆武帝)朱聿键之弟。隆武帝死后,隆武二年(1646)十一月在广州拥立,年号绍武。绍武王朝的寿命很短,同年腊月十五,由福建攻入广东的清兵混入城内,夺占广州,朱聿鐭自缢而死,一说被杀。朱聿鐭史称绍武帝,庙号文宗。

[2]在明明德:出自《大学》:"大学之道,在明明德,在亲民,在止于至善。"指弘扬光明正大的品德。

西转而至王哥庄,街南有一修真庵,是远年李太监修创者。有胶州西张天老常居此避静,门有对曰:"野草连根煮,生柴带性烧。"又一对曰:"拨云寻路去,侍月叫门开。"真高人也,得享清福而去矣。自此北去,直抵外祖蓝官之小蓬莱。外边路口一碑,书"渔樵一径"四字。面东一楼,楼后峭壁,楼前大海,楼门对曰:"柯斧青山担出白云将换酒,纶竿沧海钓来明月却忘鱼。"[1]又一对曰:"秀色可餐坐客多情分不去,白云入卧野人无意得将来。"苍松龙形,赏之不倦,是地虽小而景最大。如王鳌之文章,实短而绝伦也。由是西乃峡口庙,文宗至此,车上祝天看云,出对曰"峡口云连海",有流亭[2]周杏浦独对曰"麦窑水接天,"遂称善。

注释:

[1]柯斧:装柄之斧。纶竿:钓竿。
[2]流亭:青岛一地名,有岛城"北大门"的美誉。

再东北而到鹤山,见山家村对曰:"青山留鹤梦,白水订鸥盟。"又有朝阳洞、梧桐金井、七磴楼、仙鹤洞、滚龙洞。前乘夜观海月,仙人盆前有邑侯许铤[1]题仙鹤洞诗曰:"孤鹤飞来几万秋,因餐白石化丹邱。回翔似顾三标秀,振翮[2]疑登七磴楼。流水桃花云片片,青天碧海日悠悠,兴来跨鹤扬州去,海畔苍生为勉留。"又有吴旦昌山氏题鹤山诗,其一曰:"放情随所适,幽兴自婆娑。踏月听僧梵,穿云入薜萝。潭空鹤影瘦,松老茯苓多。灵境堪长往,浮生能几过。"[3]其二曰:"结构傍清溪,拥书午梦迟,窗间人作字,花外鸟啼诗。听水思垂钓,看山羡茹芝。年来无一事,林下学弹棋。"昔有闺媛左灿[4],在鹤山避乱诗:"避地远人烟,山深太古天。潮回沙路出,树老石根穿。落日收渔网,望洋跨鹤山。故园隔烽火,客里欲经年。"又有摸钱洞,里人相传,前朝有一李道名灵仙,收盲目徐复阳[5]为徒,掷钱九文,令复阳出洞去摸,一年得三文,三年摸完,目睛忽开而明。功果圆满,飞升挂号。道传废人,触天大怒,罚灵仙刀下飞升。灵仙即晓天机,值墨邑有解囚犯至省出斩者,从至中途,夜半,酒醉解役放囚,自缚替犯赴斩。及斩时,白气冲天,天鼓忽响,云中复阳大叫曰:"师傅跟我来!"监斩官奏疏误斩神仙。自此,墨邑明朝犯人拟斩者,只陪决[6]而不处决也。相传是说者不妄[7]也。面东有大管岛、洞壁石二景甚佳。北有田横岛,有五百义士之墓,是予甲申[8]避土寇逃难之处。地阔而土肥。岸西有巉山,南北二十余里,皆玲珑隙孔。避东兵者,自南头有扒至北头者,数千人,皆得全而无恙也,惜乎,未得一游耳。

注释:

[1]邑侯:县令。许铤:生卒年不详,号静峰,明代武清(今属天津市)人,进士出身。明万历六年(1578),许铤独身赴任即墨知县,5年间政绩斐然,升任兵部主事。

[2]翮(hé):指鸟的翅膀。

[3]婆娑:盘旋舞动的样子。僧梵:僧念佛诵经之声。薜萝:薜荔和女萝。两者皆野生植物,常攀缘于山野林木或屋壁之上。也借指隐者或高士的住所。茯苓:俗称云苓、松苓、茯灵,为寄生在松树根上的菌类植物,形状像甘薯,外皮黑褐色,里面白色或粉红色。

[4]左灿:字楚卿,明代莱阳(今山东省莱西市)人。为名门闺媛,系左懋第侄女,有文才,适夫吴旦。

[5]徐复阳(1476—1556):字光明,号太和,又号通灵子,山东掖县(今莱州)人。幼年双目失明,后流落到即墨,为鹤山遇真庵道人李灵仙(今山东昌邑人)收养。徐复阳得到李道长的秘方治疗,双目复明。

[6]陪决:犹陪绑。

[7]不妄:虚假,不真实。

[8]甲申:中国传统纪年农历的干支纪年中一个循环的第21年称"甲申年"。此处应指1644年,正值明朝、大清、大顺三朝交替,年号分别是,明崇祯十七年、清顺治元年、大顺朝永昌元年。

　　鹤山之前,有户部[1]黄振侯山庄,即鹤亭养鱼池。客庭匾题曰"快山堂"。茂竹幽亭,可堪坐赏,不可舍此过焉。西转而有郑康成书院,道行于此,有篆叶楸、书带草,古迹尚存。相近而有郎生黄老先生之山庄,名邈遏石者。楼台四面不过人功[2],而秀山古松全赖天力,是吾邑第一山庄也。

　　观此毕矣。仍归儿女慈帐、名利苦海、是非场中矣。何不居深山之中,与木石居,以鹿豕游。无荣无辱,付理乱于不问,以终天年也哉!

注释:

　　[1]户部:中国古代官署名,为掌管户籍财经的机关,六部之一,长官为户部尚书,曾称地官、大司徒、计相、大司农等。

　　[2]人功:人力。

【赏评】

　　游记文化是中国文化史上的一大奇观,也是中国文学史上的一颗明珠。从先秦有文字记载开始,游记文化源远流长,影响至今,蔚为大观。游记文化有不同的载体,或散文,小品文,甚至诗词歌赋都可以用来承载游山乐水的心情。《崂山志》是游记文化中的一道独特亮丽的风景。崂山是山东半岛的主要山脉，主峰名为"巨峰"，又称"崂顶"，海拔 1132.7 米，是我国海岸线第一高峰，有着海上"第一名山"之称。古代无数文人骚客到此，留下了极为珍贵的墨宝。今天读之，不觉感受到其中的禅意、诗意，以及人与自然和谐而融为一体的天人境界和那飘然欲仙的隐逸思想。

这篇《崂山记》的作者是清代诗人纪润。纪润，字梅林，山东即墨诸生，画入逸品，诗致清远，有《东园诗草》传世。

游记的一开头便交代了"予性癖山水"，并回忆起自己小时候跟从恩师学习时"昼听松风吟，夜闻钟鼓韵"并且"大快人心"的情景。之后回忆当年的触景成诗，为我们营造出来一幅夜深人静图。"林深入静夜森森，侵早犹寒夜拥衾。何处晓钟催老衲，满前古木叫幽禽。千山嶂曙天初动，百道泉飞月未沉。长啸一声空谷应，浮生多少隔云岑。"林木深深，黑夜寂静，夜里已有些寒冷，不觉要盖上厚厚的被子。不知何处传来钟声，叫醒沉睡的僧人，而那幽深之处一声声禽鸟的叫声穿透古老的林子。周围的群山挡住了黎明的霞光，但天上风云已有一丝丝变化，不远处有百道泉流在无日无夜地激荡飞流。月亮还在中天，没有落下去。对着这空旷的山谷大喝一声，只听满山回响声声入耳。不禁想起人的一生，不知被多少浮云和山头阻挡了远眺的眼睛。这首诗意蕴幽深，充满禅意，使作者感慨光阴如箭，饱含师徒离别之伤。这首诗的幽远意境，和常建的那句"曲径通幽处，禅房花木深"有异曲同工之妙。今读之，心中不免宁静旷达，又会令人想起王维"行到水穷处，坐看云起时"的自然和谐之感。

作者先追忆往昔情景的文学手法，从诗赋创作的角度来看叫作"兴"，即"先言他物以引起所咏之辞也"；从小说等叙事性作品的角度来看，叫作"楔子"，或叫引子。这样使得文章言之有物，行文也显得自然。接下来作者便开始具体叙述登山过程，期间详略得当，状物写景自然流畅，人生感悟无限生发。整个游记依照时间顺序依次展开，内容丰富，充满趣味性，诗意盎然，思想深邃。我们可以见识到作者丰富的阅历，也可以感受到作者的审美情趣，还可以参悟到作者自然旷达的心境。

也许写景叙事是一个载体，而融合在游记中的思想精髓和深远意境才更值得品味。禅心和禅意贯穿全文。从游记开头的起兴我们就可以知道，作者是个参禅悟道的致远之士。作者开始登山后，首先见到的就是慧炬院，内有"藏经并檀香佛"。有一老僧名月心，擅长写作，作者说除此之外别无观矣。我们可以看出作者一定是个舞文弄墨的风流雅致之人。其后又有僧人所新建的佛殿，作者记下其中词句"叵耐这个皮袋，终身唯作患害，撒手抛向尘埃，一轮明月西迈"，感触颇深。其中包含了佛家所说的人的躯体与精神的关系——人的躯体不过是个皮囊，让人清心寡欲，为善而不为恶；万事不过一粒尘埃，那皎皎明月挂在天上是永恒的自然景物，人生不过是在这永恒的自然中不断轮回。

作者本身曾在寺中修行，故喜与僧人交往。在游至下清宫的风水佳景时，想到了昔日的憨山和尚，这里再次提及他的写作能力，称其为"写作全才，海内名家"。憨山和尚在崂山大兴佛殿，后被朝廷发配广东。作者并没有对憨山和尚逐道兴佛的行为做出直接评价。也许道与佛在他这里都是信仰和寄托，他绝不是个极端的人。但从下文对"憨道"的评赞中，可知作者对憨山和尚的怀念和赞扬。作者在这里察觉到了一处美景，有山有水，有雪有枝，有花有叶，有鸟有音，令人终日对赏而恋恋不舍，可惜的是"可笑孽道，守此景而不知此趣也"。之后又说憨山和尚在广东修行甚深，名满天下。可见他的禅心佛性之深。

山村中有文人骚客题的三处诗句也足可以表达作者的禅心。一是："山光悦鸟性，潭影空人心。"这在原诗中渲染了僧房的幽深、清寂。"山光"，山中的景色。"悦"，用作动词，使……欢悦。"空人心"，使人心中的杂念消除。"空"，消除，形容词用作动词，"使……空"。上句表面上是写山光使飞鸟也怡然自乐，实际上鸟的怡然自乐是诗人心情愉悦的反映。下句写人心对潭影而空，既表达了诗人宁静的内心感受，也隐约流露了对现实的愤慨和反感。这两句诗以动显静，因景生情，含蓄隽永。其二是："有山有水区处，无是无非人家。"这两句更是写出了寄情山水，与世无争的高雅情致。"有无"也是佛家语中的重要词汇。其三是："茶熟香清有客到门可喜,鸟啼花笑无人亦自悠然。"这两句更是描绘出了一幅宁静幽远、旷达清净的生活场景图。无论有无客人到访,都能保持淡然的心,这就是佛家讲的"平常心"。佛家劝导人们避免大喜大悲,而要能生活中忘却身外之物,清心寡欲,以一颗平常心对待人生。

有佛的地方也有道。道家仙境也是作者的追求。道家和道教的区别这里不再累述。游记中作者多次来到道观,在唯美的精致中获得了心灵的清净,并对仙风道骨表达出了强烈的好奇心。可见作者对游仙的逍遥生活的向往。儒道互补可谓是中国读书人的精神内涵之一。与儒家追求对称、整齐与秩序的美不同,作者游山乐水满含道家的思想意识,追求一种变化、生动与自然的美。作者"东游九水"时,见"游客脚踏石跳水为路",可见一种顺势而为、自然而然的行为方法,充满了情趣。

作者游览巨峰时,在山外遥望,看耸立群山皆似人。"在此能住数日者,真有仙风道骨之福量也。"又会心于"造化之妙",此番美景"令人心旷神怡,动人以缥缈之思矣"。而这种美景又不是所有人都能够领会的,他说"唯会心人、巨眼人看出此景,而冒冒粗游者不知也"。可见作者有一双发现美的眼睛和一颗能够领会奇妙景致的心。

游鹤山时,见到山家村有对联:"青山留鹤梦,白水订鸥盟。"青山白鹤乃是道家游仙文化的重要标志。后面又有诗句:"孤鹤飞来几万秋,因餐白石化丹邱。回翔似顾三标秀,振翮疑登七磴楼。流水桃花云片片,青天碧海日悠悠,兴来跨鹤扬州去,海畔苍生为勉留。"这正是让人联想起仙人驾鹤西去的逍遥场景。

隐逸文化在文中也体现得十分明显,可见作者内心是渴望一片世外桃源,寻找一片乐土佳境的。作者作为一代名士,以审美的眼光观照人生,以游戏的态度体验生活。隐逸对于他来说,只是追求一种美的人生境界。他对现实并没有强烈的不满,也不是怀才不遇。他只是追求那种宅心玄远、超然世俗的心境,即所谓的"内足于怀"。他为隐逸而隐逸,体现了名士对个体人格的审视和观照。

作者"东游九水",一路鸟语花香,优雅绝伦。"水向石边流出冷,风从花里过来香",这两句意境深远,表面写景,实际写人。人就隐藏在山水之间,水、石、风、花,四个景物本来交织成一个无我之境,却又同人的感官联系在一起。作者完全与美景融在一起,他描绘了这一段的山光水色,创造了一种清新自然的意境,使人读后悠然神往,仿佛也亲自领略了其间的意蕴。大有陶渊明"采菊东篱下,悠然见南山"的意味。作者说,"桃源仙境,不过如是"。"凡游至此者,名利念淡,万缘俱空",这便描绘出了一片世外桃源,使人忘却尘世,与世无争,淡泊名利,怡然自得。这让人想起南北朝吴均在《与朱元思书》中的体会:"鸢飞戾天者,望峰息心;经纶世务者,窥谷忘反。"同样是绝世美景,让人忘却尘世烦恼,想要坐忘于此,静心观景。

次日作者来到登窑村,得知往昔有"避世高人,埋名居此",喜欢结交客人,谈论豪侠。"无钱结客能倾胆,有剑酬知未为贫。"这不正是陶渊明"结庐在人境,而无车马喧"的安贫乐道的生活吗?这不正是竹林七贤饮酒谈玄,鼓琴长啸,悠然至极的豪放态度吗?

回至青山,也有一位绝世高人埋名于此。可见崂山隐逸文化的灿烂。"晦朔潮为历,寒暄草记晨。"面对大海,以天色阴阳、海水涨退来判断历法,以晨露晚霜来记录时间。"何处是汉宫秦阙,此中有舜日尧天。"可见这位高人的胸怀之豁达,藐视汉宫秦阙,以尧舜自比。胸中无限意,都付于此。"老去自觉万缘都尽哪管闲是闲非;春来尚有一事相关只在花开花落。"这一对联写的是人生态度,充满隐逸之风,又有道家的清静无为思想,还有佛家的万事皆空思想,又让人不禁想起庄子"吾将曳尾于涂中"的奇高境界。

游王哥庄时,又有胶州西张天老常"居此避静",门有对联:"野草连根煮,生柴带性烧。"可以看出这位张天老追求自然而然的态度,向往人事万物的本真面目。又一对曰:"拨云寻路去,侍月叫门开。"这真是一副充满情趣的奇对,以云和月做比,把自然景物拟人化,写出了这位真高人与自然同在,与日月同光辉的审美追求。作者到达小蓬莱时见到外边路口有一石碑,有"渔樵一径"四字。从这四字可以看出一个隐士的生活,远离尘世而自愿"渔樵于江渚之上"。面东又有一楼,楼门有对:"柯斧青山担出白云将换酒,纶竿沧海钓来明月却忘鱼。"又有一对:"秀色可餐坐客多情分不去,白云入卧野人无意得将来。"这可谓是去留无意、闲坐山中的旷达心境,非旷世高人所不能为也。这正是将自己与山川草木鸟兽虫鱼融为一体,同生同灭,达到忘却尘世烦恼的"虚静"境界。

赏奇观,观奇景,是游记不可缺少的。作者写到"明晨谒庙"时,说"路甚窄险,非胆大力强者,不敢行也"。接着写了又一大奇景,"洞中有一神像,曾无人能登其顶",而六十年前,"山灵泄机",刘道人"信步徐行",以至于附近村落居民以为"神仙现化"。作者讲述了具有神话色彩的故事,令人将信将疑。"然顶后坡,又有骷髅花,五月方开,有头有口,即此夫妇之遗踪。"这是又一个奇妙的神话。看来作者必然喜爱这些具有神秘色彩的奇人异事。以至于他说,"山后之自然碑及种种奇象,一经目者皆恋恋难舍也"。

东南山之尽头又有两大奇观。"流海滨有试金汪","土山之下有八仙墩"。作者不禁感叹"天之生物也,奇哉"。"塔旁有一大耐冬树",并且几千年过去了,"碎石安如盘石",作者感慨"非神物而何哉"。

游记最能催发人生感悟。像王安石的《游褒禅山记》,以记游的内容为喻,生发议论,因事说理,以小见大,准确而充分地阐述一种人生哲理,给人以思想上的启发,使完美的表现形式与深刻的思想内容和谐统一。当然,本文主要是叙事写景,并不主要说理。但作者的人生感悟就在这字里行间逐渐体现,或隐或显,或明或暗。纵情山水是作者一大人生追求,在山水之间领略自然美景,参悟人生之道。文中两首诗恰恰是这种思想的最好表现。其一:"放情随所适,幽兴自婆娑。踏月听僧梵,穿云入薜萝。潭空鹤影瘦,松老茯苓多。灵境堪长往,浮生能几过。"其二:"结构傍清溪,拥书午梦迟,窗间人作字,花外鸟啼诗。听水思垂钓,看山羡茹芝。年来无一事,林下学弹棋。"这写出了作者跟随己之性情,在山中吟诗,在月下参禅,观闲云野鹤,看潭影枯松。希望能够在这通灵的仙境中常住,并感慨浮生苦短,应当珍惜。我们也可以看出作者渴望隐逸于山中的理想。傍清溪而听水,拥诗书而入梦,看窗间花鸟,观溪边垂钓。终年没有尘世的纷扰,只求在林间悠闲地弹琴下棋。"听水思垂钓"这句诗可以看作是"庄子钓于濮水"的典故,表达的正是追求自然的真性情和不求闻达于诸侯的淡泊志向。

作者在游记末尾云:"仍归儿女慈帐、名利苦海、是非场中矣。何不居深山之中,与木石居,以鹿豕游。无荣无辱,付理乱于不问,以终天年也哉!"这可以看出作者深受俗世纷扰,深陷名利苦海,于是发出了"何不居于山中""以终天年"的感慨。这或许是作者急切地登临崂山的一种原因吧,而所有以上感悟和兴致,也正是游崂山给作者带来的一场精神洗礼吧。

八仙墩记

清·黄玉瑚

　　墨邑大小崂,绕海作屏障,重峰叠岭,错落不下百数。[1]其最高者为巨峰,穷日[2]始得陟其巅。《齐记》所云:"泰山高,不如东海崂。"即此山也。其最险而奇者为八仙墩,山插入海,巨灵[3]劈半成削壁,高数百丈,下临洪涛,怒击如轰雷,令人毛发森竖[4]。其路仅一仄径[5],更曲折如羊肠鸟道[6]。欲至者,樵引路,绳[7]系腰,直其身向内,目不敢下视,两足半悬空外,手援石始过。目少[8]眩,坠海中矣。过此少宽平,另一境界,横列高壁,色斑陆如碎锦、如彩霞,旁列八巨石墩若绣[9]成,尘外仙境,目不暇赏。然海声益猛,疑即龙窟。且以产毒蛇不一尺,胎生即食其母,毒甚于腹。人皆惧之,故游者多不尽兴[10]。嘻!奇矣!险矣!古人呸车九坂,忠也;探其而履危,僻也。客有至八仙墩者,为余述其险奇,余惊听之。窃谓异镜,邑乘不可阙也。[11]故略记其梗概云。[12]

注释:

[1]墨邑:即即墨。大小崂:大小两座崂山。错落:交错地排列。

[2]穷日:尽一整天的时间;终日。

[3]巨灵:巨灵神乃是天将之一,担任守卫天宫天门的重任,力大无穷,可举动高山,劈开大石。

[4]森竖:因恐怖而毛发耸立。

[5]仄径:狭窄的小路。

[6]羊肠鸟道:形容山路狭窄,曲折而险峻。出自唐玄宗《早登太行山中言志》

诗:"火龙明鸟道,铁骑绕羊肠。"

[7]緪(gēng):粗绳索。

[8]少:同"稍",稍微。

[9]绣:我国特有的一种手工制作技术,用针将彩色的线缝在绸或布上构成图案、花纹或文字。又指绣成的物品。

[10]尽兴:兴趣得到充分满足。

[11]窃:私下;私自。多用作谦词。邑乘:县志;地方志。

[12]略:大致,简单,不详细。梗概:粗略,大概。

【赏评】

说到八仙墩一定要从崂山开始。崂山在明清以前是属于即墨的,但因为行政区划的变更,现在隶属于青岛崂山区,大小崂是对崂山的统称,是说崂山由大崂和小崂组成。唐文明元年(684),张怀太子李贤在《后汉书注》中首次将崂山称为大小崂,这是最早的记载。此后,宋乐史在《寰宇记》、元于钦在《齐乘》中都沿用此称。《山东通志》和《即墨县志》则记载得更为详细。"崂山有二,高大者曰大崂,差小者曰小崂。二崂相连,高二十五里,周八十里。"(《山东通志》)"大崂山在县南四十五里,小崂山在县南八十里","小崂山八十里,形如覆盆,群峰耸峙,而此独小"(《即墨县志》)。

小崂山位于沙子口,是崂山午山支脉的一部分,明代黄宗昌在《崂山志》中曾记载"形如腹盆,群山竦峙而此独小"。小崂顶山石险峻,林木繁盛,山腰以下则是土壤肥沃,阡陌纵横。小崂在史书典籍中记载颇多,前人曾描写:"耻向高山附,超然独一旗。影低迟得日,泉小不成池。落落苍松短,岩岩拳石奇。牧童横犊背,叱上草青时。"由此可知为什么小崂会赢得如此盛赞。但不知何故,今日的小崂却是默默无闻。

崂山由众多的山峰组成,层峦叠嶂,错落有致,环海绵延跌宕,恰似一道天然的屏障。崂山的主峰是巨峰,又称崂顶,是崂山诸峰中的翘楚,屹立于黄海之滨,高大雄伟。《齐记》说"泰山虽云高,不如东海崂",可见其高。崂山景区最险最奇的地方当为八仙墩。八仙墩地处崂山东南角,相传八仙过海就是从这里起始的,八仙墩也是因此而得名。八仙指的是神话传说中的张果老、汉钟离、铁拐李、吕洞宾、曹国舅、蓝采和、何仙姑、韩湘子。据说他们在昆仑修炼,为了解除人间瘟疫,拯救天下黎民苍生,到东海采集草药,就是从此地出发的。这里的"相公帽"、"八仙墩"等都是八仙留下的仙迹。

八仙墩处风高浪急,经海浪长久冲击,南侧底部逐渐剥蚀,最后顶部山峰坍落下来,直插入海,两侧石壁陡立,顶端形如大厦飞檐,散落于地面的巨石,或卧或立,面平可坐,"墩"由此而得名。

八仙墩所处的断崖像一本本厚厚的大书,静静地摆在崂山的东南角。这里风浪气势磅礴,如同千军万马般奔腾而来,冲击着崖壁,怒击如轰雷,令人毛发森竖。另有一块平坦的石头位于八仙墩对面,据传龙王曾在此处晒钱,故名曰晒钱石,还有人说张三丰曾在这上面酣睡,所以又叫邋遢石。还有一高耸于及清宫与八仙墩之间的海边钓鱼台,上刻有诗一首,曰"一蓑一笠一髯叟,一丈竿一寸钩,一山一水一明月,一人独钓一海秋",道尽了此处风景秀丽的真谛。

八仙墩位置偏远,只有山间的一条羊肠小路通向这里。想要达到八仙墩的顶部需要用绳系于腰间,身面石壁,两足悬于空中,手攀山石,才能最终达到顶端,攀山的过程中,眼睛不能下视,不然,头晕目眩,就极有可能坠入大海之中。所以说,游崂山易,看八仙墩难。对于本地人而言,崂山可以游过很多回,但是目睹八仙墩风采的机会并不多,八仙墩似乎比"犹抱琵琶半遮面"还要神秘。

等到达顶端的时候,看到的则是另外一番景象,八块巨石墩雄伟壮观,由变质岩形成的石壁,黑白红青灰等颜色错杂,色彩斑斓,重重叠叠,非常绮丽,所以八仙墩也被称为海桥仙墩。明代大学士高弘图曾经赞叹道:"八仙墩如锦茵绣籍,实第一奇,第一丽。"《崂山记》中对八仙墩还有这样的记载,"八仙墩,有石坡广数亩,东下斜插入海,海水汹涌,山势若动,其北则峭壁千仞,险峨逼天,下纳上覆,其势欲倾,石层作五色斑驳如锈,处其下者,仙墩也。大石错布,面平可坐,海涛冲涌直上与墩相击,搏浪花倒卷数丈,飞舞空际,如玉树、如银花、如琉璃、如珠矶,可喜可愕,洵山海奇险之极观也。"其中,"如玉树、如银花、如琉璃,如珠矶",就是对石墩如碎锦彩霞般绚丽的描绘,可见八仙墩岩石之美。

然而这样的风景胜地总是让人难以触及,八仙墩地处偏远,需要身系粗绳攀登,本以为这些已经是无以复加了,但还有让人恐惧的事。"山不在高,有仙则名。水不在深,有龙则灵",这里不仅有仙而且有龙,但是此龙非彼龙,而是当地盛产的一种毒蛇,非常的凶猛,游人多对此心存畏惧,往往不能兴尽而归。

赞叹于八仙墩的险和奇,作者对那些能不畏艰险,不怕致自己于险境,一心去探索八仙墩的人深表敬意,自己只能听那些到过八仙墩的游客为之讲述八仙墩的惊险和奇妙之处,未能自至,窃谓异境,粗略地记录以留给后人。

本文作者前半部分着力描写了八仙墩的奇丽和惊险,后半部分借游八仙墩之难引发对人生之难的感慨。八仙墩之难有三:一是地处偏远,二是樵引路,绳系腰的攀缘,三是毒蛇的威胁。而人生又何尝不是如此,总要经历一些艰难和坎坷,正所谓人生不如意者十之八九。作者间接表达的感受同李白的"蜀道难,难于上青天"的表达颇有相似之处,但是那又如何?正所谓,"行路难,行路难,今安在,长风破浪会有时,直挂云帆济沧海"。黄玉瑚是清代即墨人,乾隆三十六年举人,41岁任溧阳县知县,有《石白山房诗稿》。明代黄氏家族地位显赫,很受帝王器重,可是明清易代后,家族一度衰落,一是不仕于清,二是受黄培文字狱案的牵连。黄玉瑚生于明末,目睹了家族的变故,自然对人生有着深刻的体会。

崂山是道教名山,不仅风景优美,还有着丰富的文化底蕴,是文人墨客喜欢游览的地方,黄氏家族在此与僧人、隐士交往,他们结社、饮酒赋诗,领略自然,感悟人生,清静无为,与世无争,享山林之乐,不因外物喜悲,留下了丰富的诗篇和游记散文,崂山成就了他们的诗意,而他们也为崂山文化添上了浓墨重彩的一笔。

游白鹤峪悬泉记

清·黄垍

　　白鹤峪悬泉,崂山名胜[1]也。由华阴而南约里许,有巨石盘于路,色黝然黑,状似牛,土人曰黑牛石。[2]此白鹤门户也。委折而入,山径盘错,不容车马,两山夹峙,中为涧水。[3]西山之隙,松柏千章[4],浓荫蔽日,游者每憩息焉。涧之中,石累累,若熊罴犀象,[5]流水键锢[6]不得泄,其势愈怒,其声益横,雪涛所击,不闻謦欬[7]音,如是数里,水声渐以高。游人四顾,错愕[8]不得其处。樵者曰:"峪之南有绝壁,苍茫崒嵂,高数丈,望之如屏。其上为石门,水从门中出,如匹练,稍寒时,冰著于壁,又如玉山。至冰解时,訇磕作雷霆声。其下为潭,潭湛而清,游鱼可指数也。"[9]如其言,寻之果然。夫崂山固多胜概,此泉以僻当山外,故游屐罕至。[10]特记之,以贻夫有泉石之癖者。[11]

注释:

　　[1]名胜:有著名古迹或风景的地方。

　　[2]约:大概。黝:深黑色。土人:本地人。

　　[3]委折:曲折。不容:不能容纳。

　　[4]千章:千株大树。

　　[5]累累:指多;重叠;连贯成串。熊罴犀象:皆指动物,罴即棕熊、马熊或人熊,犀即犀牛,象即大象。

　　[6]锢:封闭,闭塞。

　　[7]謦欬:咳嗽声,引申为言笑。

[8]错愕:仓促间感到惊愕。

[9]樵者:打柴的人。岪嵂(zú lù):山高峻貌。屏:像屏风那样的遮挡物,多指山岭、岛屿等。匹练:形容流水、瀑布、光环等如一匹展开的白练或彩练。练,指丝绸、绸缎等。訇磕(hōng kē):形容大声。湛:清澈透明。

[10]固:固然。胜概:美景。游屐:指游览者的步履。

[11]特:特地,特意。贻:赠送。癖:因长期的习惯而形成的对某种事物的偏好。

【赏评】

白鹤峪悬泉是崂山著名的风景区,是崂山的第五条瀑布,而今已被赋予了一个很有诗情画意的名字——天落水。天落水源自崂山深处的一座陡峭的山峰,一股泉水从中涌出,常年流淌,又因地势极高,泉水仿佛从天而降,可谓是人间美景,"天落水"因此而得名。明亮的夜晚,伴着阵阵清风,银色的月光洒在脸上,漫山松涛和水浪的声响在山谷里回荡,配合着巨石发出的嗡嗡钟声和噔噔鼓声,真是一曲美妙的山水交响曲,给人以无限遐想,可谓天籁。

白鹤峪悬泉的闻名与明清之际的黄氏家族有很大的关系。即墨黄氏是山东即墨五大望族之一,从嘉靖到光绪年间,黄氏家族共有进士8人,举人34人,贡生45人,其中的65人有大量的文集、诗稿传于后世,是科举改变了这个家族的命运。黄氏家族第九世黄培,在明亡之后不愿做清朝官吏,隐居于崂山,后来因文字狱案被处以绞刑,同辈和后辈也有部分人受此牵连,自此之后,更多的黄氏子孙隐居崂山,黄氏家族由此与崂山更是结下了不解之缘。黄氏家族中隐居崂山的很多,黄坦的父亲也曾隐居崂山,黄氏家族文化很大程度上植根于崂山文化。黄坦隐居崂山,很大程度上是来自其家族的影响。长期隐居于此,自然与这里的每一山每一水都有着深厚的感情,而白鹤峪悬泉在他心里也自然留下了不可磨灭的痕迹。

白鹤峪悬泉,其名称得于即墨黄氏黄坦的父亲、明朝进士黄宗庠。黄宗庠,字我周,号仪庭,明朝兵部尚书黄嘉善的第三子,崇祯十六年进士,为人简重有威,生性恬淡,不慕荣利,也不愿求取功名,他在崂山建"镜岩楼"并隐居于此。这里富有奇观异石,林木苍翠,潭水清澈,环境幽深肃静。黄宗庠在此自号"镜岩居士",正如黄宗昌在《崂山志》中记载的一样,黄宗庠断余事,潜心"读陶诗,临颜楷"。他不舍重金,筑居于山间,只为能经常欣赏白鹤峪悬泉的美景和奇观,能日夜与之相伴,白鹤峪悬泉这一名称就出自黄宗庠的《白鹤峪悬泉咏》一诗:

> 百金买山陬,所惬在一泉。
>
> 泉音拂寒玉,戞戞苍崖巅。
>
> 苍崖戴巨石,横卧平为锜。
>
> 石上构方宇,源泉从中悬。
>
> 奔腾洒峻壁,下萃为惊潭。
>
> 爽然动神骨,能使沉疴瘳。
>
> 我来久徘徊,结思羲皇前。
>
> 匪日怡我前,亦可永寿年。

诗句对白鹤峪悬泉的景观进行了具体的描绘,"巨石"构"方宇",悬泉从中奔涌而出,"洒峻壁",泉水飞流直下,在洞底形成了清澈的水潭,是大自然的奇景。在这样的环境下,即使是沉疴也能瘳愈。经过了文字狱事件,诗人只想在这里安静地隐居,诗句表达了他对宁静生活的向往,也表达了作者希望永寿的美好愿望。

该篇游记的作者黄坦,字子厚,号澄庵,黄宗庠第四子,康熙二年(1663)举人,恬淡不慕荣利,正如其家族一样,世事清白,为人正直。他从小就很聪慧,广泛研习并精通经史子集,坐卧图史中以自娱,书法出入晋唐,诗、词、古文都很擅长,可以说是同邑诗人之冠,主即墨诗坛数十年。著作有《白鹤峪集》、《夕霏亭诗集》、《书法辑略》等等。黄坦隐居于白鹤峪,书"崂山白鹤峪主人黄季之庐"于门额之上,他还写有《山居铭》和一系列美赞崂山的诗作。

黄坦之所以隐居崂山,一方面是受他家族尤其是他父亲隐居崂山这一风气的影响。另一方面,是因为黄培文字狱案的打击。在黄培文字狱案中,受牵连最深、打击最重的除了黄培,就是黄坦父子4人。黄坦父亲虽已过世,仍然受到牵连。黄坦在案件中受到的打击比他的父亲和兄长更大。因为他不只是诗集中有逆语,而且曾经为该案件打点过。黄培一案最后是黄培被判了绞刑,其他人都得以脱罪,但是唯有黄坦与其大哥指明要受到惩罚,虽未明说什么惩处,但是这肯定对黄坦造成致命的打击。黄坦中举之后的第二年发生了文字狱案,时间达4年之久,从此之后,他再未中进士或者是去考取进士,他的科举之路显然受到了影响,黄培之死可能在心理上也引起他的愤愤不平。黄坦追随其父隐居,其实也是对朝廷的一种默默对抗。再者,黄坦膝下无子或者是有子夭折,一生凄苦悲凉,用他的话说是"憔悴一身孤"。他身体多病,自己也说"平生多病,专力为诗","自童年至老,以病为家",久病缠身。他感于时光飞逝,世事无常,富贵不永,人生如梦,强调及时行乐,享受生活,不负短暂的生命。这也是他隐居崂山的一个重要原因。

《游白鹤峪悬泉记》是一篇文质精美、情景交融的山水游记。全篇用移步换景、特写等手法,有形、有声、有色地刻画出白鹤峪悬泉的动态美,也写出了白鹤峪悬泉的清幽和静穆。此游记的开篇就指出,白鹤峪悬泉是崂山的风景名胜。作者采用"移步换景"的写法,由白鹤峪悬泉的入口到沿途的经过最后到白鹤峪悬泉,在移动变换中引导我们去领略各种不同的景致,很像一部山水风光影片,具有极强的动态画面感。文章一开头,便带我们来到白鹤峪悬泉的入口,盘于路边的色泽黝黑的黑牛石是其门户的标志。逶迤而入,山径盘错,车马不行,即使这样,竟也不会让人兴趣索然,不自觉想起常建的诗句"曲径通幽处",仿佛进入了一个景物独特、幽深寂静的境界,在这里可以忘却世俗,寄情山水,这幽静美妙的环境让人惊叹、陶醉,也可以让人忘情地欣赏。之后,来到山涧。在华楼山西,石门山北有一座非常有名的青翠含黛的高山,那就是华岩山。在华楼山与华岩山两山之间有一条幽深的山涧——"马虎涧",南北长大约5公里,东西宽大约3公里。溯涧西南行,山涧两侧的峭壁如仞,奇松异石、珍花异草交相掩映,极为清幽。马虎涧的水源来自石门山北和两侧的山岭,因而水源充足。雨季,湍急的水流撞击着涧中山石,日日夜夜发出雷鸣般的声响,回荡在山涧之中,河水蜿蜒像一条长龙,奔跑在山间,曲折似飘带,飞舞在空中,美丽而壮观;阳春三月,涧中的冰雪融化,微风中,各种各样的花朵随风飞舞,好似一幅美丽的山水画卷。而炎炎夏日,松柏茂密,千姿百态,郁郁葱葱,给予沁人心脾的感受,自然成为游客休憩的绝佳之地。山涧中,怪石形态各异,像熊,像犀牛,像大象,宛如一个动物大观园。山石的阻隔使得流水更加强劲有力,山势愈高,水声愈大,漫山遍野的松涛声,水浪拍岸声,足以掩盖人的謦欬之音,不禁让人想起苏轼《念奴娇·赤壁怀古》中的诗句:"乱石穿空,惊涛拍岸,卷起千堆雪。"陡峭的石壁直耸云天,汩汩泉水从天而降,在水潭中发出如雷的声响,激起的水花好似卷起千万堆白雪,如此奇丽。继续向西南行,大约两里,山涧分为两路,朝向南去的山涧走到尽头,四面黑白岩壁高耸于云端,一座清幽的山谷,叫"白鹤峪"。据说,当时山崖上栖息着众多野鸽,所以又叫"鹁鸽峪"。黄垍的父亲黄宗庠曾作《白鹤峪》诗:

> 山深泉愈响,石险路难穷。
>
> 屋隐千林表,烟生一径中。
>
> 湿云归洞白,霜叶等花红。
>
> 何用清尘虑,萧萧满涧风。

首句用反衬的手法,借山深泉响衬托山谷之静。在山谷里看到的云彩像是挂在洞口,感觉会被泉水湿了一般,霜叶像花儿一样红,"何用清尘虑,萧萧满涧风",可见风景之明净。

　　白鹤峪悬泉的出现虽称不上"千呼万唤",也堪称有"犹抱琵琶半遮面"之妙。接下来,作者借樵夫之言,道悬泉之美,主要按照季节从三方面来描述。在秋天的时候,汩汩清泉从峪口涌出,沿着绝壁处的岩石,以泼墨般的气势飞流直下,在高峻的绝壁的映照下,像是一座巨大的屏风,也像一条长长的白练,蔚为壮观。站在山谷之中仰望,心旷神怡,你会惊叹大自然的精巧和神奇,可谓是难得一见的美景。到了冬天,清澈的泉水遇冷凝结成串串冰挂,晶莹剔透,它们接连层叠在一起,恰似一条正在飞天的玉龙。从远处看被冰挂覆盖着的绝壁像是一座玉山,也像是青藏高原的大雪山,从底下看,直通天际。而最为难得一见的是春天冰雪消融的时候,天气转暖使得冰挂开始融化,像是有人用一把巨大的铁锤用尽了力气捶打着冰体,冰山倒塌,下落时发出轰轰的声响,感觉天地都在动摇。这样罕见的场景大概也只有得到天地眷顾的人才有机会遇到。黄垍还曾作《白鹤峪悬泉歌》,赞美"天落水"的奇观:

华阴之麓白沙滨,森森万木高矗云。

蔓蔓披峰向西走,巨石当路形轮滚。

向南有峪曰白鹤,连峰肠暮高如削。

鱼凫蚕丛当面来,游人欲进行且却。

解鞍停骑步层峦,数里之外闻潺溅。

两山夹立涧水流,其源仍在万仞头。

谁向云中开石阙,上拂下瞰蛟龙穴。

银河倒泄禹门倾,铁瓮金城千丈裂。

秋为瀑布冬作冰,玻璃玛瑙琢为屏。

三月和风冰始解,霹雳雷电声砰訇。

光烛青冥射白日,雪浪星涛近石隙。

影落澄潭起素波,喷砂扬沫归长河。

此山距城未百里,骇目惊心乃如此。

归来竹榻不成眠,澎湃之声犹在耳。

其中"秋为瀑布冬作冰,玻璃玛瑙琢为屏。三月和风冰始解,霹雳雷电声砰訇。光烛青冥射白日,雪浪星涛近石隙。影落澄潭起素波,喷砂扬沫归长河"数句,是对天落水生动逼真的描写。

瀑布从悬崖顶端跌落到涧底,溅起一簇簇珍珠般的水花,秀美而又壮观,形成清澈深蓝的水潭——"白鹤潭"。走到清清的水潭旁,潭水清澈见底,鱼儿在水中自在地游来游去,每一条都看得清清楚楚,诗人感觉自己的身心同这潭水一样湛然空明,心中的尘世杂念也顿时被洗涤一空了。

游记最后对悬泉和白鹤潭的描写采用"定点特写"的方法,通过季节变化来写悬泉的变化多样的奇异景观,再直接把镜头对准潭中的鱼,描写其动静状态,间接突现潭水的清澈透明,着重表现一种游赏的乐趣。通过写鱼可数,突出白鹤潭潭水的清澈。在这样一块清静之地,看游鱼的怡然自得,灵魂也得到了净化和复归。

崂山的美景很多,但是知道白鹤峪悬泉的人很少。白鹤峪悬泉因为地处偏僻,故游客罕至。作者特作此记以留给那些喜欢游览山泉、山石的人,希望后人能在文字的欣赏中领略崂山美丽的山水景致,在这里洗涤心灵,净化身心。

所谓"诗言志,词言情",黄垍的这篇游记在纵情山水的同时,也展现了他淡泊名利的人生态度和豁达的人生观,他放弃科举,隐居崂山,追求自由闲适的生活,恬淡不慕荣利,这是他的志趣所在。他之所以享受这种隐居的生活,是出于隐居生活所带给他的精神意义,是因为在这里不仅有了栖身之所,也有了栖心之所。

他弃官隐居于崂山期间,创作了一系列的诗词,借用"采菊","东篱","三径","田园","五柳"等意象,写饮酒,写赏菊,用到了很多与陶渊明相关的典故,他是学陶渊明的一个身体力行、躬亲劳作的隐逸者,他虽然并未效仿陶渊明的隐居生活和隐居方式,但确实表达了自己的隐逸之志。他也对栖居地具有高洁品质的植物进行描写,在他看来,这是他精神品格的寄托。在这样的环境中享受着渔父的自由闲适,过着琴棋书画的诗酒人生,寻求灵魂的解脱和精神的超越。

《白鹤峪悬泉记》将崂山的美记录传承下来,让后人于吟咏之中感受到白鹤峪悬泉的优美。黄氏一族世代隐居崂山,与和尚道士文人墨客结交,结社唱和,创作了一系列描写崂山秀美景色的诗词、游记,为崂山文化添上了浓墨重彩的一笔,是崂山变化的历史见证者。

夜游九水记

清·黄宗崇[1]

岁在乙巳[2]九月之前,昌阳张季枥先生约以九日为九水游。及期,天朗气清,风日和爽,南抵华阴而东二十里,抵大崂观。[3]四面皆山也,山山秋色,望之苍翠,高深与人,近远复行道,出没青松中。比日斜,始抵一水所。其北崖,茅屋数处,皆水绕树间,山连树杪,画不足言也。[4]其南崖,人三两家。呼之,问道所由,曰:"自此抵九水,可十里,皆绝涧,跳石磴而渡。日且暮,恐险巇[5]不可行。"从者皆有难色。余曰:"不然!夫人迹所经,则麋鹿不处,盖机心在焉。余恨不能绝人迹,为汗漫游耳!何险巇之足畏。"[6]其行也,著短衣曳杖在前,过一水,潺湲之声冷然。溯流而上,坠壁交矗,谷口若穷,就之则二水漭洞于悬崖之下,崩石裂石,道出其中焉。[7]历三四水,皆走溪涧中。日暮迷道,乃攀山南麓而上,拨云根,披榛荆,前呼后应,响振林端。[8]有孤峰,高入云霄。从者曰:"此橐驼[9]峰也。"幽宫[10]苍茫之中,山岭隐现。盖五水、六水云。率涔而出,遥闻犬吠,则七水,居人所也。近则灯火荧荧[11]透出林薄,有两人者惊讶,持矛立石上,问所来。噫!人相导。隐隐磬声,登石岚间,则九水之西山,所谓仙古洞者是也。[12]自是迤[13]南,可里许,而抵九水宫止焉。于是月横山曲,徘徊涧滨石上,泉声如出云际。还坐斗室,萝壁萧然[14]。开樽命酌,不图浮生之有今日也。早起乘微阴[15]而返。夜之所历,尽悉其处,大约山以削而峭,水以狭而驶,怪石嵌空耸其上,清矶寒潭环其下,万木纷披,苍黄红黛之色,相错如绣,每一曲为一水焉,而境以不同,非数日留,不能尽也。[16]

注释:

[1]黄宗崇:字岳宗,清代即墨(今山东省即墨市)人。康熙十一年(1672)岁贡生,能诗善古文字画。曾两中乡试副榜,教书为生,主要讲授《春秋》,著有文稿。游崂山九水时留有《九日同游九水二首》,又有《夜游九水记》和《那罗延窟记》两篇游记。

[2]乙巳:农历干支纪年法中的一个。

[3]及:等到。大崂观:又名真武庙,位于崂山区北宅镇卧龙村南。

[4]比:及,等到。树杪:即树梢。

[5]险巇(xiǎn xī):形容山路危险,泛指道路艰难。也作崄巇。

[6]难色:为难的表情。不处:不停留。机心:机巧功利之心。恨:遗憾;后悔。漫游:随意游玩,漫无目的地游走。

[7]潺湲:水慢慢流动的样子。冷然:形容声音清越。溯:逆着水流的方向走、逆水而行。就:凑近,靠近。潆洄:水流回旋的样子。

[8]麓:山的一面。云根:山石。

[9]橐驼(tuó tuó):同"橐驼",骆驼。

[10]幽宵(yōu yǎo):幽窈,幽深。

[11]荧荧:光闪烁的样子。

[12]隐隐:不分明的样子。磬:古代用玉、石金属制成的曲尺形的打击乐器,可悬挂。

[13]迤:延伸,向。

[14]萧然:萧条,简陋。

[15]微阴:稀薄的阴云;轻微的阴凉。

[16]大约:大致,大体。纷披:盛多貌。非:如果不。

【赏评】

作为中国文学史上的一颗璀璨的明珠,游记是备受中国文人青睐的一种体裁,其将人与自然联系在一起,记录了作者的所至、所见和所感,充分体现了"天人合一"的理念。在一篇游记中,所至是作者游览的地方,是游记的骨骼，是整篇游记的支撑；所见是作者亲临的山水名胜和风土人情等，是游记的血肉，让文章充实饱满；所感是作者由所见所闻而引发的思考，是游记的灵魂，使读者和作者一起达到一个至高的境界。

《夜游九水记》是一篇游记，其作者是清代黄宗崇，今山东即墨人，康熙十一年贡生。他擅长诗和古文，往往能以古义作出新篇章。此篇游记是其游览崂山北九水时所作。九水位于现今崂山白沙河的上游，分为外九水、内九水和南九水，其中外九水就是北九水，景观也最为著名，是崂山景区的旅游主线，经过建设和开发，极具"九水十八潭"的风貌。《夜游九水记》记述了康熙四年，黄宗崇与隐居于崂山的莱阳名士张允抡一起夜游崂山北九水的情景。九水吞吐于溪涧山谷之中，远处山岭隐现，苍茫幽远，月横于山间，饶有情趣。张允抡是崂山的隐士，字并叔，号季栎，今山东莱阳人，崇祯七年进士，曾担任户部主事一职，之后又曾被授予江西饶州知府。明亡后，不堪忍受江山易主、服饰变更以及剃头令等，入崂山隐居不仕。隐居期间，他遍游崂山名胜，其《栎里子游崂山记》对崂山的景观进行了详细地记载。

黄宗崇游崂山也不是偶然的，这与其家族有着非常重要的关系。黄宗崇是山东即墨大姓黄氏的重要一员。该家族也是一个名副其实的文化世家，明清之际，有进士、举人和贡生共 87 人，甚至有"一门三进士"的美谈，他们大多善诗文，留有文稿众多。他们与崂山关系密切，很多人游历或隐居崂山。究其原因，不外乎有三。首先，地理位置优越，即墨与崂山像是天然的裙带，二者相毗邻。其次，崂山有着雄奇优美的自然风光，山海紧错，气势雄伟，又是著名的道教圣地，再加上数不胜数的名人来此游历并留下诗文，崂山的文化氛围浓厚。再次，明末清初，朝代的更迭，风俗的变化，这些有道义有气节的黄氏成员不会妥协退让的。他们在崂山修建房舍，避世隐居，过着诗酒唱和、悠然闲适的生活。黄宗崇游崂山自然是受上述原因的影响。

谈到黄宗崇就不得不谈及黄培文字狱案——清初北方规模最大的文字狱案，起于康熙四年(1665)八月初二，延续到康熙八年(1669)，历时 4

年之久。《夜游九水记》记述了康熙四年(1665)乙巳九月黄宗崇游崂山的活动,当时该案件刚刚发生,或许他也不曾料想,家族内部的两个少年的口齿之争会愈演愈烈,最后被他人乘虚而入,造成严重的后果。黄培文字狱案中牵涉人员众多,达217人,黄氏人员中也有11人受到牵连,其中有黄垍、黄坦、黄墡、黄坪、黄堉、黄埦、黄宗昌、黄宗庠、黄贞明、黄贞麟等,其中打击最大的除了黄培,就是黄氏父子。当然,这都是后事。世代效忠于明朝并备受器重的黄氏家族对清廷有着他们的不满情绪,清朝建立之后,黄氏家族大都退而不仕。黄宗崇也受这一家风的影响。

整篇游记运用了移步换景和特写的手法,语言优美,有声有色地描绘了九水的优美景致,让读者追随笔者一起,从一水到九水领略崂山的静态之美和九水的动态之美。在变换中感受风景的变化,像一部山水影片,具有极强的动态画面感。

文章开篇就用简明的笔法点明了此次活动的时间、地点和人物。"天朗气清,风日和爽",使人置身于极具诗情画意的自然风光之中。"南抵华阴而东二十里,抵大崂观",交代了游览线路,也道明了大崂观的位置。大崂观四面环山,周边可谓"山山有秋色,树树有秋颜",郁郁葱葱,抬头望去,远近的小路交错重叠,苍茫幽远。大崂观也另有一名叫作真武庙,从名字上听来是佛家寺庙。实际上,大崂观是一座道教附属庙,建于山脚之下,是为道士暂时歇脚而建造的。顺着山路继续行走,穿梭于苍翠的青松之间,日落西斜之时,两人到了一水。

九水在源自崂山山顶北麓的白沙河的上游,河水在山脚多次折流,有九折,可谓"九曲",转折的地方需要涉水而过,每涉一次为一水,从山脚往上,依次是一水到九水,"九水"由此而得名。其北崖,草木葱茏,枝繁叶茂,水绕其间,青山横斜,其间参差几处人家,这样的田园生活图景给人以清新愉快之感。通过对这里安宁和乐生活的描写,表现了作者对恬静闲适的美好生活的向往。

接下来,作者借农家之语,言渡九水之难。九水始于一水,此地再过10里左右,山间的流水皆位于高山绝壁之下,水流湍急,并且需要踩水中的石磴涉水,再加上当时天色已晚,是有困难的。在这种情况下,二人仍不改初衷,谓"险巇不足畏"。途中作者有感于人类对自然环境的掠夺和对生物的伤害,因为自然环境的破坏,麋鹿避而不居于此地,他为自己不能亲见麋鹿深感遗憾。掀起衣裳,执杖踩石磴过了一水,夜晚凄清,山谷幽静,只听见流水发出泠泠的声响,让人感觉"遗世而独立"。此处运用了动静互衬的手法,既写出了流水的动,也突出了山谷远离尘嚣的静谧。逆着河流的方向继续前行,山涧两边的峭壁矗立在上方,像两只巨大的手掌逐渐地靠近,只留下狭窄的空隙,可谓"一线天"。这就是二水了,河水回旋于悬崖之下。黄宗崇的诗"削壁悬岩路忽穷,莓苔曲曲石流通。夕阳峰转浮云外,红叶霜深一迳中。千载泉声清听远,三秋山色故人同。到来二水迷归处,不尽寒蜇万壑东",说的就是二水,其中"削壁悬岩路忽穷,莓苔曲曲石流通"句是对二水悬崖绝壁当空的真实写照,有"山重水复疑无路,柳暗花明又一村"之效。夕阳峰转,秋日霜叶血红,极具苍凉,泉声幽远。

三水四水同样,也是越石磴而过。黄宗崇有诗云:

三水嶙峋落照回,指衣石磴满苍苔。

山连鸟道云间去,行踏泉声树杪来。

青霭无心随杖屦,黄花有径认蒿莱。

遥看新月东峰上,莫负重阳浊酒杯。

前四句是对三水风景的描绘,溪水两侧山势峻峭突兀,水中的石磴也早已长满了青苔,远山连绵,林中"飞鸟相与还",山谷空寂幽静,泉声淙淙作响。与王维诗《鹿柴》"空山不见人,但闻人语响,返景入深林,复照青苔上"颇有几分相似。后四句直接借景抒情。在重阳这个特殊的节日,山中的云雾都披上了情绪,"无心随杖屦"。满径长满了黄菊和蒿莱,抬头仰望,明月当空,高悬于东峰之上,一定要饮一杯菊花酒,以此消灾避邪。诗人通过青霭、杖屦、菊花、蒿草、新月和菊花酒这些具体而富有典型意义的形象将对亲人的思念之情娓娓道来,感情真挚,委婉动人。

九水是由崂山山泉汇集而成的,山高自然水也高,溪流从千米之高的高山上蜿蜒而下，时吞时吐，时聚时散，时缓时急，在陡峭的山谷中穿越，溪流湍急，发出阵阵声响，与两侧的山体和山谷中的奇石形成了别致而秀美的山水景观，与崂山东侧和南面的景致形成了鲜明的对比。傍晚，日暮降临之时，两人迷失了方向，只好沿着山路从南边攀越而上，一路披荆斩棘，一人在前，一人在后，引路和互相照应的声音在整个山林里回荡。远处，独有一孤峰，高耸入云。这就是橐驼峰。橐驼峰又叫大孤山，山下还有一橐驼湾。橐驼峰特立独拔，独峙不群，上冲云霄，直达北辰，下临碧波，树木苍翠，松柏蓊郁，草碧苔青，泉水清泠，林响鸟鸣，不知其幽深几许。据记载，唐高宗曾令人建望海寺，手植银杏与此。唐玄宗天宝三年，一道人来到此地，在此胜地建一道观，历经三个寒暑得以竣工，道观蔚为壮观，就是后来的圣水宫。道人来此山之前曾见一小孤山，于是改橐驼峰为大孤山，这就是橐驼峰另一名称大孤山的由来。

沿着水边的高地走出来，远远地就听到狗吠的声音，这就是七水，有点点灯火，几处人家。天色已晚，没有看到飘起的袅袅炊烟，但是伴着潺潺流水，在这里安居，这样的生活幽静而甜蜜，安逸而闲适，不觉令人神往。走到近处，灯光愈发明亮，照亮了周边的山林。安逸幸福的生活最怕被外人惊扰，如此深夜有外人来访，难免让人心生疑虑和畏惧，于是乎，有两人手持长矛立于石上，询问二人从何而来。恰似《桃花源记》中渔人一样，"乃大惊，问所从来"。没有"要(yāo)还家，设酒杀鸡作食"，只听到他们窃窃私语的声音。二人在受到指点之后，继续上路。山石碰撞发出铿铿的声响，在九水所在的西山上有一"仙古洞"。从这里再向南行几里，就是九水官。明月挂于山间，在水边石岸上行走，涓涓流水的声音分外清晰。次日的清晨，天气微凉，返途中又观昨日夜游所看到的景致，山峰陡峭，水道狭窄，奇石镶嵌在山间，在山路变缓的地方，水流汇集成一处处清潭，幽暗深邃，临潭而立，任山间微风拂过脸庞，心清欲寡，让人流连忘返。在这座道教圣山上，每一泉都有一个典故，其命名也大都出自道家的《庄子》一书。清潭周围，满眼的绿色，草木郁郁葱葱，枫叶正红，野菊盛开，相互交错，色彩缤纷，像极了一幅美丽的画卷，白沙河的溪流在与两侧的山峰谷色相映衬,每一弯折之处都有别样的风光,可谓一湾一色,一步一景,难怪九水会有九水画廊的美誉。

　　经历了朝代的更迭和家道中落的世态炎凉,没有什么能比纵情山水更能排解内心的忧郁和伤感,在山水中与隐居于此的文人墨客饮酒赋诗、品评唱和,他们获得的不只是身的自由,更是心的自由,不受外物的羁绊,世事兴亡不过是过眼云烟。正如袁和平对中国士大夫生活的描述:闲适是中国知识分子的一种特殊的精神风貌,它不是为名,也不是为利,只不过是远离尘世的纷扰和世俗的喧嚣,足以见得隐者的清高和坚毅。

那罗延窟记[1]

清·黄宗崇

　　环大海,绝群山,可二十里,而为那罗佛窟。[2]二崂之胜以百数,兹与八仙墩其最也。[3]窟居南山之枝,北出而突,为危岩,石根深蔚,若门梯,层石两折而上,其中空洞,宛若堂奥。[4]其上高数丈,若大佛龛,中可容数十人,不能上,望见之,螺旋上开,仰首蔚蓝,如井中观。[5]命童蹑窟之巅,视窟中仅见其半,以比八仙墩之裂山坠石而成者,盖又奇焉。[6]信古佛之遗迹耶!每怪造物者之于奇特名胜,必置深幽之处,似不欲炫其奇。[7]今观兹窟与墩,皆避迹绝海之滨,跫然空谷,寂寞于樵夫牧竖之登陟而已。[8]噫!知愈希,其奇益甚,又安识夫山经所载,不更有异境也!自古奇伟灵怪之观,固不系乎人之知与不知也。[9]

注释:

　　[1]那罗延窟:位于那罗延山的北坡,是一处天然的花岗岩石洞,四面石壁光滑如削,地面平整如刮。石壁上方凸出一方薄石,形状极似佛龛。洞顶部有一浑圆而光滑的洞孔直通天空,白天阳光透入洞内,使洞中显得十分明亮。被誉为"崂山著名十二景"之一,在梵语中"那罗延"是"金刚坚固"的意思。《华严经》里这样描绘:"东海有处,名那罗延窟,是菩萨聚居处。"

　　[2]环:环绕。绝:最高峰。山:这里指崂山。

　　[3]兹:这个,代指那罗延窟。八仙墩:位于崂山的东北角,相传八仙过海由此起步而得名,明代大学士高弘图说:"八仙墩如锦茵绣籍,实第一奇,第一丽"。

　　[4]居:位于。枝:同"支",分支。危岩:高峻危险的花岗岩。蔚:茂盛。若,好

像。堂奥:本义为厅堂和内室,在这里引申为腹地。

[5]龛:原指掘凿岩崖为空,以安置佛像之所,后世转为以石或木,做成橱子形,并设门扉,供奉佛像,称为佛龛。仰首:抬起头。蔚蓝:指代蓝天。如井中观:像坐在井中看天一样。

[6]蹑:爬。巅:顶峰。盖:发语词。奇:奇妙,奇特。

[7]信:实在,确实。置:处于。深幽:偏远,僻静。炫:炫耀。

[8]窟:那罗延窟。墩:八仙墩。避迹:避藏形迹,隐匿。绝:尽。滨:海边,海岸。跫然空谷:在寂静的山谷里听到脚步声,比喻极难得到音信、言论或事物。《诗经·小雅·白驹》:"皎皎白驹,在彼空谷。"牧竖:牧童。登陟:登上。而已:罢了。

[9]甚:很。固:本来。

【赏评】

那罗延窟是中国众多石窟中的一个,因其坚硬的花岗岩而被僧侣们被称为"世界第二大石窟",评价极高。石窟艺术是随着佛教传入中国的,多是依山而建的寺庙建筑,源于印度。佛教提倡遁世修行,僧侣们就选择山中的幽僻之所修凿石窟,在此修行。佛教主张自我解脱和超度求生等,在社会动乱之际,遭受了苦难的黎民苍生通过佛教寻求一种心灵的寄托和安宁。《华严经》里对那罗延窟有这样的记载,"东海有处,名那罗延窟,是菩萨聚居地",是一朵开在九天云外的莲花。

《那罗延窟记》作为一篇石窟游记,首先介绍了那罗延窟的位置及周围的环境。那罗延窟环绕大海,远离群山,大约行走20里就到了那罗延窟。之后,作者交代了那罗延窟在崂山风景区中的地位。崂山风景区中风景胜地数以百计,然而最为有名的还是那罗延窟和八仙墩。八仙墩地处崂山东南角,相传是八仙过海为了解决人间瘟疫,去东海采集草药起始的地方,八仙墩也是因此而得名。黄玉瑚在《八仙墩记》中描述八仙墩说"山插入海,巨灵劈半成削壁,高数百丈,下临洪涛,怒击如轰雷,令人毛发森竖",可见八仙墩风景之险奇。八仙墩的岩石"横列高壁,色斑陆如碎锦、如彩霞,旁列八巨石墩若绣成,尘外仙境,目不暇赏","如玉树、如银花、如琉璃,如珠矶",可见其岩石之绚丽。那罗延窟同八仙墩一样,有其独特奇异之处。那罗延窟处于崂山东麓的那罗延山之上,有7米宽,高达15米,四周的石壁陡峭如削,清晰的石纹像水一样静静地涌动。峭壁之处有薄石,像佛,像莲,阳光如佛尘,拂来拂去,如梦境一般。石壁四周的危岩,不能攀爬,洞顶有一圆孔,从底下望去,螺旋上升,抬头即可仰望蔚蓝的天空,恰如井中坐观。石窟的顶洞像喷薄欲出的火山口,阳光透进来,甚是明亮。但是,圆孔到底是人工形成还是天然的呢?据说,那罗延佛在此修炼,功德圆满之后,凭借自己的法力冲破了岩石,成佛升天,之后就留下了一个圆孔。僧侣们对此膜顶崇拜,视此窟为圣地。那罗延窟的岩石是国内罕见的花岗岩,质地坚硬牢固,而"那罗延"在梵语中恰恰就是坚牢之意,由此可见那罗延法力之高。

对于一个游览者来说,所有美景和感受的获得都是从好奇开始的。由于石窟的洞是呈螺旋式的,因此从顶上看下来并不能看到全貌,只能见其半。同由裂山坠石形成的八仙墩相比,那罗延窟也有其神奇之处,因为那罗延窟是古佛的遗迹。其同家族的黄玉瑚有诗曰:"荒山留佛骨,卓锡何年至?那罗延窟存,东来识大意。"

在崂山十二景中,每一处风景都是让人流连忘返的,但那罗延窟和八仙墩是最珍贵的,只是因为这两处风景难寻其踪迹,不是凡夫俗子所能轻易到达的地方。造物者很是弄人,总是喜欢把人们最喜欢的景致藏在幽深僻静的地方,很是神秘。大概也只有这样,才能让美景在人们心中的地位长存。作者对此有感而发。但是不论它们是否被人类所发现,它们都一直静静地立在那里,像一朵静静开放的水莲花。

崂山地理位置优越,风景名胜众多,再加上浓郁的文化气息,自古就是文人隐士游历频繁的地方。明清朝代的更迭,让更多的明朝士人隐居于此。黄宗崇,今山东即墨人,康熙十一年贡生。他擅长诗和古文,往往能以古义作出新篇章。他经历了影响其家族历史命运的黄培文字狱案,目睹了家族的由盛转衰,世事变故自然让他早已看淡,所有坎坷和挫折不过是过眼云烟,而佛教中的遁世隐居、自我解脱的思想正契合了他此时的人生状态，"晚年唯好静"，正如王维说自己的一样，"一生几许伤心事，不向空门何处消"。他于山水中感受自然的风光旖旎，于夜月中洗涤心灵，放浪形骸，感悟人生。这种身心的自由，不出于名利，只为了远离世俗喧嚣和尘世纷扰，表现的是一种豁达的人生态度。"诗言志，词言情"，《那罗延窟记》不只是对石窟艺术的欣赏，也是在表达黄宗崇淡泊、豁达和超然的人生观，在这里他不仅为身，也为心找到了栖身之所，这是在崂山的隐居生活给他带来的特殊的精神意义。

游劳山记

清·张道浚

　　泰岱雄峙震方,支分派衍,磊磊落落,直走海涯。如子孙罗列于前,莫敢抗视。独即墨有山,环海百余里,名劳盛。群峰复岭,翠崒而起。《齐记》称泰山高,不如东海劳。昔传吴王夫差于此山,得灵宝度人经。[1]又《寰宇记》言:始皇帝登劳盛,望蓬莱,以劳于陟,即名劳。又以驱之不动,称牢。及考列仙传,乐正子长遇仙于此山,得赤散丹以长年。邱长春谓三围大海,背负平川,真洞天福地,名不佳而易为鳌。有诗云:"卓荦鳌山立海隅,霏微灵秀出天衢,群峰削蜡几千仞,乱石穿松一万株。"[2]又云:"牢山本即是鳌山,大海中心不可攀。上帝欲令修道果,故移仙迹近人间。"李青莲亦有"我昔东海上,劳山餐紫霞"之诗,结云:"愿随夫子天坛上,闲与仙人扫落花。"则知山实仙灵奥区,僻处海曲,举世鲜闻。[3]即闻之赤未易蹑屩而登,得穷其奇尽其变也。

注释:

　　[1]泰岱:即泰山。派衍:支派繁衍。磊磊落落:分明的样子。复岭:重叠的山岭。崒:山高峻的样子;吴王夫差:春秋时期吴国末代国君,前473年,越国兴兵,灭掉吴国,吴王夫差自刎。灵宝度人经:全称《元始无量度人上品妙经》,中国道教经藏中的致宝,是道教第一部描绘神仙天界、凡人世界和幽冥鬼界的经书,产生于东晋。

　　[2]陟:登高。洞天福地:是道教仙境的一部分,多以名山为主景,或兼有山水。认为此中有神仙主治,乃众仙所居,道士居此修炼或登山请乞,则可得道成仙。海隅:海角。天衢:天空广阔。

[3]海曲:犹言海隅,谓沿海偏僻的地方。鲜:少。

康熙甲戌,余自蓟北返而东游。潘太史雪石谓余曰:"子之游不虚也,殆将登大小劳而极海山之胜乎?"且为具言其概,余心慕之。三年,愿莫能申。[1]丁丑四月既望,刺史陈君按行部内,余得偕过不其城。兴会适逢,因携一童子周燮入山,一府役章姓引导,马一骡二。由城东南行三十里,群峰当马首,疑绝人径。忽尔峭壁双开,松风夹路,而入约二里许,名峡口。旁有古寺,广庭无他物,惟药品几种曝日下,香气触鼻观,道人知医,时以济人,走廛市。[2]余独坐幡影石坛上,久之。迤逦而东,地复广衍,不知为众山深处。云开霞卷,登一小峰(名小蓬莱,邑中蓝氏读书处),忽得东海全胜。银涛万顷之上,南望紫翠千层,随波荡漾,灵异不可名状,恨不得即插翅飞去。[3]

注释:

[1]虚:徒然,白白地。胜:优美的风景。具:详细的。申:重复。

[2]既望:既望就是农历十六日,表示满月后一天。因:趁机。绝人径:少有人走的道路。济人:救助别人。廛市:商肆集中之处。

[3]迤逦:曲折连绵的样子。广衍:宽广绵长。银涛:指云海。名:说出。

童子牵衣遽下,遵大路,折而南,十里至冷哥庄,憩修真庵。松间犬吠,道童知客至,拾松枝烹茗相款。时邑候龚君铨,楚人也,命候人设鸡黍于此。[1]余知而止之,与一蒲团上人共蔬饭。饭罢循山东向,即前南望诸峰。乱石嶙峋,转折成路,马蹄蹭蹬难前。行山麓十余里,陡跻绝巘,缘峻壁,仰麾苍穹,俯临万仞,心惊目眩,不知所措。[2]山腹仄径蜿蜒。盘空凌虚,不得不释鞍曳杖。又行十里许,两足下巨石剑攒,浪花乘风搏激,雪卷云翻,顷刻万状。昔称孙位画水几于道,恐见此笔底亦将穷矣。空洞中有声如雷,时殷林木,复恍惚见龙光鱼影,鹤驾鸾车,翻飞于虚无弥茫之间,直抵于扶桑析木穷荒极岛之外,两目收拾亦大矣哉。[3]

注释：

[1] 遽：急，仓促。遵：沿着，依照，按照。吠：狗叫。茗：茶。鸡黍：专指丰盛的饭菜。《论语·微子》："丈人止子路宿，杀鸡为黍而食之。"

[2] 循：沿着。嶙峋：形容山势峻峭、重叠、突兀的样子。缘：攀登。仄径：狭窄的小路。

[3] 蜿蜒：(山脉、道路等)曲折延伸。凌虚：升向高空或高高地在空中。释鞍：舍马不用。穷：穷尽。

径随峰转，云傍人飞，于横溪绝壑中，度飞仙桥。进一道院，寂寥古殿，丹灶依然，此太平宫也。上有白龙、老君、华阳诸洞，扪萝攀登而上，备历幽绝。[1]时日已西下，斜阳挂松林，二十里之间，郁郁苍苍。松多千百年物，虬枝鹤骨。有挺然千尺凌霄，而具擎天蔽日之概者；有周围合抱，而横枝礌砢蹙缩，俨然龙挐虎跋之状，而高不四五尺者；[2]有远架岩壑而岸然高视者；有倒托悬崖如俯首恭而揖者。或三五并列于前；或一枝独秀于后；或两相纠缠，结而为门；或分行排立，整如部队，而不错乱跬步。更有琼葩珍卉，绵谷沿溪，奇兽珍离，依人不扰，莫可名识者。[3]

注释：

[1] 绝壑：深谷。寂寥：形容寂静空旷，没有声音的。扪萝：攀援葛藤。

[2] 虬枝：盘曲的树枝。挺然：挺拔特立貌。凌霄：迫近云霄。礌砢：树木多节。蹙缩：收缩，皱缩，萎缩。俨然：非常的像。挐：蜷曲不能伸直。跋：腿或脚有病，走路时身体不平衡，瘸。

[3] 岸然：严肃的样子。揖：古代的拱手礼。跬步：半步，跨一脚。琼葩：亦作"璚葩"，色泽如玉的花。

由是直抵华严(庵名)，山多伐毛洗髓之流，独此庵为释子道场，邑人黄氏所创。于兹未久，故讲殿禅堂，虚廊峻阁，佛像法相，缯盖幢影之类，靡不严整,胜于他处。[1]坐倚十间楼头,听清梵琅琅,出山坳树隙间,与海潮相和应。夜半寻大悲阁僧岸先万修话,凭栏瞰海。正当月临峰顶,潮上山腰觉三千世界,无非银溶冰结,藐然一身,直与清淑之气相融洽。鸡鸣,僧拉跻最后高峰。目极沧溟,波平际天,见云霞五色中,拥出丹砂轮影,疑阳乌已离旸谷。孰知少顷煌闪烁,如熔金炉鼎,方由一线而全升,初犹洸漾水光中也。[2]一轮初上,山耶水耶,人耶物耶,由晦复明,光华四散,真目得未曾有。僧言海气氤氲,晨曦恒晦,若此纤悉毕现,人不数见也,徘徊久之,轩衣而起,僧摘山蔬供麦饭。味淡而甘,亦非人世间所常服。乃尘绊未释,不能踪步华楼巨峰之胜,遂与诸僧别于塔院前。清渠一泓,澄澈见底。金鱼可百许,游泳自若,初不知有人之乐其乐者,并不知十步之外,更有大洋之可乐也。僧订后游,余曰:"综不得灵经异丹,以求长年,仍当踪步华楼巨峰,访青莲扫花坛上,固所深愿。"[3]

注释:

[1]由是:从这里。伐毛洗髓:削除毛发,清洗骨髓,比喻彻底涤除自身的污秽,有脱胎换骨的意思。于兹未久:在这里不久。缯盖:指绢帛。靡:没有。

[2]清梵:谓僧尼诵经的声音。琅琅:象声词,形容清朗、响亮的声音。藐然:深远貌。藐,通"邈"。清淑:清美,秀美。沧溟:苍天,高远幽深的天空。洸漾:好像汪洋恣肆。

[3]晦:昏暗。光华:光辉照耀,闪耀。氤氲:形容烟或云气浓郁。综:总合。固:本来。

遂循路而返,重过修真,寻蒲团上道人。叩其姓氏不言,其蒲团上岁月,亦不知几何矣。赠余藤杖之枝,枝节离奇,色如朱漆,即山中物,历年滋久者。受之将归奉母寿。薄暮抵城中。刺史公叩余所游,口不殚述,因书一二于此以示之。至山之高,未知果能出于泰岱否?周官太史氏职掌天下舆图海岳镇渎,必能考核得实。何时得继见潘太史,当复质之。[1]

注释:

[1] 叩:问,询问。离奇:盘绕屈曲貌。薄暮:傍晚,太阳快落山的时候。殚:竭尽。质:问明,辨别,责问。

【赏评】

劳山,曾名鳌山、辅唐山,今名崂山,位于齐鲁大地,黄海之滨。顶峰高达 1132.7 米,《齐记》称"泰山虽云高,不如东海劳"。"劳山"一称,最早见之于《诗经》中的名句"山川悠远,维其劳矣"。其本意一种是,此山危峰叠嶂,艰险难登,每每来访,行路劳苦,因此得名。另一种说法是,秦皇嬴政当年大驾出巡至此,一路修缮,大兴土木,正值荒年,民怨声载道,故称其为"劳"。后几经周折,定名为"崂山",并沿用至今。除却崇山峻岭、云雾缭绕、草木繁盛、鸟兽灵异所带来的美感外,还有佛道两教为其审美增添的文化内涵。这篇《游劳山记》是清朝雅士张道浚游览后所作。张道浚,字延光,又字庭仙,新安(今河南省新安县)人,早年勤学,后考取功名,为官一方。隐退后,寓居江苏省常熟县。好吟诗作画,尤善山水,工诗善琴。沉湎于泼墨之趣,徜徉于山水之间,每每乐而忘忧。全文近两千字,生动翔实地记载了作者一行人游崂的全过程。布局精妙绝伦,描摹细致入微,感情真挚动人,论理鞭辟入里,具有极高的文学欣赏和审美价值。

文章开篇,作者首先交代了泰山传之四方的威名,可紧接着的一句"独即墨有山",将前后两山相提并论起来。随后,作者列举了几件帝王道人跋涉至此寻仙炼丹的逸事,又引出几句雄奇飘逸、妙笔生花的诗句,意在烘托出一个"变"字。无疑,崂山的美在作者心中并不是固守某一范式,而是千变万化,难以捉摸的。仅看诗文,不能晓其变,于是有一探究竟的念头。终于,这个时机来了,四月里的一天,作者外出游玩,游罢蓟北的黄崖关长城后,计划继续往东前行。此时,好友潘雪石对他说:"这番出行,如果不登一次大小劳山,怎能叫去过了海山的极境呢?"作者听罢,遂欣然前往。行至铁骑山(位于崂山西北部,今属城阳镇)时,又巧遇了刺史老友,更是喜不自禁。寒暄后,几人决定齐游这至上仙境。

南行30里,险峰奇景逐渐呈现在一行人眼前。"群峰当马首,疑绝人径","峭壁双开,松风夹路",他们的身躯在马背上来回颠簸,视线也是随之远近变换,恍惚之间生出的错觉,竟然将远处的群峦误作了马首。穿过松林传到耳边的呼啸风声,又将他们的神思拉回到现实中来。桐城派三祖之一的姚鼐有诗云:"松风远自云中起,摇荡云光山色里。"用在此处,尤为合适。骑马又行二里,路边一座人迹罕至的古寺,引发了一行人的好奇之心,众人于是决定勒缰下马,一探究竟。庭院广深,但无他物,唯有几株草药,茁壮地生长在骄阳之下,沁出的阵阵香气,撩拨人的心神。同去的友人解释道,那些精通医术的道士,拿这些草药或换钱贴补生活,或用以救人济世。作者连连点头,又来回踱了几步,蹲坐在石坛上,陷入了莫名的思绪之中。直到友人再三催促,才重新上马,向着小蓬莱进发。彼时,云开霞卷,纵目四望,东海的广远全貌,展现在他的眼前。远处被紫气包裹着的山峰,又赋予此地以玄妙未知的神韵。这种壮阔与灵异交织而生的审美体验,强烈冲击着作者的心目。在此地羽化成仙,插翅而去的念头,于心中油然而生。如可化作八仙中的某一仙,穿行在这万顷碧波当中,该是何等自由自在!要不是身边的童子及时拉住他的衣角,心醉忘我的他,恐有失足坠崖之虞。好景在前,不宜久留,迎着当头烈日,一行人又赶了10里路,到了冷哥庄,寻了一座道庵稍作歇息。几声犬吠,道童知是远方客来,早就备好了浓茶。经过半日的跋涉,一行人早就饥肠辘辘,一屁股坐在蒲团上,狼吞虎咽起来。农家的粗淡茶饭,此刻胜过一切珍馐。好不容易,才闲出口来,问了几句历史。才知原来是邑候龚君铨设席于此,以犒劳来往旅客。吃饱喝足,一行人重上旅程。谁知,后面这段路的险绝,远远超出了他们的想象。"俯临万仞,蹭蹬难前,心惊目眩,不知所措",称其是在刀尖上跳舞,也毫不为过。再行片刻后的美景,是无比值得的。四周的云浪相搏,已将他的注意力全然吸引过去,暂时忘却了一切危险。他在心底暗暗地赞叹:就算是精于山水的画家,见到此景,怕也难落一笔吧?随后这段状景,更为精彩。"时殷林木,复恍惚见龙光鱼影,鹤驾鸾车,翻飞于虚无弥茫之间",炳炳烺烺,璧坐玑驰。他纵目向东,至涩方止。"海云沆漭覆虞渊,竣乌宵腾羲驭还。何必烛龙衔始出,沧波原是接长天。"古人的诗句,在他的胸中回荡,神魂荡漾之间,倒像是望到了日出扶桑之地。

在心神获得了极大的满足之后,作者并没有停下赶路的脚步。方才因为危险而悬在嗓子眼的一颗心,大概此时也稍许轻松了些。"径随峰转,云傍人飞,于横溪绝壑中,度飞仙桥。"在第三者看来,就像是电影拍摄时的长镜头。而利用长镜头的目的,也并不仅仅在于还原真实感,而是通过塑造某一典型形象,给人超乎寻常的感染。接下来场景的变换,又将读者暂时从审美体验中拉出,重新进入作者的叙事模式里。一行人走了几步,进入一座道院。这便是崂山道观三宫之一的太平宫,也是海内外游客必游之处。周围有老君、白龙、华阳诸洞,都是著名的景点。最上处有一块混元石,上刻天文星宿图案,相传为道家练功作法之处。此时天色已晚,还需攀着细密的藤萝,缓缓攀爬而上,其辛其艰,不言而喻。但对不远千里,只为一探究竟的作者而言,这点险阻又算得了什么呢?他登高望远,放眼望去,面前这片郁郁葱葱的松林,在眼前轻轻舒展开来。落日的余晖均匀地洒在上面,穿过一根根松针,折射出令人心醉神迷的色彩。此情此景,怎能不令人心神荡漾。这松,不是普通的松,而是千百年来生长于此,吸收天地灵气,有的气凌霄汉,直冲云天。在美学意义上,与"崇高"所带来的心理感受等同。读者在读到这里时,难免不被作者笔下所形容的"擎天蔽日之概"所震撼。但这并非全部,树中亦有"龙挐虎跛"者。龙虎,乃是道家养生中的一个重要概念。《重阳真人授丹阳二十四诀》:"丹阳又问:何者是龙虎?祖师答曰:神者是龙,气者是虎,是性命也。"《析疑指迷论·析疑》有言"龙虎者,即人动静生灭之心也"。作者为何用龙虎来形容松林,着实耐人寻味。笔者认为,这是作者在将"松树"这一物象进行拟人化的尝试。崂山是道教圣地,一吐一纳,宛如摄取着天地之间的精华。一草一木,难免不染上几分宗教的色彩。在排列分布的形式美上,又另有一番景致。"有远架岩壑而岸然高视者;有倒托悬崖如俯首恭而揖者。"不难看出,这句描写是建立在刚才的拟人化基础上的。因为只有拥有了人的灵,才会具备人的体态。"岸然高视"、"俯首恭而揖"这两个动作,不是简单的体态,而是蕴含了一定道德评价的体态。"或三五并列于前;或一枝独秀于后;或两相纠缠,结而为门;或分行排立,整如部队,而不错乱跬步。"这些无疑是形式美的最好展现。形式美是独立的审美对象,具有独立的审美特性。就算我们不去考量环境、历史、文化等所带来的附加意义,仅凭着这种分布组合所带来的均衡、节奏、韵律等形式,就足以产生愉快的情感。

"名寺伴名山"这一现象,广泛地存在。云深灵隐,人迹罕至,正是修禅悟道的上佳去处。而在崂山里,名寺却不多见。究其原因,却跟历史有关。魏武帝时期,在崂山建有法海寺,后经南北朝动荡战乱,殃及道佛两家,佛教不可避免地遭受到打压,法海寺也被付之一炬。此后,道佛两家的关系起起落落,偶有缓和。万历十三年(1585),发生了憨山和尚的"海印寺事件",佛教惨遭主流意识形态排斥,道佛两家的关系也跌入了冰点。下文中提到的黄氏,就是辞官还乡的黄宗昌。他推崇佛教,立誓要在崂山复兴佛教。而作者此行,也必然要去探访一番。"讲殿禅堂,虚廊峻阁,佛像法相,缯盖幢影之类,靡不严整,胜于他处。"对寺中细节的描写,充分证明了黄宗昌在复兴佛教上所耗费的心力。历史的沧桑,使作者多了几分喟叹。是夜难眠,拉了驻寺高僧,月下一叙。皎洁的月色,倾洒在两人身上,几句精妙的禅语,回荡在作者的心头,恍惚间,时空仿佛静止了,大千世界的声色喧嚣此刻凝固了,至纯至净,清淡如冰。一声鸡鸣,打破了这份静寂,高僧挽起作者的臂膀,快步登上了身后的最高峰。日出胜景,让作者转入另外一个动态的审美体验过程。"少顷煌闪烁,如熔金炉鼎","由一线而全升","由晦复明,光华四散",他充分调动着视觉感官,捕捉着日出时瞬息万变的姿态。高僧说道:日出时的景象经过海气折射,光怪陆离,离奇多变,让你产生错觉,也是自然的事情。如果能够纤悉毕现,也就失去了欣赏它的意义了。作者咀嚼着这番话,整理衣服,下山用膳。山蔬野谷,粗茶淡饭,一口下去,回味无穷,竟让他发出了"非人世间所常服"的感叹。与诸位高僧分别时,塔院前的一池怡然自若的金鱼,又勾起了作者的遐想。"初不知有人之乐其乐者,并不知十步之外,更有大洋之可乐也。"可这个念头,只能藏在心底,若当时就说出口,高僧怕是要以"子非鱼,焉知鱼之乐"来回敬之。好客又善于体察人心的高僧,却知道作者此次游览仍留下了遗憾,约定下次再来,补上这一遗憾。作者说,虽然自己没有寻仙炼丹、长命百岁的想法,但有机会,还是会来一登华楼巨峰,看一看花坛上的青莲。

崂山观日出记

清·徐绩

崂山在即墨县东南七十里。史称秦始皇自琅琊北至劳盛山,说者谓盛即成山,劳则今所谓崂山者是也。[1]山三面环海,上有狮子岩,可以观日。[2]

三十九年夏,余阅兵至即墨营,闻其胜,特往游焉。[3]是为四月十有四日,是夜,宿华严庵,黎明登岩观日,是日无云无风,海水澄碧如镜。[4]少焉,红光昱耀,变为万顷盅池,一线金光,横凝天末,稍腾而上,其下如有承盘,又上顶如戴冠,已忽下束其口,而其顶甚平,作覆瓴之状,再上形如八角,先是如盘、如冠、如瓴,日上下皆带绀紫之色,至八角时,其色正赤,又腾而上,形始全员。[5]时同观者,莱州守王腭、胶莱运判谢洙、即墨令崔云骈、参将丰伸、守备李进忠、试用武进士张铉、千总鲍瑛、国子生高源,凡八人所见皆同。[6]

注释:

[1]即墨:即墨市位于山东半岛西南部,南依崂山,近靠青岛,是山东省的一个县级市。"即墨"因故城地临墨水河而得名,其名称最早出现在《战国策》、《国语》、《史记》等历史典籍中。琅琊:琅琊山,山东青岛琅琊台附近。成山:位于山东半岛最东端,伸入黄海,南临荣成湾;又称成山头。

[2]狮子岩:地处青山口之北,石崮状如卧狮故名。

[3]闻:听说。胜:风景优美。

[4]华严庵:华严寺,位于青岛崂山区那罗延山上,为崂山中现存唯一佛寺。在

明崇祯时(1628—1644)即墨人黄宗昌捐造,名华严庵,亦称华严禅院。是:这。

[5]少焉:一会儿。昱耀:明亮地照耀。凝:凝结聚集。承盘:托盘。覆瓿:古代的一种小瓮,青铜或陶制,用以盛酒或水。绀紫:纯度较低的深紫色。赤:红色。员:同"圆"。

[6]时同:同时,一同。凡:一共。皆:全,都。

往时观日者,多于泰山之日观峰,然距海甚远,兹山逼近海滨,所见尤的。顾前代观日出者,但云浮金万里,以是为宇内之奇观,如余所见其形状且数变,昔人未有言及者。[1]余谓,物形虽方斜廉钝之不同,悬诸高处,仰而视之,无有不见为员者。[2]天文家言,月形多凹凸,填星形如瓜,旁有二小星如形,岁星四周,有四小星绕行不息,太白光有盈缺,如月之弦望,用窥远镜观之,尽人皆可得见,日光炎烁,隔镜辄得火而燃,非如星月之可以仰窥,惟初出时,光不甚赫,而目之平视为最真,故独能有以穷其变。[3]其色带绀紫者,窃谓积阴之气,为初阳所逼,非日之本形,其正赤者,乃为本形。[4]余今所见,盖可补历代天文志所未及,则谓日形八角,其说自余始发之,亦奚不可。[5]

注释:

[1]往时:以前。兹:这个,指代崂山。逼近:靠近。尤:特异的,突出的。顾:回想。以是为:把这个作为。宇内:整个世界,天下。余:我。数:多次。昔人:前人。及:比得上。

[2]廉:棱角。仰:抬头看。

[3]盈:满。辄:就。穷:尽,仅限。

[4]窃:私下,私自,表自谦。初阳:朝阳,晨辉。乃:才。

[5]盖:大概。补:弥补。奚:没什么。

【赏评】

徐绩,字树峰,清代汉军正蓝旗人,举人出身,乾隆初年捐纳通判,累官至山东巡抚,后又在河南、京师、新疆等地为官,嘉庆十年(1805)辞官。徐绩于乾隆三十九年(1774)甲午因兵事来即墨县,曾游崂山,撰写了《崂山观日出记》和《崂山道中观海市记》。《崂山观日出记》一文原在华严寺有刻石,今已不存,该文录自清同治《即墨县志》。

《崂山观日出记》开篇便清晰明了地点出崂山地理位置,"即墨县东南七十里",直截了当。而崂山此名并不是毫无由来,是源于秦始皇的游历。"史称秦始皇自琅琊北至劳盛山,说者谓盛即成山,劳则今所谓崂山者是也",据此说,崂山一名亦有约两千年的历史了。"山三面环海"是观日出的好地方。

"三十九年夏,余阅兵至即墨营,闻其胜,特往游焉。"作者说出了来此地游历的缘由。原来,作者是怀着和我们一样的心情,闻名而来。

四月十四日夜里便宿在华严庵,以备明日的胜景。待到黎明登上狮子岩,发觉这一天无云无风,无边的海水亦是澄净如碧,毫无波澜,这定是天公作美!少许,天地交接之处,红光乍现,光耀万里,而我们面前的这平静的海面,犹如万顷天池。在天际涌现的那一缕金光,将整个天际浸染。"稍腾而上",便是紧接着一系列的比喻,"其下如有承盘,又上顶如戴冠,已忽下束其口,而其顶甚平,作覆瓿之状,再上形如八角,先是如盘、如冠、如瓿,日上下皆带绀紫之色,至八角时,其色正赤,又腾而上,形始全员"。作者将日出缓缓的变化过程娓娓道来,展现在我们眼前的不是一个个静止的画面,不是摄像般的个个镜头的拼接,而是流动的,是缓慢的,是伴随着清晨的苏醒而不断呈现的一个动态美!莫说是亲眼经历日出的作者,就是作为读者的我们,此时此刻亦不愿眨一下眼,生怕错过这样的美景!这是一段完整的描写,不忍将其分开鉴赏,是担心在某个断句之处就会破坏了这样流畅的美感!这样一系列的形状物,是本篇游记中的高潮部分!日出在作者笔下,安静祥和,流畅逼真!

"时同观者,莱州守王腭、胶莱运判谢洙、即墨令崔云、参将丰伸、守备李进忠、试用武进士张铉、千总鲍瑛、国子生高源,凡八人所见皆同。"所谓英雄所见略同,大抵如此吧!

篇章的最后一段,作者夹叙夹议,娓娓道出此篇观日出记的与众不同。首先便是地点的独特。"往时观日者,多于泰山之日观峰,然距海甚远,兹山逼近海滨,所见尤的。"崂山狮子岩就泰山观日峰来说,逼近海滨,所看日出便独具一格。前人观日出,皆说浮云万里,为宇宙之奇观,就此了了。日出时的形状之变化多端,还没人能够像作者这样悉数详尽。这是徐绩这篇游记的第二个独特之处,言他人所未言。

再就是作者抓住了观日出的最佳角度与时机。万物形状虽有"方斜廉钝之不同",但是"悬诸高处,仰而视之,无有不见为员者",这便是角度的关键。若不是"目之平视",作者又怎么会那么清晰地看到初日形状之变化。"目之平视"和"惟初出时"的先机,作者才能看到日出的真实情状。

《崂山观日出记》是一篇独具匠心的观日游记。它不仅仅是在日出的描写效果上吸引了读者的眼球,最后一段的叙述与议论也更显新颖。作者所使用的精准独到的比喻值得我们学习与借鉴。

崂山道中观海市记

清·徐绩

　　自崂山东北,望海中两山,南北峙者为巉山。岛中有山,《尔雅》所谓山上正日章是也。岛之西南复一小山,土人以为距岸七十里,而不知名。[1]

　　余于狮子岩观日后,还食华严庵中,循去道以返二十里,过修真庵小憩,又行二里,见两岛各透一白气,故时,平山与两岛相接,今为白气隔绝,望如横堵,岛南复现一山,与西南小山相类。[2]从者曰:"此海市也。"停舆观之,横堵忽化为城垣,延属岛南,新现之山,雉堞高下隐隐可指数。西南小山幻为庐舍市肆,与林木相间,厕市南,高矗一竿,竿旗微动,若迎风摇扬然者。[3]已而,岛南别起一城,不与故城相接,其上崇楼杰耸,数之凡三层,而西南庐肆渐隐,微见茫茫烟树而已。[4]顷之,崇楼降为方亭,垣周其外,其南复为庐肆如前。凡诸物象变迁,皆在新旧二山岛中,城垣固如故也。[5]少焉余象尽泯,惟见岛峰高矗,其他悉化平远之山。已而,但存两岛及西南新旧二山,岛中平山亦灭。意谓幻境已穷。俄然,城坦复显,岛南浮图五级,高与云齐,其南茂树连屋,屋尽处复见竿旗,而城垣直西平海中,复涌出丛林杰庙,庙南数里,林树益茂,谛视见两人先后次入林中,庙势渐高,复幻为城上重楼,上下炮眼皆具,故时林木悉变为附郭民居,民居既隐,而楼南复涌一七级浮屠,瘦削干云。[6]盖自日中以至哺时,凡十数变,其境时远时近,近者如在十数里内,未哺食遂去,而海市尚未已也。而海市尚未已也。[7]

　　自昔观海市者,多于登州,或祷海神祠始得见。(有宋苏轼,国朝施闰章皆然。）余独于莱州即墨道中，不待祷而见之，又凡昔人所见，率皆变灭随风，兹更历三时而不灭，或以是为海神灵贶，则余今受贶之隆，盖又倍蓰前人矣。[8]虽然人世有形之物，无聚而不散，矧其为形之幻者，必俟风伯驱除，始叹浮云之难久据，毋乃见事之已迟。余与诸君皆及半而止，归途弥有充然不尽之趣，翻笑前人碧海青铜之句，为不免看尽鱼龙百变也。[9]时同行者，即平旦观日出诸君，唯胶莱运判先行，独不与余以浃日，而睹异境者二，虽岩处好奇之士，或未能兼遇焉。归行馆因次所记，而为之记。[10]

注释：

[1]巉山：位于即墨。土人：本地人。

[2]修真庵：在山东省青岛市境内的崂山王哥庄前。据《崂山志》记载：原为佛教古刹，明代天启二年(1622)，道士李真立扩建改为道庵，清代康熙年间(1662—1722)，杨绍慎复加修缮，殿宇宏伟，极一时之盛。憩：休息。故时：以前的时候。类：像。

[3]从者：跟从的人。海市：也称海市蜃楼，是一种因光的折射而形成的自然现象。舆：马车，轿。城垣：用土木、砖石等材料，在都邑四周建起的用作防御的障碍性建筑。雉堞：是城墙防御体系中主要的攻防设施之一，由女墙（也称宇墙）、垛墙和垛墙之间形成的垛口组成。市肆：店铺。

[4]已而：不久。崇楼：高楼。凡：一共。而已：罢了。

[5]顷之：一会儿。周：周围。

[6]少焉：一会儿。泯：消失。惟：只。悉：全都。但：只。穷：尽。俄然：不久。浮图：高塔。益：更加。

[7]盖：句首发语词；晡时：又名日铺、夕食，午后三时至五时，傍晚。《淮南子·天文训》："〔日〕至于悲谷，是谓晡时。"《汉书·王莽传下》："乃壬午晡时，有列风雷雨发屋折木之变。"已：停止。

[8]登州：我国历史上山东地区重要的行政区划，地处山东半岛一带，明清登州府亦辖蓬莱。祷：祈祷。始：才。率：都。变灭：改变消失。灵贶：神灵赐福。《文选·范晔〈后汉书·光武纪赞〉》："世祖诞命，灵贶自甄。"李周翰注："言光武大受宝命，神灵赐福祚而自成也。"倍蓰：亦作"倍徙"，谓数倍。倍，一倍。蓰，五倍。

[9]矧:何况。俟:等待。见事:认清事物。弥:更加。充然:犹浩然,盛大貌。鱼龙百变:像鱼龙那样变化多端。出自北周庾信《谢滕王集序启》:"譬其毫翰,则风雨争飞;论其文采,则鱼龙百变。"

[10]浃日:古代以干支纪日,称自甲至癸一周十日为"浃日"。《国语·楚语下》:"远不过三月,近不过浃日。"韦昭注:"浃日,十日也。"或:有的人。兼:都。因:按照。

【赏评】

作者徐绩在观赏完崂山狮子岩日出之后,在归途中有幸遇见海市胜景,虽不是专程来观望此胜景,无意间的巧遇却愈增添了此行的意外之趣。海市胜景的出现,使作者不虚此行,亦使此篇游记别有一番意味。

第一段是作者在狮子岩观日后的大体所见,崂山的东北处,可以望见海中两山,南北相对者为巉山。岛中有山,小岛的西南处又有一小山。这是作者在遇见海市胜景之前的景象。或许这些都是平日里司空见惯的岛与山,只是在遇见海市之后,这两座小山,似乎不再是如作者所说的这样真实,况且当地人对其也了解甚少。

作者在崂山狮子岩观看日出之后,"还食华严庵中",沿着回去的道路返20余里,"过修真庵小憩,又行二里",看见两岛各自透着白气,在此之前,都是平山与两岛相互接连,此时,却被白气相互隔绝,一眼望去,就像是一堵白墙横堵在中间,岛的南部又出现一小山与西南方向的小山相类似。跟随一块儿的人说:"此海市也。"这才知是海市。作者在观看完狮子岩日出之后,在返回的途中定不会想到还会遇见海市这样的奇观胜景,所以在下文中作者多次提到这次海市胜景不可多得。

在得知这是海市之后,作者便停下车来观望。横在中间的白雾城墙忽然就化为城池的边缘,绵延数里直至岛南。刚刚新出现的那座小岛上,防御的城墙高高低低隐约可见。西南方的小山幻化为家居庐舍和市井陈设,与山间林木相间。在市南的一侧,高高地矗立着一旗杆,旗随风动,杆随旗飘,似是摇晃飘起的样子。这样若隐若现、如梦如幻的场景,或许只有像作者这样能驾驭文字的人,才能清晰地记录下眼前的这一切,多而不乱,简而不漏。

"已而",岛南另又起一新城,不与原来这座城相接,城上高楼崇然耸立,细细数来总有三层,而西南方向的庐舍市井渐渐隐去,只见茫茫烟雾,缭绕树间。"顷之",崇立楼阁降为方正小亭,桓竖立其外,南面"复为庐肆如前"。凡是物象变迁,都是在新旧两山岛中,城墙四周依旧如故。"少焉"这些景象又皆消失,只见岛上山峰高高矗立,其他全部都幻化为"平远之山"。"已而",只有两岛及西南新旧两山,岛上的平山也消失匿迹了。以为"幻境已穷"。"俄然",平坦宽广的城池又复出现,"岛南浮图五级,高与云齐",在它的南面是茂盛的树木,绵连的屋脊。在屋脊的尽处"复见竿旗",城墙一直向西延伸到平海之中,在海上又涌出丛林庙宇。庙宇之南数里,林树更盛,远远地看见两人一先一后进入丛林之中,庙宇随地势渐高,又重新幻化为城上重楼,上上下下炮眼皆清晰可见。这时,林木全部变为村庄民居,民居渐渐隐去,而在城楼的南部又出现一七级浮屠,直指云霄。

这一段是作者观望海市胜景最为繁盛的一段,亦是此篇游记的高潮所在。时间介词的频繁使用,既是作者文学功底的显现,亦是此次海市胜景接连不断的显现。时间介词的相互衔接,相互紧连,似是有一个声音在催促着读者要紧随作者不断地去看眼前之景,渗透着一种不容人歇息的快节奏感。正是这种快节奏感,轻而易举地将海市胜景的忽隐忽现、隐约闪烁展现出来。给人一种跟不上海市变化节奏的紧张之感,由此突出海市变化莫测、奇幻多变之特点。

作者将自己的所见所闻依次形象地写出来,作为读者的我们似乎不是在阅读,不是在欣赏这篇游记,而是紧紧跟随着作者的所指所说,犹如亲临现场,倾听导游为我们一一介绍眼前所幻所灭。这些胜景直接深入我们的内心,不是作者所看到的而是我们自己看到的,是我们亲身经历的。但事实是,就算是我们自己亲眼见到的这一切,我们亦有可能会忘记某些细节,不会如作者这样记得清清楚楚,更何况作者是这样清晰形象地展现在我们面前,让我们感同身受,应接不暇。此篇游记,带我们经历了奇幻的海市胜景，那我们又何尝不是和作者一样幸运。

"盖自日中以至哺时"，凡十数变，其景时远时近，近的犹如在十数里内，因时日已晚，作者一行人兴尽而归，而此时海市尚未结束。

最后一段，作者就自己巧遇海市胜景与古人欲观海市之准备相对比，以说明自己巧遇海市胜景的难得与佳缘。自古观海市的人多是在登州，而且要在海神祠祷告后才会见得到此番美景，宋代的苏轼、清朝的施闰章都是这样。而作者没有祷告祈愿便看到了这样的海市胜景；昔人所见，都是随风幻灭，而如今作者所见更是经历三时而不消失，实是难得；前人以为是海神赏赐，那么作者今天所受到的海神的赏赐如此隆重，这又超过前人几倍了。这些更能说明作者此次观景的意外之趣，所谓可遇不可求之意大概如此吧！

作者与随行人皆是将海市看到一半便回去了，在归途中，皆有遇见这样的胜景却没等其结束就归的遗憾。《道中观海市记》虽是作者途中巧遇之记叙，却是难得的游记佳作。作者将这种可遇而不可求的胜景，叙述得淋漓尽致，让读者亦一饱眼福。此篇游记遵循了游记中纪实的手法却又不乏艺术性，将眼前之景与读者尽情分享，让读者亦感受到欣赏的快感，是一篇独具艺术特色的不可多得之作！

崂山华严庵游记

清·李中简

　　崂山最东北谷，众峰环合，独缺东西一面，海色涵之，有庵曰华严。固山为级，数进益高，佛宫客舍，皆峻整明洁。地高松有竹，杂树森蔚，峰外，殆不见，石庵境最幽。而背视狮子峰，登未及半，则大瀛生襟袖，旷奥兼之，故庵之名于崂山者尤著。[1]

　　游人自县来者，东南平行三十里，至下宫别院，始入山湾环洲岛间。又三十里，至修真庵，可小憩。东南绕山沿海行，怪石森列，与潮波雷斗。又十余里，始仰山而登。[2]右转入谷，径益纤，长松偃盖，阴阴须眉为绿，约五、六里，至庵门矣。庵之右为塔院，修竹夹门，下为鱼塘，有泉注之。院有耐冬二株，径围尺许，含苞满枝，做一花焉。予来似九月下旬，晚至庵宿。是夜雨。[3]次日，饭罢开霁，拄杖登狮子峰还。笋舆出庵，沿海南，欲往下清宫。岩径峻仄，洪涛撞其下，经数险，乃得宽平处，据海滨大石坐。[4]少顷，徐入山行，有树。问下清宫，有云三、四里，或云可七、八里。横岭距其前，日已昃，念沿海险，遂返。次日，取道山西，访华楼奇石而归。予自登州数百里，往来游崂山，名迹满胸，不意一无所到，独再宿华严庵去。[5]

注释：

　　[1]固：结实，牢固。级：台阶。峻整：严肃庄重。蔚：茂盛的样子。殆：几乎。瀛：大海。襟袖：衣襟衣袖。旷奥：形容名山胜迹的开阔和幽深。尤：特别。

　　[2]憩：休息。始：才。

173

[3]径:小路。纡:弯曲,曲折。偃:仰面倒下,放倒。阴阴:幽暗貌。耐冬:为山东对山茶花的称呼,又名绛雪,隆冬季节,冰封雪飘,绿树红花,红白相映,气傲霜雪,故而得名"耐冬"。许:左右。是夜:这天夜里。

[4]次日:第二天。开霁:阴天放晴。峻仄:严峻狭窄。据:依靠。

[5]少顷:一会儿。徐:慢慢的。昃:太阳偏西。念:念及,思虑。遂返:于是返回。取道:选取经由的道路。意:料想。再:第二次。

予读《即墨志》,得明人崂山二游记,皆不言华严庵。庵无碑记,询之庵僧,言开山海各禅,塔院即师墓也,庵之兴,近百年矣!始悟庵起记后。而狮子岩下(此狮子岩非华严庵后之狮子峰也)有太平宫遗址,予来过之,茅屋一间,乃在谷外,岂前人经营未及此欤?抑当时别有遗构,竟湮没不可考欤?[1]庵地既绝胜,予时又来到地他所一故尤矜之。按崂山本叫劳山,亦曰成山,《史记》封禅书,成山斗入海是也。据志图亘三百余里,二游记载名寺观十余,大抵皆在此境。闻土人言,自巨峰南去益奇,顾道险非人迹可至,盖仙灵窟宅云。[2]

是游也,崔明府少良为主,顺天人。同游者三观察桂丹,奉天正白旗人。明府客二:王子新若、井子丹木,皆顺天人。予客三:戴君春昙,浙江人;家孝廉在田,云南人;陈孝廉无党,四川人。庵住持僧瑞方,莱州人。予前后得诗二十余首,僧乞予书,为出其三,僧以异石报焉。[3]

注释:

[1]岂:难道。抑:发语词不译。遗构:前代留下的建筑物。

[2]绝胜:独一无二的,无人能及。亘:延续不断。自:从。

[3]乞:向人讨、要、求。以:用,把。

【赏评】

李中简(1721—1781),字廉衣,号文园,今河北省任丘市人,是清代乾隆时期享誉文坛的文学家、诗人。他出生于仕宦之家,书香门第,幼时聪颖好学,饱读诗书,受到了良好的教育。一生中,李中简凭借精湛的诗文造诣,创作了大量文学作品,形成了独特的诗歌、散文风格,在清代文坛上占有一席之地。李中简曾是清代有名的"瀛州七子"(活跃在河间、保定、任丘、献县等地的文人骚客:边连宝,刘炳,戈岱,李中简,边继祖,戈涛,纪昀)之一,造诣颇深。他的文章如实记录了当时国家的文化教育和社会经济状况,内容上至朝廷政要,下至黎庶百姓,以及地方史志,山河名胜等,涉猎十分广泛。他的诗文著作遗留下来的有《嘉树山房文集》8卷,《嘉树山房诗集》18卷。这些诗文著作是李中简一生的成就,给我们提供了珍贵的历史资料,有着极其重要的历史和文学价值。总之,李中简的诗文造诣精深,不仅汲取了古代诗歌的精华,而且有自己的独特建树,在清朝的文坛上独领风骚。当时的词曲学家董元度曾评价他的诗曰:"汇群言之精液,唱大雅之宗风。陶铸三唐,超轶两宋,根诸至性,蔚为高华。钱沈凋谢,主持一代诗坛,非公奚属。"

李中简一生为官清廉正直,体恤百姓,在《清音亭记》中曾写道:"人之居官也,一日在位,则一日不敢苟。"纪昀亦有诗《怀李中简》赞誉:"廉衣振高节,神龙谁得控。傲物本无心,真气自淳重。别我日已疏,昨宵犹入梦。古道良足惜,一官非所重。"可见李中简廉洁自守,严于律己,体现出一身正气。他还勤于教育事业,为国育才,一生凡一任总裁,三任主考,五任乡、会试分校官,两任提督学政。先后为朝廷为国家选拔、培育了大批栋梁之材,受到了清代名家学者的高度评价。

崂山是海边拔地崛起的名山,高大雄伟,早在古时就有人声称崂山为"神仙之宅,灵异之府"。又有秦始皇、汉武帝曾来此求仙,这给崂山添上了一层神秘的色彩。崂山宗教有道教、佛教两派,而尤以道教为胜。佛教在崂上的影响力远不及道教,到现在残存的寺院也只有法海寺和华严寺(华严庵,后更名为华严寺)。而华严庵是清初由即墨乡绅黄宗昌出资修建,距今有350多年的历史,它是崂山规模最大、时间最长的佛教庙宇。华严庵在崂山东部海滨那罗延山西南麓山坡上,这里的花岗岩石漫山嶙峋,植被郁郁葱葱,三面环山,东临大海,古朴典雅。

华严寺佛教始于西汉哀帝元年(前6),当时的大月氏王使臣伊存曾向中国博士弟子景卢口授《浮屠经》,于是佛教始传入中国。魏晋、南北朝时期为佛教译传阶段,隋唐两代则是中国佛教的创造阶段和鼎盛时期。中国僧人分别以一定的佛教经典为依据,开宗立派,形成三论宗、天台宗、法相宗(慈恩宗)、律宗、净土宗、禅宗、真言宗、华严宗(贤首宗)8个主要宗派,这是中国佛教的鼎盛时期。而华严宗的开宗法师是终南山僧人杜顺,他的主要著作《华来法界观门》是该宗的规法,从《华严经》谈法界缘起。在佛教界,华严宗和天台宗都自称为国教。

乾隆三十三年(1768),李中简提督山东学政时,曾来崂山,撰有此篇《崂山华严庵游记》,该游记辑入《续天下名山周游记》一书中。又有《雨登华严庵》七律两首,曾镌刻于华严庵,现已不存。

文章开始,作者便直截了当地点出华严庵所处的位置,"崂山最东北谷,众峰环合,独缺东西一面,海色涵之",这里众峰环绕,绵延回合,唯独东南一角,独面大海,山光海色,交相辉映。这里便是华严庵所处之地。山峰固然高耸,拾级而上,愈上愈高,愈高愈险,而佛宫客舍,皆峻整明洁。这还不是吸引作者的地方,作者喜"石庵境最幽"。这里山势高耸,松林杂竹,树木森蔚,而山峰之外的尘世杂物皆不见于眼前,一个清幽雅静的好地方!而在作者登之及半之时,回望狮子峰,宽广幽深,明朗旷然,一览无余。

文章第二段便是将游历华严庵的一路一景说与读者。凡是从远方而来的游者,东南方向行30里,可至下官别院,从这里便开始山湾相接、洲岛相映。又行30余里,到达修真庵,方可小憩。朝东南绕山沿着海岸线前行,怪石阴森凛冽,与时时不断汹涌而来的潮水搏斗,声若惊雷。再行10余里,便要仰面登山。右转而入谷,山路愈是曲折迂回,松林蔚然相掩,阴阴暗影,曲折若五六里,便是庵门。曲曲折折走了数十里,每一段路程作者都精心叙写,每一个路边景色作者都不容错过。从平原到庵前,虽是路途艰险遥远,却没有错过一路的奇峰逸景。华严庵右侧为塔院,小门两侧茂然修竹,下设鱼塘,清澈见底,有泉水注入。院内有耐冬两株,满枝花蕾含苞待放。作者相游的时间大致是九月下旬,天气转凉,晚上便在华严庵相宿。第二天,作者便挂杖而还。须臾出庵,沿海岸线走,前往下清宫。岩石交错,峻险坎坷,洪涛相撞,历得数险,方到宽平之处,于是依海边大石而坐。少顷,又入山路而行,至下清宫有数里。天色已晚,又有山岭横前,遂返。次日,在山的西面取道而行,赏华楼的奇山异石。作者在此地游历数百里,往来于崂山之上,没想到跋涉许久还是没有到达自己想去的地方,便只能返回到华严庵再宿一晚。字里行间透露着作者未到达目的地、未欣赏到自己想要看到的风景而生得感伤遗憾之情。

文章最后一段作者道出写《崂山华严庵游记》的原因。因读《即墨志》后,得明代游崂山二记,都没有提到华严庵。始发觉华严庵没有碑记,问庵中僧人,言塔院便是师墓,华严庵从兴起到现在大致有百年的历史了。"始悟庵起记后",然后有记华严庵之念。狮子岩下有太平宫遗址,仅是一间茅屋而已,难道是前人没有注意到这里吗?抑或是当时还有其他的遗迹没有被世人发觉?崂山本名为劳山,《史记》中记载曾在此地封禅书,入海而成山。根据图志上显示,绵延300余里,二游记所提及的10余所寺观,大抵都是在此处。而据当地人说,自巨峰向南,更加奇险,非人际可至,"盖仙灵窟宅云"。

作者将自己此次崂山游历写在文章里,这里不仅仅是作者一次简单的游历,还有作者的所思所想所得。虽是一路艰险,但亦是一路风景,作者将沿途所见一一记下,平实朴素,却又不乏出彩之处,写景紧凑而有节奏,短小而精悍。

白云洞观海市记

清·尹琳基

海市多在登州，昔人所记，大概时值春夏之交，天宇清明，东南风微作，而海市始见，或见重楼翠阜并市廛人物，幻境不一。[1]市过，往往有雨。苏东坡于十月见之，然非常有也。丙戌十月十三日，偕陈缙卿总戎，登崂山之白云洞，云庵道人导之游。[2]策杖涉西峰，时天气晴燠，殊无重阳节候。[3]望东海中，大小管岛、巉山、车轮岛，历历可指数。[4]忽见车轮之西，涌出五六山，高卑[5]不等。余曰："此何岛也？"道人曰："彼处无岛，山居者习知[6]之。"余曰："然则其海市乎？"高坐凝眺，众山时分时合，络绎相亘。[7]俄然东南突起一峰，崭然修削，若太华之三峰，上插云际。[8]顷之，西南一带皆山，绵亘数十里，卑相附，高相摩，亭然起，崒然止，若奔若蹲，若斗若依。[9]所谓衡山七十二峰，嵩阳三十六峰，悉于一览得之。又顷之，山南火光炯然，东西凡三处，皆大如日将出时，红云簸荡，霄汉通明，其光耀众山，又若夕阳之返照者。[10]李华《海赋》云"阴火潜然"，殆即此欤？已而，火光渐低渐白，化为一片沙碛。[11]其旁烟树苍茫，城郭楼台，隐隐可睹。而西南数十里，众山皆平，沿山皆有村落，如见海岸民居然。[12]盖自午至酉，历三时余，景像数变，俨同实境，非缥缈虚无可比。[13]迄日暮乃灭。惜相距稍远，不能辨市廛人物耳。是晚宿白云洞。黎明推窗望之，海雾迷漫，咫尺莫辨。须臾[14]，微雨蒙蒙矣。

注释：

[1]海市：也称海市蜃楼，是一种因光的折射而形成的自然现象。宇：上下四方，

指天空。重楼翠阜:(海面上)现出高楼和青翠山峦的形象。市廛:市中店铺。语出《孟子·公孙丑上》:"市,廛而不征。"赵岐注:"廛,市宅也。"

[2]偕:偕同,一起。导:做向导。

[3]策杖:拿着竹杖。晴燠:晴朗暖和。殊无:根本没有。

[4]历历:(物体或景象)一个个清晰分明,非常清晰。

[5]高卑:高低。

[6]习知:熟习了解。

[7]凝眺:注目远望。络绎:相连续,前后相接。

[8]俄:一会儿,崭然:形容山势高峻突兀。

[9]顷之:不久。绵亘:接连不断。卑:低。相摩:相互摩擦。亭然:卓立的样子。崒然:亦作"崪然",突兀,高耸的样子。

[10]炯然:明亮的样子;簸荡:像摇篮一样剧烈摇动和波动;霄汉:云霄和天河,指天空。

[11]已而:不久。沙碛:沙滩,沙洲。

[12]烟树:云烟缭绕的树木、丛林。苍茫:辽阔无边的样子。城郭:城墙。隐隐:隐约;不分明。居然:形容平安,安稳。

[13]酉:下午五点至七点。俨同:如同。

[14]须臾:一会儿。

【赏评】

海市蜃楼,本是地球上物体反射的光经大气折射而形成的幻象,又称蜃景,蜃即传说中吐气能成楼台形状的软体动物蛤蜊,蜃景这一名字的由来显然与古人丰富的想象力分不开。从古至今,海市蜃楼在世人眼中就是一个非常神奇的景象,尤其在科学技术并不发达的古代,人们无法对这一自然奇观作出合理正确的解释,只能根据传说与生活经验想象和猜测,因而更增添了它的神秘色彩。同时,蜃景在不同的文化环境里也有着不同的象征意义,我国古代文献对它的描绘大多倾向于仙境,而西方神话则把蜃景看作魔鬼的化身,认为它是死亡和不幸的预兆。海市蜃楼的幻景多出现在沙漠、戈壁、湖面、海面以及江面等地方,位于我国山东半岛上的登州就经常出现这一奇观。在我国,很早就有关于海市蜃楼的记载,晋人伏琛在《三齐略记》中说:"海上蜃气,时结楼台,名海市。"而有关登州海市蜃楼的描述则始见于宋人沈括的《梦溪笔谈》:"登州海中时有云气,如宫室台观,城堞人物,车马冠盖,历历可见,谓之海市。或曰蛟蜃之气所为,疑不然也。"特殊的地理环境造就了蓬莱独有的天象奇观,也让它成为了中华神仙文化的重要载体。昔日秦皇、汉武都曾认为蓬莱是神仙聚集之地,并率人前往蓬莱寻访仙境,这与蓬莱的海市蜃楼奇景有着密切的关系。历来文人,凡到此地者,无不希望一睹海市的美妙奇观。但蜃景的出现有其特定的时机和规律,并非随时可见,因此能够有幸睹之的人并不多,本文作者尹琳基就是其中一位。

尹琳基,字琅若,又字竹轩,生于清道光十八年(1838),卒于清光绪二十四年(1898),今山东省日照市经济开发区奎山街道夹仓村人。尹琳基的父亲尹汶瀍40岁时才生下他,虽是老来得子,但尹汶瀍却丝毫不溺爱儿子,对尹琳基的要求十分严格,再加上他聪慧伶俐,七八岁时便能背诵古文,10岁即会做诗,在当地有神童之美誉。有此等天资异禀,又酷爱读书,所以尹琳基10多岁就考上了秀才,此后一路高升,26岁成为翰林院的庶吉士。本可以凭借优秀才能和贤人赏识平步青云,但他孝顺父母,父亲去世后即按礼制返乡守孝三年,结束之后理应回京参加翰林院的散馆考试,可他念及母亲年老体弱,因而毅然留下照顾老母,一直到她去世并精心料理完丧事之后才重返仕途。尹琳基学识渊博,做事严谨,深得朝廷器重,历任国史馆协修纂修功臣馆总纂、文渊阁校理等要职,并多次参加或主持乡试、会试。不仅为朝廷的文献整理做出很大贡献,还为国家选拔了一大批学识与人品兼具的优秀人才。尹琳基为官正直,敢说敢做,但正因为如此,他才遭到权贵的排挤,终遭小人陷害罢官回乡。返回山东后不久,他便到崂山太清宫拜道士韩谦让为师,建堂院隐居,焚香顶礼,修身养性。在此期间,他与友人一同游览崂山各处风景,写下了很多文章,其中包括《白云洞观海市记》。他笔下的海市有如一幅精妙绝伦的风景画,景物排列层次清晰,色彩分明,错落有致。文章虽不长,却将海市奇观的变幻之态展现得淋漓尽致。

作者的博闻多识在文章开头即有所表现。他说："海市多在登州，昔人所记，大概时值春夏之交，天宇清明，东南风微作，而海市始见。或见重楼翠阜并市廛人物，幻境不一。市过，往往有雨。苏东坡于十月见之，然非常有也。"虽不足百字，却将海市出现的地点、时间以及气象条件和表现形态总结得十分到位，若非笔力雄厚不能为之，至于他提到的苏东坡先生于十月见海市这一事情向来颇多争议。按照一般的说法，"乌台诗案"中遭贬的苏轼在元丰八年（1085）六月得以复职，出任登州知州。对于登州之任，苏轼表现出了鲜有的向往和乐观情绪，原因想必除了蓬莱仙境对他的吸引之外，还有仕途回转带给他的喜悦与轻松心情。但他仅到任5日便接到调令，命其还朝升任礼部郎中。在动身还朝之前，苏轼写下了著名的七言古诗《登州海市》："东方云海空复空，群仙出没空明中。荡摇浮世生万象，岂有贝阙藏珠宫？心知所见皆幻影，敢以耳目烦神工。岁寒天冷天地闭，为我起蛰鞭鱼龙。重楼翠阜出霜晓，异事惊倒百岁翁。人间所得容力取，世外无物谁为雄？率然有请不我拒，信我人厄非天穷。潮阳太守南迁归，喜见石廪堆祝融。自言正直动山鬼，岂知造物哀龙钟。伸眉一笑岂易得，神之报汝亦已丰。斜阳万里孤岛没，但见碧海磨青铜。新诗绮语亦安用？相与变灭随东风。"诗前又有序说明作诗缘起，曰："予闻登州海市久矣。父老云：'常见于春夏，今岁晚不复出矣。'予到官五日而去，以不见为恨，祷于海神广德王之庙，明日见焉。乃作此诗。"序文充分表现了苏轼对登州海市这一奇妙仙境的无限神往，但海市多出现在春夏之交，于此秋冬季节本难得见，况且诗人离期在即，怕是要遗憾而去了，但他不甘心就此错失，又转而求诸神明，没想到次日竟然真的见到了海市。这等不合常规的现象引起了怀疑，后人在论及此诗时对诗作的艺术特征大都持肯定态度，但在苏轼究竟有没有见到海市这一问题上却产生了分歧。否认者的主要根据是此诗的写作时间，即"元丰八年十月晦"，认为海市不可能在这个季节出现，进而断定此诗是作者虚构幻想之物。但肯定者却不以为然，他们拈出苏轼还朝后写给同乡诗友王庆源的信中再次描绘的海市景象，以及苏轼日后表现出对此诗的种种爱赏和他一贯严肃认真不弄虚作假的写作态度，来证明苏轼作此诗绝非凭空想象。更有甚者，抛开苏轼本人记述不论，直接利用气象学原理解释海市出现在秋冬的可能性。

这两种截然相反的观点看似各执一词，其实矛盾的关键点主要还是在于海市出现的时间，亦即它能否在寒冷季节出现。关于这个问题，明清之际的思想家黄宗羲在《海市赋》的序文中就已经论述过："东坡在登州，以岁晚得为奇，然霜晓雾后，往往遇之，亦不必拘泥于春夏也。"可见他相信苏轼真的在十月见过海市。本文作者尹琳基也认为苏轼所言非虚，因为他自己也于丙戌年十月十三日在白云洞看到了海市盛景，这进一步说明了东坡诗作的真实性。虽然他们看到海市的时间都在十月，但对于海市景象的描述也有很多不同之处。一直以来，很多人都认为明代袁可令在《甲子仲夏登署中楼观海市》一诗中所描述的海市景象最是真实可信，当代学者周振甫先生在《宋诗鉴赏辞典》中写道："原来海市常见于春夏，景象最美，到岁晚时出现的海市大为逊色，所看到的只有'重楼翠阜'，所以只用一句来写，这正是写实。"这些解释既肯定了海市能在十月出现，也说明了岁末见到的海市与春夏时节的不同。袁可令看到的是五月仲夏之时的海市，故与苏轼和尹琳基笔下的描述皆有出入，世人以袁诗为上未免有失公正。

袁可令在他的观海市诗中说画工也不能穷蜃景之巧，但作为大家的尹琳基还是刻画出了海市的灵动之态。他用简洁奇妙的语言将海市出现的全过程展现得十分精彩。尹琳基与友人陈缙卿总戎在云庵道人的引导下游崂山白云洞，当时已是深秋，天气晴朗，没想到会出现海市，却意外得见，喜悦之情可想而知。作者以细腻的笔触、娴熟的技法将所见之物——呈现，平日一望无际的苍茫海面先是出现时而分离时而结合的一众山岚，继而在络绎相亘的山岚东南部突起一峰，"崭然修削，若太华之三峰，上插云际"，作者观察之细致可见一斑。紧接着在西南一带又现出绵延数十里的山峰，山峰姿态各异，有高有低，有动有静，作者以寥寥数字即把诸峰的变幻之态一展无遗，曰："卑相附，高相摩，亭然起，崒然止，若奔若蹲，若斗若依。"接下来更以衡山七十二峰和嵩阳三十六峰来说明这些山峰的万变之姿,使原本抽象的蜃景变得清晰可感。描写完山峰的瞬息万变,作者又将笔触转向山上的各处火光,火光变幻多姿,既像日出时的"红云簸荡,霄汉通明",又如夕阳返照,照耀众山,光彩夺目。此般盛景让作者联想到李华《海赋》中所说的"阴火潜然",可谓奇观。过了一会儿,火势渐低,色彩也逐渐变白,最终化为一片沙碛,"其旁烟树苍茫,城郭楼台,隐隐可睹",西南数十里又见平整的山峰,沿山皆有村落,就像海岸边的民居。海市时长3个小时,其间出现的场景和画面众多,皆俨同实境,绝非虚无缥缈所能概之。作者的描述惟妙惟肖,仿佛上述景象都是仙人在天边海际信手勾勒的风景画,在凡人看来虽然美不胜收,但执此神来之笔的"画者"本人并不满意自己的创作,未及画完便迅速擦去先作,重新构图,出现在观者眼前的便又是另外一番景象了,"画者"才思敏捷,创作之快令人目不暇接。然而,不等观者尽饱眼福,便携笔拂袖而去,海面遂又恢复原来的平静。

　　蓬莱自古以仙境著称,颇负盛名,古来文士到此寻仙访道者数不胜数,流传下来的神仙故事也非常多,如此丰富的神仙文化与上述海市奇观自然分不开。然而蜃景虽美,却不是每人都能轻易见到。苏轼一心向往之,不惜祷于神明,又恰值仕途峰回路转之时,运气极佳,因而侥幸得见。袁可令也把海市的出现归因于海神显灵,认为自己在此任职多年海神有意在他将要离开之时现出美妙的海市蜃楼以满足他多年的夙愿。如此难得一见的美景,本文作者尹琳基却有幸于登山途中偶然遇到,实乃美事一桩。但仔细一想,若不是他得罪同僚遭到罢官,又心胸宽广,以豁达之态隐居山中与友人游赏山水,怎么能得见此等盛景呢?人们常说"塞翁失马,焉知非福",大概就是这种情形吧。司马迁在《报任安书》中写道:"文王拘而演《周易》,仲尼厄而作《春秋》。屈原放逐,乃赋《离骚》。左丘失明,厥有《国语》。孙子膑脚,《兵法》修列。不韦迁蜀,世传《吕览》。韩非囚秦,《说难》、《孤愤》。《诗三百篇》,大抵贤圣发愤之所为作也。"除了上述诸位,古人于逆境中有所成就的还有很多,与此同时,正是那些仕途不顺继而流连于山水之间的诗人墨客将大自然的美景写进诗文中为世人所咏叹,虽无缘一一目睹真景,但能从他们优美的诗句中感受到造化之奇,也算是了却了心愿。然而人生在世,有如蜃景一般稍纵即逝,变幻无常,我们能做的只有珍惜眼前的美景,坦然面对一切变故。

游崂山记

清·王大来

胶即二邑，濒海而多山。余生其间，是天以奇胜奉之也。择其尤著者而受焉，厥为崂。崂山不入海者，如身之一趾，得崂而海毕[1]现矣。庚子三月二十日，同匡文山、杨韵清循海东行，宿河套。二十一日过后海，由阴岛浮于少海。甫达彼岸，大雨雹。二十二日早起登山。望岛屿，仅如聚米[2]；风帆浪舶如浮糠然。南过李村，宿青岛，雨声、松声、涛声、终夜在枕席间。二十三日复回李村。东过段家埠，至登窑。遥望巨峰，耸出云表，群山四拱，崂之鼻祖也。过烟游涧，至平阑，右胁大海，左肘悬崖，行人多匍匐而过。北历梯子石，扪绝壁，攀古木，举头则巉岩[3]欲坠，俯平峦，回望万山嶙峋，不知此身从何处得过。自登窑至此，凡三十里。路仅容足，下临不测，游人如御空而行。北上平峦，修竹数里，竹尽而抵太清。[4]三面据山，门承大海，汪洋者不知其几千万里也。宫中耐冬盛开，凡十余株，千百年物也。二十五日，出宫北行，同人皆后。路侧修竹中有磐石如床，少睡其上，及觉出路迷，走入荒涧中，山愈险，境愈奇，应接不暇。[5]忽闻鸡声一唱，而入明霞洞。同人已相待久矣。北过青山黄山二村，度番眼岭、乱石滩，狞石万顷，色如顽铁。抵华严庵，宿于南楼。夜五鼓时，披衣静坐，月上潮生。忽闻梵呗之声，清澈禅林。[6]二十年之尘缘，一霎消尽矣。庵前旧多奇石，俗僧恶其不便，劈之布为甬道，可惜也。[7]二十六日登望海楼，观日出。去华严，北抵雕龙嘴，西越峻岭，泉声潺潺[8]，松竹丛杂。老道士洞居山中，世外清福，不知为羽消受几何？西北竹径曲折，数里而抵白云洞，僻如明霞，而幽邃过之。较太清、华严山势峭拔，纯石无土，而去海稍远。然万里惊涛,依然聒耳。从二仙山望之,恍若手可挹也。出洞北下,过太平宫,宿修真庵。二十七日,南过劈石口、神清宫,西北趋华阴书院。一路梨花如雪,行人皆在香海中。西北宿华阴村。二十八日,南游华楼,仰视华表峰,一石结成,屹如砥柱[9],昔人评为崂之第一石焉。华阴族人某,曾登其巅,上多古木,石室供纯阳石像一,像前玉杯一,殆仙人休沐之所乎?某为粪除之,而投薪于下,胜其终岁樵,至今三十余年矣。回华阴村,同人皆有归志。二十九日,由华阴返里。同仁无济胜[10]之具,名山多未到之区,负此山与海矣。

注释:

[1]毕:全都。

[2]聚米:米堆,形容矮小。

[3]巉岩:意指高而险的山岩,形容险峻陡峭,山石高耸的样子;巑岏:高峻的山峰。王逸注:"巑岏,锐山也。"

[4]修竹:茂密高大的树林竹林;抵:到达。

[5]磐石:厚而大的石头。应接不暇:形容景物繁多,来不及观赏。

[6]梵呗:梵呗是中国佛教音乐的原声,源于印度声明学,这里指和尚念经的声音。

[7]俗僧:凡庸的僧人。甬道:院落或墓地中用砖石砌成的路。

[8]潺潺:拟声词,形容溪水、泉水等流动的声音,表现出一种清幽的环境。

[9]砥柱:比喻能负重任、支危局的人或力量。

[10]济胜:攀登胜境。

【赏评】

　　王大来,字少楚,清代胶州人。同治七年(1868)贡生,善于写诗作画,尤喜山水,为胶州的著名文人,著有《五亩园诗草》。曾经7次游历崂山,均有诗文记述,对崂山有着与众不同的认识。本篇便是其七游崂山的游记之一。

　　王大来先人王锦，曾经担任知县，购得高弘图在崂山华阴的"太古堂"。（太古堂原是大理寺评事胶州人赵任的别墅，当时名为皆山楼，其中有餐霞亭、白云轩等精美绝伦的建筑。明代文人陶允嘉在其《游劳山记》一文中，对此楼颇有记载。明崇祯五年（1632），高弘图在罢官后曾游崂山，见此处景色殊丽，甚是喜爱。正值赵任年事已高，思归故里，才将此园赠予高弘图，高弘图遂为其更名为太古堂，并著有《吾堂序》。在他的《劳山七游记》中，曾自称为"太古居停"，意为此乃暂时寄居之地，实为高弘图隐居的地方，黄宗昌在《崂山志》中曾将其记为"华阴山居"。崇祯十六年（1643），高弘图复出去南京任职，离开了太古堂。后来此处被王锦购得，王锦曾任过县令，亦为胶州人，其子孙或居华阴，或居胶州。王大来即王锦后裔，是清代胶州著名的文人，曾迁居华阴，对崂山颇有诗文记述）咸丰十一年（1861），王大来便迁居崂山华阴，居20余年。其《移居华阴》七律为："移家小住聚仙乡，黄石宫前楼底庄。一院花留容足地，万山重绕及肩墙。闻来药圃锄春雨，静坐溪岸钓夕阳。日在辋川图画里，平生夙愿快相偿。"由此可见，华阴山居如仙人之所，王大来居住此地，尽享仙人乐趣。这也是作者为何会七游崂山并有游记传世的原因。除此之外，王大来另有《棋盘石》、《白云洞至雕龙嘴》、《神清宫》、《鱼鳞口观瀑》等颂赞崂山美景的诗篇相传于世。

　　胶州和即墨濒海多山，作者自认为生于其间"是天以奇胜奉之也"。而在这一带的山水中，最著名的就是崂山。在崂山上可望见整个海岸，在阴雨天望向海面，岛屿众多，"仅如聚米""风帆浪舶如浮糠然"。向南走过李村，宿于青岛，雨声松声涛声"终夜在枕席间"。崂山有"海上第一山"的称号，在崂山相宿一晚，必然少不了将风声雨声海浪声当作枕边常客。向东走过段家埠，到登窑，崂山巨峰便遥遥可见。崂山巨峰实有三大奇观，而尤"旭照奇观"壮美绮丽，现如今已被列为崂山十二景之冠，称为"巨峰旭照"。清代文人尤淑孝（即墨知县）有诗赞曰："振衣直上最高峰，如发扶桑一线通。只有仙灵营窟宅，更无人迹惹天风。群山岳岳凭临外，大海茫茫隐现中。持较岱宗应特绝，碧天咫尺彩云红。"

穿过烟游涧，到达平阑，右面是波澜壮阔的大海，左边是陡峭的悬崖，行人大多是匍匐而过。向北经过梯子石，抚摸绝壁，攀登古木，抬头则看见危岩欲坠，俯瞰平峦，回望万山耸立，真不知自己一身是从何处攀登至此的。"路仅容足，下临不测，游人如御空而行"，山路艰险，悬崖峭壁，咫尺立足之地，凸显崂山山路峭立艰险。然则一路艰辛终有得，"北上平峦，修竹数里，竹尽而抵太清"。"三面据山"而"门承大海"，汪洋海面不知有几千万里。崂山十二景中的"太清水月"之景便是太清宫上的海上月出。待夜深人静、万籁俱寂之时，一团金辉将光洁的月亮托出海面，月色溶溶，倾洒海面，玉壶冰镜，浮光潋滟。岸边，清风掠竹，景色幽奇绝伦，别有一番情趣。清代文人林绍言曾有诗赞曰："相约访仙界，今宵宿太清。烟澄山月小，夜静海潮平。微雨五更冷，新秋一叶惊。悄然成独坐，细数晓钟声。"此段写攀爬之艰险，词句短小而精悍。此处道路艰险的描写大抵和李白笔下的《行路难》有异曲同工之处。虽没有李白精神气质的洒脱与自由，但这种不畏艰险并且依然要迎难而上的劲头却同是文人所有的那种自信的倔强，追求向上的积极，顽强的坚持。越是"难于上青天"，便越是要"直挂云帆济沧海"！

二十五日，出宫向北而行，路旁修建的竹林中有磐石，大小如床。因同伴皆后，于是在磐石上稍睡，醒来却不知该何去何从，迷路于山间。乱入荒涧中，山越走越险，境越变越奇，让人应接不暇。忽听得鸡声一唱，转而便入明霞洞，同行的人已经在此等待已久。其实自太清宫北上而行，在绿荫掩映、竹树葱茏中的便是明霞洞。这里背后石峰耸立，林密山高，前望群峦下伏，峭壑深邃幽深，每待朝晖夕阳，霞光就会变幻无穷，这便是崂山十二景中的"明霞散绮"。清代高密文人孙凤云曾有诗赞曰："拾级不辞劳，松篁涨晚涛。岚光拔地峻，海色逼天高。绝顶霞粘屐，精庭雪晕袍。三壶皆似削，俯势瞰灵鳌。"向北过青山黄山二村，翻过番眼岭、乱石滩万顷狞石，到达华严庵，宿于南楼。夜里五更时，披衣而坐，月挂于天，潮生于岸，忽闻"梵呗之声，清彻禅林"。在这样静谧的深夜里，万籁俱寂，看月升于空，听潮涌于岸，"二十年之尘缘，一霎消尽矣"。

二十六日,登上望海楼,观看日出之景。离开华严,向北到达雕龙嘴,向西穿越峻岭,泉声潺潺作响,松林丛杂。据说僧人那罗延佛就是在此山中的那罗延佛窟中修炼成正果,因而便有了崂山十二景中的"那罗佛窟"。清代即墨文人黄玉瑚曾有"荒山留佛骨,卓锡何年至?那罗延窟存,东来识大意"诗句赞之。沿着西北方向的幽曲竹径,不到数里便到了白云洞。白云洞较之太清、华严山山势陡峭挺拔,全是由石头堆砌而成,并且丝毫没有尘土的痕迹,虽然是距离海面甚远,但是海浪声却依然不绝于耳。白云洞景物之清奇,风光之绮丽,又别具一格。作者另有诗云:"独坐白云洞,山曲且闲步。萧萧修竹林,泉声在何处。欲下东山巅,飘然入烟雾。俯瞰大海波,咫尺迷云絮。但闻风涛声,势作蛟龙怒。行入山下村,始见村边树。不辨雕龙嘴,道人导我去。"

二十七日,从南面的劈石口、神清宫向西北到达华阴书院,一路上梨花如雪,芳香满溢,路途行人皆如同在香海中一般。二十八日,向南又游历华楼,仰视华表峰。华楼乃是矗立山顶的一座方形石峰,由一层层的岩石组成,宛若是一座叠石高楼耸立晴空,故称"华楼",又因为异石突起,犹如华表,又名"华表峰",现如今被列入崂山十二景,名"华楼叠石"。清代平度文人白永修曾有诗赞为:"摩霄卓立碧芙蓉,天开名山第一峰。岚气蒸成金液水,海霞飞满石门秋。"

再游劳山记

清·王大来

　　壬子孟夏[1]过即墨,偕张临五,自王哥庄首抵白云洞,山海如故,而松竹愈蕃。若二仙、猫儿岭、北石门、西石门,凡界乎白云洞者,得毕游焉。张寻返。与李道人南游明道观。山如重城复郭,层层环抱,棋盘石翼然[2]供于前,崂之一大形胜也。晨出暮归,主白云洞。凡八日游,多与李道人偕,临别以椒杖见赠,情谊甚笃。北去白云洞,西经修真庵,南抵九水庵。庵前诸峰,秀色苍翠,奔湍带[3]庵而西,问其源,道士云:"自鱼鳞口来。"乃逆流而东上,过双石屋,两山渐隘。乱石散布水中,行人距跃其上,不甚险,颇劳顿。如此数里,则荒凉绝非人境。山形诡异,宿莽阴翳[4],觉幽崖暗谷中,凛然若有鬼物出而攫人者,神定乃无恐。又若有数百老头陀[5],面壁枯坐,惺惺然,悟我于禅者。又数里,谷口重重,如环相叩[6]。入于谷,旋为山掩,甫出旋入,甫入旋掩。忽有巨石累累,不可攀跻[7]。水自地中出,求鱼鳞口不可得。谷未穷,日且暮矣。回宿九水庵。明日复往,越巨石,穷幽谷,遂得鱼鳞口。飞瀑泻于绝壁,坠为深渊,伏流数步而涌出。今日得之,昨日失之,蔽于物而失之咫尺,大抵然也。西历九水,九水即鱼鳞之下流,凡九曲,水穷山转,曲曲幽奥[8],五、六尤胜。山居者,三两人家,往往庐于两山之麓,或耕或樵,毕生不见外事,疑其皆地仙也。西抵华阴村,居数日,登村北诸山,游黄石宫。宫已久废。问高砺斋太古堂之遗址,亦莫有知者。陵谷变迁,瞬息间耳。前辈与先人游息之所,不可识矣。先人鳌山[9]人,盖鳌即崂;所数数游者也。余今去崂百里,庚子一游,已十二年矣。欲数数游,不可得,身牵尘网,穷年扰扰,亦可慨也。

注释：

[1]壬子：即清咸丰二年(1852)。孟夏：指农历四月。农历年四季每季都有孟、仲、季排列。农历夏季为四、五、六月，分别对应称孟夏、仲夏、季夏。

[2]翼然：像鸟张开翅膀一样。

[3]带：环绕。《水经注·渐江水》："亭带山临江。"

[4]宿莽：经冬不死的草。《楚辞·离骚》："朝搴阰之木兰兮，夕揽洲之宿莽。"王逸注："草冬生不死者，楚人名曰宿莽。"阴翳：指草木繁茂的样子。《醉翁亭记》："树林阴翳，鸣声上下，游人去而禽鸟乐也。"攫：用爪迅速抓取。

[5]头陀：出自梵语，原意为抖擞浣洗烦恼，后世用以指行脚乞食的僧人。

[6]如环相叩：叩，通"扣"，牵住。此句为环环相扣之意。

[7]跻：登。《诗经·豳风·七月》："跻彼公堂。"

[8]幽奥：深远，深奥。明袁宗道《送刘都谏谪辽阳》诗："身行穷幽奥，目境转奇邈。"五、六：指九水的第五、六段。

[9]鳌山：崂山的别名。元代道教全真教掌教丘处机到崂山后，见崂山背负平川，面对大海，如巨鳌雄踞于东海万里碧波之上，遂作诗："陕西名山华岳稀，江南尤物九华奇，鳌山下枕东洋海，秀出山东人不知。"成吉思汗敕封丘处机为国师神仙后，令其掌管天下道事，众道奉师之意，称此山为"鳌山"。

【赏评】

作者此次来到崂山，首抵白云洞，山海如故，而松竹越发茂盛。像二仙、猫儿岭、北石门、西石门等，"凡界乎白云洞者，得毕游焉。"与李道人南游明道观，明道观早在唐朝年间便有草堂之址，此时明道观是清康熙五十三年白云洞道士田白云的传人宋天成创建。清宣统二年于山门右侧书"明道观"三字。明道观原建时属于白云洞孙不二创建的清净派，后于乾隆中期改属全真金山派。该观鼎盛时规模庞大，曾被日军放火烧毁，后逐步修复。现如今该观为省级文物保护单位。由此可见，明道观亦是不可错过的崂山之景。"山如重城复郭，层层环抱，棋盘石翼然供于前，崂之一大形胜也。"相传棋盘石是八仙中吕洞宾和何仙姑经常比试棋艺的地方，但最终以和局告终。因而棋盘石变成了崂山一大景胜。"凡八日，多于李道人同游，临别时以椒杖见赠，情谊甚笃。"这是崂山道士一种特殊的待客之道，同游助兴（"晨出暮归，主白云洞"），赠送椒杖，以示情谊。与王大来同行的董书官当年亦得到了李道人赠送的花椒杖，其《白云洞李道人赠杖》云："道人赠我花椒杖，好挂诗瓢与酒壶。"由此可见，作者王大来曾与崂山道士结下了深厚的友谊。

"北去白云洞，西经修真庵，南抵九水庵。"九水庵苍松修竹，古木澄潭，幽雅寂静。庵前诸峰，秀色苍翠，水流湍急，绕庵而向西，问其源，道士云："自鱼鳞口来。"于是便逆流而上，过双石屋，两山渐隘。两山夹立，水流中穿，峭壁危岩，澄潭激湍，清康熙年间即墨文人宋绍先有诗云："路出千林杪，探奇时已过。地偏人迹少，山静鸟音多。倚仗听岩溜，看云入洞阿。尘客净如涤，不必俟清波。"此境与柳宗元所记《小石潭记》略有相似之处："坐潭上，四面竹树环合，寂寥无人，凄神寒骨，悄怆幽邃。以其境过清，不可久居，乃记之而去。"柳宗元在寂寞处境中的悲凉凄怆之情通过小石潭景物的幽美和静穆得以抒发，而作者王大来之情感却大有不同，"山形诡异，宿莽阴翳，觉幽崖暗谷中，凛然若有鬼物出而攫人者，神定乃无恐"，"又若有数百老头陀，面壁枯坐，惺惺然，悟我于禅者"。虽同是人迹罕至之地，却有着不同的心境，观景之感自然亦有所不同。

又行至数里，谷口重重，如环环相叩。进入山谷后，蜿蜒前行却又被山体所掩，匍匐而出，却又进入另一曲折之地，反反复复。"忽有巨石累累，不可攀跻。水自地中出，求鱼鳞口不可得。谷未穷，日且暮矣。回宿九水庵。""明日复往，越巨石，穷幽谷，遂得鱼鳞口。""飞瀑泻于绝壁，坠为深渊，伏流数步而涌出。"奇峰怪石、悬崖幽谷、深潭激流、飞泉瀑布融为一体，《胶澳志》曾赞曰："滩峡奇秀，清流激湍，峭壁危岩，石同虎踞，音乐图画，文本天成。"鱼鳞口四面峭壁环绕，东南高壁裂开如门，瀑布从此泻下，山谷轰鸣，声如澎湃怒潮。王大来有诗赞曰："谷口销重重，攒天尽两峰。半空飞瀑布，一客挂长笻。洗净尘嚣耳，清浇磊块胸。悬流穿地底，下有老蛟龙。"

向西便是九水。山有九折,水有九曲,转折处峭岩削壁,岩壁下水汇成澄潭,所谓九水,便是九水澄潭。清代即墨文人黄坦有诗赞曰:"怪石嶙峋路可封,一川九曲出盘龙。溪边疑有胡麻饭,身在桃源第几重。"清代乾隆年间自号"大劳山人"的即墨文人张鹤也曾写道:"涧道一发,随山九折,每折则两岸岩岫必蓄奇气,瑰玮恢诡,震荡心目,路穷壑转,豁然改观,游人至此,心栖太古不复念世事。"而九水之中,五、六水尤胜。五水四周山峦重绕,山黛松翠,涧底流水穿石而过,其声如笙如簧。六水涧水分外湍急,在飞虎岩下,涌成鸡爪潭。

在山上居住的人,三三两两而聚,往往居住在两山麓之间,"或耕或樵,毕生不见外事",这正是作者所羡慕的,不问世俗,不忧世事,"疑其皆地仙也"。在华阴村居住数日,登村北诸山,游黄石宫。宫已久废,问高砭斋太古堂之遗址,却没有知道的。万物山峦,瞬间万变,前人所游历居住的地方如今却找不到了。时间流转,世间变换,深深透露出作者的惋惜之情。"余今去崂百里,庚子一游,已十二年矣"。

重游崂山记

清·林钟柱

　　甲申之岁,曾一游崂,惜为日无多,未获探巨峰、九水之奇。[1]戊子春三月,有事即墨,日照尹琅若太史时居,即约同游。[2]以吴介山为先导。[3]

注释:

[1]甲申:即清光绪十年(1884)。一游崂:第一次游览崂山。

[2]戊子:即清光绪十四年(1888)。尹琅若:尹琳基(1838—1899),字琅若,号竹轩,山东日照人。同治二年进士,历任翰林院编修、国子监祭酒等,后因直言被免官,晚年居于崂山太清宫。今崂山白云洞洞额刻有"白云洞"三字,即尹琅若所题。太史:官职名,负责起草文书、编写史书。明、清两代,修史之事归于翰林院,所以对翰林亦有"太史"之称。

[3]吴介山:人名,似为作者的朋友。先导:向导。

　　十一日[1]就道,游西北诸山。十里,仲村,桃红似锦,极目无涯。[2]村南,水清沙白,小桥横跨,为徘徊者移时。十五里,神堂口,此入山之始也。五里,抵华阴,涉白沙河,清波浩浩,白石粼粼,落花带愁,鸣鸟如诉。[3]由此而西,沿路怪石,如古树倒垂,云霞横出,奇谲诡磊[4],莫可名状。五里抵华楼,小坐南天门。[5]少焉,月上东山,俯仰宇宙,空明一气,如在清虚世界。四更雨。

注释：

[1]十一日：指三月十一日。

[2]十里：行进了十里路。仲村：据《李氏族谱》载："始祖原居云南，自永乐二年征北，迁居山东省即墨县东，距城九十余里，安居仲村疃。"

[3]华阴：村名，位于仲村东南约二十里处。白沙河：青岛境内河流，发源于崂山天乙泉，自东向西，穿山越涧，流入胶州湾，全长64里。浩浩：水大的样子。《尚书·尧典》："荡荡怀山襄陵，浩浩滔天。"白石粼粼：语出《诗经·唐风·扬之水》："扬之水，白石粼粼。"形容水清澈的样子。

[4]奇谲诡磊：奇特而诡异。

[5]南天门：崂山有三处南天门，一在华楼宫，一在神清宫，一在天门峰。这里指华楼宫的南天门。

十二日晚，晴。竹树峰峦，新翠如沐。回首北顾，但见烟雾成霞，山岚[1]抹黛，城郭村墟，隐约可指。盖已飘飘凌云矣。稍东，大石横列，望之若垂檐千丈，而方削不可攀跻者，曰梳洗楼，楼空独立，高出云表，栖止者，只有真仙耳。由南天门南折而下，山势陡绝，蚁渡猿牵，至华阳书院。南行三十里，抵玉清宫[2]。环宫左右，处处梨花，应叹观止。五里，歇者口望，大海在目前，岛屿参差，帆樯出没，颇动破浪之思。[3]五里，桃源村。凿石为基，削岩成壁，植花引水，不愧桃源之名。三里，登窑[4]宿。

注释：

[1]山岚：山间的云雾。黛：青黑色。

[2]玉清宫：道教宫观，位于华楼宫南二十余里，创建年代不详，明朝正德年间重修，文革时期被焚毁。

[3]帆樯：船帆与桅樯，引申为舟楫。破浪之思：据《宋书·宗悫传》："悫年少时，炳问其志，悫曰：'愿乘长风破万里浪。'"后以此喻排除困难，奋勇前进。

[4]登窑：崂山西麓村落。1934年沈鸿烈任青岛市市长时改其名为"登瀛"。"登瀛梨雪"乃民国时期青岛十大胜景之一。

十三日,清辉所照,山态欲活。登北峰,凭石远眺,香雪满目,山坡田隙,皆种梨花,周围数十里,绝无杂卉。回视玉清宫,犹属尘寰[1],此则琼楼玉宇,不分天上人间矣。三里,烟云涧。游寿阳院。庵右人家,上倚峭壁,俱在林烟岩霭中。二里,游聚仙宫,宿南窑。[2]西南之山,至此止。其南即大海。水石相激,潮怒山号,枕上听之,如有百万兕甲,转战旷野。[3]

注释:

[1]尘寰:尘世间。

[2]南窑:崂山西南麓村落,乾隆年间建村。因位于登窑村南,故名南窑。

[3]兕甲:兕革制的铠甲,后引申为士兵。《浣纱记·被擒》:"越王亲率兕甲十万,君子六千,直渡太湖。"兕(sì):雄性的犀牛。

十四日乘舟南下,出海口,路转而东,经浮岛,北望群峰,呈妍斗媚,万点插空,始识崂之真面目矣。前此缒[1]幽凿险,一日只得一山,今则顷刻之间,全山大势,归我掌握。江行望金焦,乌足比其万一哉。三十里,维舟[2]登岸,此二崂之东南也。冠山为殿,架木作廊,异草奇花,纵横满径。

注释:

[1]缒(zhuì):用绳索拴住人或物从上往下放。

[2]维舟:系船停泊。何逊《与胡兴安夜别》诗:"居人行转轼,客子暂维舟。"

十五日,谒郑司农祠[1]。檐拂高松,庭列修竹,负山抱海,迥绝红尘。傥异日,世事粗了,携书万卷,坐卧其间,当不减武帝白云乡[2]也。循路东上,忽白云如野马,傍腋驰去,视前后,人在绡绤[3]中。其西北高峰,皆浮天际,秀伟不可名状。而云起足下,渐浮渐满,众峰尽没。云散,则一石皆有一云绕之。忽峰顶有云飞下数百丈,如有人乘之。行散为千百,渐消至无一缕。须臾之间,变化多端,实平生所未睹也。

注释：

[1]郑司农：即东汉经学大师郑玄。因其曾官至大司农，故称。东汉末年黄巾战乱，郑玄曾率其弟子至崂山避难，在山中建"康成书院"，收徒讲学，著书立说。郑玄为地处东夷的崂山地区培养了第一代儒生，自此，崂山文人辈出，贤士丛生。

[2]白云乡：喻神仙居所，这里指汉武帝晚年为求长生四处求仙问道之事。语出《赵飞燕外传》："是夜进合德，帝大悦，以辅属体，无所不靡，谓为温柔乡。语嬛曰：'吾老是乡矣，不能效武皇帝求白云乡也。'"

[3]绡纨：指轻薄的丝织物。

十六日，由太清宫之东山麓，南折而东，十余里抵八仙墩。[1]墩罗列海侧，历历可数。山之奇不在墩而在石，不在曲而在直。山至此将尽，忽回身倒转，凭空挺立，玲珑峻峭，异彩纷披，如怒剑、如危檐、如蝉腹、如熊首、如屏风、如笋节，瑰态百出，目注神惊。潮至则雷震霆砰，流沫飞溅，全山疑为之动摇。盖造物有意呈奇，欲于世外创瑰瑰之境，不使与全山片石相类；又设极险之路，非以烟霞为命者，不使其屐笠至此。[2]昔人有言曰："山不险不奇；游不奇不快。"今日之游险极矣！快极矣！午潮将至，急扪萝[3]而上，独立山头，极目东南；近者如俯如揖；左右者如附如侍。偃侧平峙，峻嶒迭出。[4]沿途泉水下注，皆成飞瀑，汇于溪间，骤涌丈余，与巨石相激，声如车轰，玲琮[5]喷薄，盘亘游址间，真奇绝也。十里，明霞洞[6]宿，对面数峰，环列如屏，远望海色，恍惚浮动，浑疑身在蓬壶。将至道舍，石磴[7]百折，盘旋直上，两旁夹以修竹，浓荫沉绿，天地皆青。

注释：

[1]太清宫：俗称下宫，位于崂山南麓老君峰下，始建于西汉年间，是有记载的最早的崂山道教祖庭。全真教丘处机、刘长生等曾在此讲道。刘长生在此创全真随山派，信众甚多，太清宫便成为道教全真随山派之祖庭，是崂山"九宫八观七十二庵"中最负盛名的一所道观。八仙墩：位于崂山东南角，因相传八仙过海由此出发而得名。

[2]瑰(wěi)瑰(guī)：珍奇，美好。屐(jī)笠：屐，木鞋；笠，雨帽。屐笠代指游人。

[3]扣萝:攀援葛藤。

[4]偃侧平峙:或仰,或侧,或平,或立。崚嶒:高耸突兀的山峰。

[5]琮琤:象声词,形容清脆的水流声。

[6]明霞洞:位于崂山南部支脉昆仑山山腰,此处"明霞散绮"是崂山胜景之一。

[7]石磴(dèng):石头台阶。

十七日,游上清宫[1]。自此北上二十里,为华严庵。一路傍海而行,所过长岭诸村,松篠苍翠,微露茅舍,时见药女提笼,渔翁晒网,儿童拾蚌于水滨,樵夫砍柴于峰顶。海山交错之地,风致因自清逸也。再渡大河,悬瀑穿乱石飞折而下,如雪、如弩,春月尚汹涌不已,倘夏秋间,玉龙鳞甲,想更有一番可观也。午刻抵庵,佛殿庄严,僧寮[2]洁靓,朱楼碧瓦,峙立山腰。午后访塔院。塔院前流水一泓,金鳞满目。方倚塔小坐,忽急雨骤至,岛屿林木,皆入空蒙。仓猝回僧舍,借榻南楼,枕涧声而卧。深山无更漏,闻山鸟啁啾,蘧然而醒。[3]窗外雨声淋漓,急湍自北峰飞下,以涧为尾闾,万道奔注,与海水镗鞳[4]相乱寒气袭人肌骨,遂不复成寐。

注释:

[1]上清宫:俗称上宫,位于崂山东南麓,昆仑山之阳,为崂山著名道观之一。

[2]僧寮(liáo):僧舍。陆游《贫居》诗:"囊空如客路,屋窄似僧寮。"

[3]啁(zhōu)啾(jiū):拟声词,形容鸟叫声。蘧然:惊喜,惊觉。出自《庄子·大宗师》:"成然寐,蘧然觉。"

[4]尾闾:语出《庄子·秋水》:"尾闾泄之,不知何时已而不虚。"为传说中海水所归之处,后多指江河下游。镗鞳:锣鼓之声,这里指山涧的水声。

十八日,晴。白鸥矫翼,良苗怀新,信步田水声中,耳聆潺湲[1],目玩苍翠,极山行之乐。庵之北曰蛟龙嘴。再北曰白云洞。峭岩侧峙,怪石横支,竹影没天,松阴匝地。其西南,巨浪飞喷,坠石为珠玉,响若琴瑟,不惟耳目怡畅,亦觉形神清朗。登顿十余里,至道宫。瓦青墙白,纤尘不染,推窗四顾,大海在目前。风起云开,碧浪高涌。再转为楼门,两壁对峙,势如奇鬼攫人。周览而下,万绿丛中,朱户双扃[2],海上仙山,真在虚无缥缈间矣。

注释:

[1]潺(chán)湲(yuán):水慢慢流动的样子。《九歌·湘夫人》:"荒忽兮远望,观流水兮潺湲。"

[2]扃(jiōng):从外面关门的门闩,引申为关门。

　　十九日,拟游巨峰,行数里,云忽至,四山皆潖漾,而大云千万成阵,与山岫相逐,势且雨,遂转而北上。[1]饭棋盘石[2]。午晴后,寻路西北行,山深草荒,四无人迹,约二十里,宿蔚竹庵[3]。庵前一水中贯,自巨峰怒涌而来,陡落万仞,与乱石斗,斗不胜,乃敛狂斜趋,侵其趾而去。游人坐石上,水气侵肤,扑面皆冷翠。西北行数里,憩九水庙。波流湍急,声震林木。

注释:

[1]巨峰:崂山主峰,又称"崂顶",海拔1132.7米。山岫(xiù):山峦,山峰。

[2]棋盘石:位于巨峰东北约十里处,"棋盘仙弈"为崂山胜景之一。

[3]蔚竹庵:崂山中部道观,始建于明代中叶,"蔚竹鸣泉"为崂山胜景之一。郁达夫曾来此游览,写下七绝《咏蔚竹庵》:"柳台石屋接澄潭,云雾深藏蔚竹庵。十里清溪千尺瀑,果然风景似江南。"

　　二十日,复申巨峰议。出庵南行,山益险,草益荒,策杖而登,约数里,即绝巘至巅,则山又当面。历七山,荒秽弥甚。二十余里,始至小巨峰。石骨纵横,略似破庙古佛。小坐盘桓,砍柴煮水,暂谋一饱。饭毕而南,访白云洞。洞深而明,其地高寒,不可久居,心悸而止。顷之,洞顶白云一缕起,遂团团相衔出。复顷之,遍山皆然。移时相与为一,山腰皆舁[1]之。久之云动,后云追前云,不及遂失坠。万云乘其罅,绕山左飞,飞尽日现,下界峰峦,争以青翠来供奉。自此北上,过龙穿崮。碧石千丈,独立平地,中空一穴，圆明如镜。再里许，即巨峰麓。巨峰者，三峰特峙，雄伟秀朗，高插苍穹，而两旁长山，罗列侍卫，如群臣垂绅执笏以朝金阙。[2]就一山而论，攀缘数里，即为核巅，不过与华楼等，乃即超出群峰之高，而不见巨峰，殆履其绝顶，举头天外，俯视寰中，浩浩茫茫，四无涯际。北顾登莱，如棋如罫；南望岛屿，如豆如螺，高高乎莫与尚矣。[3]纵览久之，白日忽西，遂下山。路转而东，左右皆峭壁，中穿巨溪，奔雷溅雪，石险路古。时有喷泉界道。二十里，仍宿华严庵。

注释：

[1]弇(yǎn)：覆盖，遮蔽。

[2]绅：古代士大夫束腰的大带子。笏(hù)：古代士大夫上朝拿的手板，用玉、象牙等制成。金阙：指天子所居的宫殿。

[3]登莱：即登州、莱州。罫(guǎi)：棋盘上的方格子。

二十一日，北行约十里，抵太平宫[1]，登狮子岩。十里，经绿石滩，饭王哥庄。游修真庵，溪山平远，村墟悠然，几于晴晖娱人，游子忘归矣。

二十五日，经大桥，望不其、驯虎诸山，缅想循吏经师，使人兴起。[2]东南之山至此毕。夕宿即城。

注释：

[1]太平宫：又称上苑，位于崂山东部上苑山北麓，为崂山著名道观之一。

[2]不其、驯虎：崂山西北部的两座山。循吏：奉公守法、清正廉明的地方官吏。《史记》有《循吏列传》，后为历代史书所承袭。经师：讲授经书的讲师，这里指道教中专职诵经的道士。

盖尝统其大势论之，二崂东南距海，葱葱者二百余里。其陵谷之深奥，岫峦之峭拔，水石之清逸，土田之沃衍，村墟之幽靓，林木之蓊蔚，皆乾坤郁积磅礴之气，至此而一泄其奇。[1]东南之奇在松竹，西南之奇在果树。

然碧涛香海,仍借人力为之。独至巨峰、九水,据山之中,不加雕琢,其奇实冠乎全山。且夫巨峰者,二崂群峰之祖也。峥嵘缥缈,不足喻其高;诡怪倾危,不足拟其险;复岭互藏,蒸岚环抱,不足喻其厚且深;恒、岱、华、衡[2]而外,及之者盖鲜。乃寻幽之士至者,百无其一,非好逸恶劳不肯探巨峰之奇也,盖以道里不稔[3],遂震其名而中止。巨峰东至华严,西至登窑,北至蔚竹,皆不过三十里,至棋盘石且不过二十里。路之近若此,景之奇若彼,人亦何必惊其险,而惮其远哉!且蔚竹之北,即为九水,扼巨峰之下流,加以鱼鳞口之瀑布,石壁插青,流泉界白,曲折万状,幽雅绝伦,旧志所谓"秀壁在侧,响若惊雷"者,皆历历可数,宜称为第一奇观也。山不极巨峰,则心不畅;水不穷九水,则神不怡。游巨峰九水毕,而后二崂之山水,可以踌躇满志矣。二十一日北归。二十五日抵里。余出游日,杂花始放,群莺学啭;今则芳草如茵,宿麦成浪,花残有恨,莺老无声;与去时风景,迥不侔矣。[4]

注释:

[1]沃衍:土地肥美平坦。《隋书·地理志下》:"然数郡川泽沃衍,有海陆之饶,珍异所聚,故商贾并凑。"蓊蔚:草木茂盛状。

[2]恒、岱、华、衡:北岳恒山、东岳泰山、西岳华山、南岳衡山。

[3]稔:熟悉。

[4]宿麦:即冬麦,因头一年播种,第二年返青,故此称之。侔:相同,相等。

【赏评】

崂山,古为东夷之地,历史悠久,山海一体,向来有"海上第一仙山"的美誉。历史上与崂山有关的名人数百余人,既有像秦始皇、汉武帝这种来仙山求道的帝王,又有像赵孟頫、蒲松龄这样著名的学者,还有像丘处机、张三丰这样世外的高人,甚至连传说中的何仙姑也与崂山有渊源。而林钟柱,以其在历史上的地位来说,并不在名人之列。他的资料留存很少,生卒年不详,仅知道他是清掖县(今山东省莱州市)人,光绪五年(1879)举人,有山水癖。他流传下来的作品皆是描写崂山秀色之文,有《雕龙嘴望海》、《文笔峰》、《鹤山》、《骆驼峰》等诗篇,也有《梯子石记》、《重游崂山记》之类的散文游记。

《重游崂山记》写的是作者游山时的所见所闻所感,字字句句皆发自作者的肺腑,通过作者传神的描述,崂山风光都一一展示在读者眼前,给人同游之感。

《重游崂山记》描写作者从三月十一日到三月二十五日的游崂山历程,如写日记般记载了每日游崂山的不同景观、不同感触。"十一日就道"、"十二日晚,晴"、"十三日,清辉所照,山态欲活"……"二十一日北归"、"二十五日抵里",这一日一日的所见所感写得详细深入,犹如场景重现般鲜活。这绝不是游历以后创作的,定是作者每日记载,甚至是每处记载的成果。

开篇点出"重游"的原因:"甲申之岁,曾一游崂,惜为日无多,未获探巨峰、九水之奇。"林钟柱是光绪五年的举人,也就是1879年,因此此处甲申年应该是1884年。当时中国内忧外患,新旧思潮、中西文化碰撞激烈,给当时的文坛带来巨大冲击,文人的眼界、心胸也大大开阔,因此文章也显现出更磅礴的气势。纵观《重游崂山记》,处处可见激昂的文字,气势更是铿锵起伏,将崂山之胜展现得淋漓尽致。

再者,作者此次重游主要是为巨峰、九水而来。在崂山十二景中,巨峰、九水是最负盛名的景点。巨峰,亦称崂顶,是崂山的主峰,也是崂山风景中最高最险峻的一处。清代乾隆年间即墨知县尤淑孝有诗赞曰:"振衣直上最高峰,如发扶桑一线通。只有仙灵营窟宅,更无人迹惹天风。群山岳岳凭临外,大海茫茫隐现中。持较岱宗应特绝,碧天咫尺彩云红。"九水,因山有九折、水有九曲得名,源自巨峰北麓之水,流入峡谷,其间群峰竞秀,万木争荣,佳景迭出,素有"九水画廊"之美誉。《胶澳志》描写九水之景曰:"水作龙吟,石同虎踞,音乐图画,文本天成。"在《重游崂山记》中,作者从十九日开始"拟游巨峰"到二十五日游毕,约二分之一的篇幅都在描写巨峰与九水的景色之胜。而巨峰、九水之间，又以巨峰的描写更为详细。如描写巨峰高耸："三凤特峙，雄伟秀朗，高插苍穹，而两旁长山，罗列侍卫，如群臣垂绅执笏以朝金阙。"描写其险峻："峥嵘缥缈，不足喻其高；诡怪倾危，不足拟其险；复岭互藏，蒸岚环抱，不足喻其厚且深；恒、岱、华、衡而外，及之者盖鲜。"还有描写九水曲折："扼巨峰之下流，加以鱼鳞口之瀑布，石壁插青，流泉界白，曲折万状，幽雅绝伦，旧志所谓'秀壁在侧，响若惊雷'者，皆历历可数，宜称为第一奇观也。"作者以大篇幅重点描写巨峰、九水两处景色，结构安排严谨，详略得当。

作者开头第二句指出同游人物："日照伊琅若太史时居，即约同游。以吴介山为先导。"日照尹琅若太史，即尹琳基，本书收其游记《白云洞观海市记》。吴介山是崂山塘子观道士，而崂山是道教的发祥地之一，吴介山曾延请林钟柱在此观教课授徒，可以推断林钟柱此人应该是道家思想的推崇者，或者也有可能是道教的道士。道家思想核心是"道"，提倡"无为"、"逍遥"的人生态度；道教是在道家的思想理论基础上形成的，主张清静无为，长生不老，得道成仙。林钟柱的诗里也透露出他的道家思想倾向，如《骆驼峰》："明驼劈空下，昂首吞长川。螯转疑无地，山开别有天。茫茫青壁断，浩浩碧流悬。到此尘缘净，栖心太古前。"天马行空的想象，如"劈空下"、"吞长川"、"疑无地"等，充满浪漫气息，天地万物似乎都尽在作者笔下。最后一句"到此尘缘净，栖心太古前"，将骆驼峰看成是"净化"之地，回归"太古前"，即回归原始，正是道家所推崇的思想。

《重游崂山记》中也明显流露出老子无为的哲学观和庄子逍遥的人生态度。全篇未涉及任何政治倾向，社会形势也从未提及，满目都是自然风光，感触也都是对造物者的惊叹，体现人与自然的高度融合，如："月上东山，俯仰宇宙，空明一气，如在清虚世界。"游到十四日时，作者豪气宣称"全山大势，归我掌握"，此等气魄，让人折服。"十五日，谒郑司农祠。檐拂高松，庭列修竹，负山抱海，迥绝红尘。傥异日，世事粗了，携书万卷，坐卧其间，当不减武帝白云乡也。"表达了作者对红尘的厌倦，对自然的痴迷，对山水之乐的向往。除了崂山仙境般缥缈的自然景色，人间的"小桥流水人家"也穿插在其中："一路傍海而行，所过长岭诸村，松筱苍翠，微露茅舍，时见药女提笼，渔翁晒网，儿童拾蚌于水滨，樵夫砍柴于峰顶。""游修真庵，溪山平远，村墟悠然，几于晴晖娱人，游子忘归矣。"犹如置身于陶渊明的桃花源之中，与世无争，怡然自得。天上人间、仙境村落相互呼应，让人不清楚是置身于九重天，还是流落凡尘。

　　从艺术手法上看，诗一般的四字句是《重游崂山记》的一大语言特色。文中四字句占绝大部分，四字成句，句句简洁紧凑，仿佛可以断章成诗。"凿石为基，削岩成壁，植花引水，不愧桃源之名。"3 个四字句，将桃源之美完美地展现出来。再看这句："冠山为殿，架木作廊，异草奇花，纵横满径。"山、树、草、花、小路，一景一句，仿佛都陈列在眼前一般，句句简练。还有"檐拂高松，庭列修竹，负山抱海，迥绝红尘"数句，16 字不仅将郑司农祠的构造、环境，及其意境都一一展现在读者面前，独具匠心，构思巧妙。

　　再看文中的修辞，更是让人回味无穷。"落花带愁、鸣鸟如诉"，"烟雾成霞、山岚抹黛"，落花之愁，由叽喳的小鸟来诉说；烟雾像彩霞，似乎给山岚抹上粉黛。比喻与拟人的巧妙结合使用，将冷冰冰的山水之景，描写得活灵活现，生动逼真。更有妙句："山至此将近，忽回身倒转，凭空挺立，玲珑峻峭，异彩纷披，如怒剑、如危檐、如蝉腹，如熊首、如屏风、如笋节，瑰态百出。"这句同时运用拟人、比喻、排比三种修辞，先将山化为人，让其"倒转"、"挺立"，再将山的各种形态比喻成"怒剑"、"危檐"、"蝉腹"、"熊首"、"屏风"、"笋节"，这一系列毫无规律可循的东西，完全是作者天马行空的想象，让人不禁眼前一亮，似乎此时此刻正置身于群山环绕之中，给人身临其境之感。再看这段："庵前一水中贯，自巨峰怒涌而来，抖落万仞，与乱石斗，斗不胜，乃敛狂斜趋，侵其趾而去。"将湍流与乱石之间的碰撞拟人化，俨然一场武侠高手决斗，让读者仿佛感受到了那"寒气袭人肌骨"的冰冷紧张的气氛。"北顾登莱，如棋如罫；南望岛屿，如豆如螺，高高乎莫与尚矣。"这是作者站在巨峰"俯视寰中"时的感受，对偶与比喻连用，将景色描绘成一幅诗意盎然的写意画。"峥嵘缥缈，不足喻其高；诡怪倾危,不足拟其险;复岭互藏,蒸岚环抱,不足喻其厚且深;恒、岱、华、衡而外,及之者盖鲜。"比较中略带夸张,将巨峰的奇、险、怪描绘的更加传神,入木三分。

《重游崂山记》中,对水流、山石的描写最丰富多彩。"水石相激,潮怒山号,枕上听之,如有百万兕甲,转战旷野。""沿途泉水下注,皆成飞瀑,汇于溪间,骤涌丈余,与巨石相激,声如车轰,玲琮喷薄,盘亘游址间,真奇绝也。""巨浪飞喷,坠石为珠玉,响若琴瑟,不惟耳目怡畅,亦觉形神清朗。""波流湍急,声震林木。""路转而东,左右皆峭壁,中穿巨溪,奔雷溅雪,石险路古。"这些都是对激流与山石碰撞声音的描写。有水石相激之怒号,如百万兕甲,转战旷野;有巨浪与巨石相激,声如车轰;有坠石响若琴瑟;有波流声振林木;有巨溪穿过,如奔雷溅雪等,场面磅礴壮阔,犹如千军万马奔腾而过,响彻天际,让人顿生豪迈之气。在水石的描写中,作者将视觉与听觉完美地结合起来了。同时采用比喻手法,将声音形象化,与视觉形象交织演奏成一曲高山流水交响乐。

《重游崂山记》并不是平淡地铺陈崂山风光,文中也不乏作者个人感情的流露。"环宫左右,处处梨花,应叹观止。"这是对玉清宫的赞叹。玉清宫是一座道观,以求仙问道为宗旨,处处彰显洁净之气。而初春正值梨花绽放,纯白的梨花与道观精纯之气息相融合,美妙绝伦。作者面对八仙墩时也不自觉地流露感情。八仙墩坐落于海上,海潮与山壁相碰撞,如"雷震霆砰",在受到视觉与听觉的双重刺激时,作者发出了"今日之游险极矣!快极矣"的惊叹。还有"白鸥矫翼,良苗怀新,信步田水声中,耳聆潺湲,目玩苍翠,极山行之乐"数句,写的是对平平淡淡的山水景色的喜爱与向往之情。每一处的流露,似乎是一种宣泄。简单的景色描述已经无法抒发作者澎湃心情时,他用有感情的话语宣泄自己,来向读者展示大自然的神奇与美妙。

文章最后指出:"余出游日,杂花始放,群莺学啭;今则芳草如茵,宿麦成浪,花残有恨,莺老无声;与去时风景,迥不侔矣。"作者出游那天,花儿刚开始绽放,幼莺刚学会叫;如今从崂山回来,麦子熟了,花儿凋谢了,夜莺也老了,发不出声音了,短短半月,风景已经完全不一样了。作者在最后的神来一笔,给崂山又增添了神秘感,似乎崂山真的是人间仙境,因为神话里一直传说"天上一日,地下一年"。在崂山待了十五日,山下虽然不至于已经过了十五年,但仍然有"天上"人间的差距。作者有意将崂山营造成缥缈虚无的仙境,可见他深受道教思想的影响。道教以神仙信仰为核心内容,追求自然和谐等,相信修道积德者能够幸福快乐,长生久视。清朝佛教盛行,乾隆时期甚至宣布藏传佛教为国教,道教受到不同程度的压制。身为举人的林钟柱能在崂山道观授课,可见此人绝对是一个虚怀若谷之人。他虽然不是举世闻名、千古留名的大家,但他对崂山的描述,达到了卓绝的水平,让人在其跌宕起伏的笔势中,领略大自然的壮丽,感受万物的勃勃生机。

游鹤山记

清·刘梦南

甲戌上元前,吾友黄子丹要余同游鹤山。[1]出城数里,过舞旗埠,迤逦至拖车夯,望三标卓然耸秀,其下大庵子之寿如山房在焉。[2]房居山麓,壑小而景幽,修竹枯藤,逸趣天然。是夕微雨。次晨,由马山赴鹤,至聚仙门,双壁峭立,一径曲通,修竹曳玉,老松挈[3]云,心目为之一豁。过小桥西,为老君炉,峭壁之址,一窟如翁[4],下临曲涧,积雪未消。西为梧桐金井,昔传梧桐生井底,今亡矣。上为滚龙洞,磊砢嵚呀[5],互相抱扶,行径绝矣。石底一罅,伏身匍匐入,仰摸石乳累累。右转而出,则两壁陡峻,西狭东敞,石平如砥。天风石籁,宕漾漫空,坐视海涛,直奔脚底,回顾来处,仅如蚁穴,所处者高,一览皆小矣。洞一,名七磴楼,由西石壁中穿出,山阴巉[6]岩中,巨石兀立,顶坦而中凹,围经重抱,石碧苔青,积水湛然,俗传玉女洗头盆也。稍东为仙鹤洞,时闻松声谡谡[7]。正东巍然高者为舍身台。台之东,大壑积冰崚嶒[8],则摸钱涧也。时暝色潮深,徘徊不能去。与子丹约,次晨观日出。黎明步舍身后,北望大海,万顷茫茫中,俄而白气缕缕,俄而红云滢滢,忽紫线一道,动岩晃漾,瑞色宝相,捧出扶桑,目不暇瞬,而日已三竿矣。[9]下视云气,如白虹,如雪浪,如冰山,如叠絮,如匹练,弥漫腾踔,萦抱山谷而去。[10]遂留诗胡道人而归。盖兹游虽小,而探幽选胜,颇为不负此行也。

注释:

[1]甲戌:即清同治十三年(1874)。上元:农历正月十五为上元节,又称元宵节。

鹤山:崂山北部支脉,主峰海拔 223 米,因山有一石似鹤状而得名,位于今即墨境内。

[2]迤(yǐ)逦(lǐ):曲折连绵之貌。夼(kuǎng):洼地,胶东地区常用作地名。拖车夼即即墨一村落。三标:崂山西北部的三座支脉,分别名为大标山、二标山、三标山。

[3]挐(rú):纷乱,杂糅。

[4]翕(xī):闭合,聚拢。

[5]磊砢(luǒ):众多石头堆积的样子。岭(hán)岈(xiā):山很深的样子。

[6]巉(chán):山势高峻貌。

[7]谡谡:形容强劲的风声。苏轼《西湖寿星院此君轩》诗:"卧听谡谡碎龙鳞,俯看苍苍立玉身。"

[8]崚(líng)嶒(céng):高耸突兀的样子。

[9]滢滢:晶莹、清澈貌。扶桑:传说日出于扶桑树之下,因代指日出处,亦代指太阳。《楚辞·九歌·东君》:"暾将出兮东方,照吾槛兮扶桑。"

[10]匹练:形容云气如一匹展开的丝绸。踔(chuō):跳跃。

【赏评】

古语有云:"泰山虽云高,不及东海崂。崂山最秀者,首推鹤山焉。"古代的文人墨客登崂山,都以不游鹤山为遗憾,可见鹤山虽为崂山众多支脉之一,却有着不可替代的地位。这里是道家"鹤山派"的创始之地,也曾是张三丰、丘处机、徐复阳等高人的修行之处,山上的遇真庵虽然规模并不出众,但却因高人会集而名声远扬。

崂山虽被誉为海上名山,但宋代以前,由于地处海隅,舟车不便,文人墨客难以尽睹秀色,因而没有留下多少游山诗文。丘处机曾言:"只因海角天涯背,不得高名贯九洲。"宋代之后,随着海上交通的发展,青岛地区沿海一带的经济、文化亦趋之繁荣,特别是由于道教文化的传播,使崂山的名声日渐闻世。明、清两代,游客纷至沓来,盛极一时。许多文人墨客饱览了崂山的风光景色,他们对崂山的雄伟浑朴赞叹不已,为崂山的旖旎风光所陶醉,也为崂山的山海奇观所折服。他们触景生情,各抒胸怀,写出了许多优美的诗文与游记,其爱慕之情溢于言表。这些诗文或著录于书,或镌刻于山,而传诵于世。

这篇短小精致的游记出自清代即墨文人刘梦南之手。全文仅有500余字,但是结构精巧,语言流畅,有详有略,文采生动。

作为记叙文,本文主要记录的是作者在"甲戌上元前"携同好友黄子丹到鹤山赏玩的事件。鹤山是崂山诸山中最秀美者,素有"崂山魂"之誉。它位于崂山的最北面,海拔220米。因山之东峰有石似鹤而得名,也有传说,从前这里有群鹤栖息,因而当地居民以鹤名山。鹤山背靠崂峰,面向碧海,风清气爽,泉甘石奇,曲径回环,迤逦多姿。古往今来,达官显贵、文士墨客每每涉足于此,或题诗刻石以示永念,或栖隐山林潜心修道,更令鹤山增色添彩。

鹤山虽然山势不高峻,但有奇石峭崖,而最主要的是这里有较真实的道教故事,据说金泰和八年(1208),名道李灵仙在此创建遇真庵,元代著名高道丘处机曾多次到鹤山讲道说法,并亲笔题写"鹤山遇真庵"镌刻于此山聚仙台上。遇真宫外有一钟亭,内有巨钟,钟声悠扬,可达数十里,是为"鹤山晓钟"。山上还有著名道士徐复阳修炼遗迹,因有多处道教名人遗迹,故此山被称为北方道教名山。每年农历正月十三、九月初九有鹤山山会,吸引四方来此观光、赶山、经商者络绎不绝。鹤山条件优越,海光山色相映,石奇景美,实属旅游胜地。山上奇峰林立,怪石森罗,千姿百态,可称为"天然的花岗岩群雕"。其中著名的"鹤山八景"为:"栖鹤梳羽"、"仙宫秋月"、"鹤山晓钟"、"鹤鸣烟雨"、"杏林飞霞"、"仙台凌空"、"梧桐金井"、"水鸣天梯"。另外聚仙门、摸钱洞、滚龙洞、一线天、沐浴盆、老君炉等景点也很绝妙。遇真宫作为崂山道教著名活动场所,更为鹤山增添了诸多神秘色彩。

说起遇真宫就不能不提到"鹤山派"。传说崂山道教"鹤山派"的开山始祖,是武当派创始人张三丰。张三丰有一次来到崂山访仙,那时候的鹤山还叫台子山。他主张"习武健身,炼丹医病。道财兼施,济善于世。不畏强权,见义勇为",并想在崂山创立自己的教派。恰好明成化十二年

(1476)崂山东北之台子山遇真庵道童徐复阳患眼疾久治无效,得张三丰秘方治疗三年而复明,被崂山道士们广为传说。遇真庵的道长为了纪念张三丰的善举和医术,便令徐复阳立一新的法派,并请张三丰为徐复阳的法派命名,尊张三丰为始祖。张三丰大喜,突然想起母亲生自己时候所梦"仙鹤"及"金光"之事,而且那时每年春天都有成群仙鹤飞来台子山栖息繁衍,便为徐复阳的教派命名为鹤山派。从那以后,崂山山民与道士们便称台子山为鹤山。后来虽然崂山道教鹤山派逐渐式微,鹤山之名却流传了下来。

据记载,丘处机曾三次来崂山。第一次是金明昌六年(1195),他同刘处玄由宁海洲昆仑山来崂山传道谈玄,并于太清宫三皇殿后之巨石上刻诗10首。金泰和八年(1208)丘处机由昌阳(今莱阳)转道来崂山,将崂山改名为鳌山,并于鹤山驻足遇真庵,除与道众传道外,还题写了庵名。明山东提学陈沂之《崂山记》中记载:"道宫曰遇真庵,后有洞,洞旁石室,道人丘长春大书'鹤山洞'镌于上。"这说明在当时陈沂曾目睹了丘真人手迹,可惜今已不存。周如砥在万历二十四年(1596)撰写的《重修鹤山遇真庵碑记》中亦有"邱真人尝栖于此,徐复阳则终身隐居"的记载。遇真宫东侧摩崖上横镌"鹤山遇真庵"五个大字,下刻"至正二十八年八月十五日长春真人立",元至正二十八年(1398)丘处机早已去世,此题字当为后人所镌。

鹤山不像泰山那样雄伟,也不像黄山那样奇特,更不像华山那样险峻,却有一种秀丽的美。有"卓然耸秀"之姿。山虽小,而景幽,有修竹,有枯藤,刚刚下了一场微雨,更增添了几分"天然逸趣"。

作者听着"天风石籁",眼前是漫天的波涛,大浪仿佛在脚底奔流,来来去去。作者走入洞中,"巨石兀立",上面平坦而中间凹陷,只见那碧绿的青苔幽静天然,映着那湛然的积水,让人顿时心灵澄澈。再听那东面的仙鹤洞,松声簌簌让人自然肃然。

在"北望大海,万顷茫茫"的景象中,作者不禁感到自己的渺小,这是一种对自然的敬畏。海上出现了缤纷的霞光,让人目不暇接。再往下看时已是白云缭绕,像白色的虹,又如雪白的浪花,又像巍峨的冰山,也似层层叠叠的柳絮,弥漫在海上,让人如入仙境。这次出游虽然所观之境仅仅在一个不大的山头,但正如作者所言,"盖兹游虽小,而探幽选胜,颇为不负此行也"。

劳山游记

近代·傅增湘

劳山之名闻之夙[1]矣。僻居北地,而风物雅似南中,顾亭林[2]为黄长倩序《劳山志》,已粗述其概。至诗家所传,如王渔洋[3]《赠劳山隐者诗》有"夜半白日出,风雨苍龙吟"句。刘直斋源渌[4]、高南阜凤翰皆有劳山诗传诵。而即墨张扶阳尤胜称九水之幽秀,特为长篇记之。王培笋《乡园忆旧录》亦言"劳山之胜未易穷究"。

注释:

[1]夙:长久的。

[2]顾亭林:顾炎武,字宁人,号亭林,明末清初著名思想家,学者遵为亭林先生。

[3]王渔洋:王士祯,字子真、贻上,号渔洋山人,故人称王渔洋。山东新城(今山东桓台)人,清初著名文人。

[4]直斋源渌:刘源渌,字昆石,号直斋先生,清初著名理学家,山东安丘人。高南阜凤翰:高凤翰,字西园,号南阜,清代画家、书法家,山东胶县人。

北地所少,唯水与竹。劳山则多瀑而盛竹。询诸朋侪[1]曾事幽探者,谓为实然,非齐人自夸其乡土也。余二十年来曾再至青岛,欲穷其胜,然途兼海陆,游者必舟车并进。山深民梗,人时有戒心,故皆至柳树台而上,徒窥门墙而未升堂奥[2],心窃憾焉。

212

年丈：古代对与父亲同年考中进士者的尊称，后亦泛指父辈，又称年伯。壬子：公元1912年。

[5]横岗曲转，环峙如垣：横列的山坡曲折回转，环绕耸立，如矮墙一般。

[6]叶誉虎：叶恭绰(1881—1968)，字裕甫、誉虎，近代书画家、收藏家，新中国成立后曾任全国政协常委。

[7]潴(zhū)水：积蓄的水。

[8]炊黍相饷：盛情地款待。《论语·微子》："止子路宿，杀鸡为黍而食之。"野菌：也称野蘑菇，一种自然生长的植物，常被用于药材以及食品配菜。松花：又称松黄，马尾松的花骨朵。

[9]岚光：山间雾气经日光照射而发出的光彩。洵：实在。

出庵东上指米窝口行松径中，殆十里绿不漏天。杉松细叶如针，其种来自海东，干直中材，日人据岛所植，至今甫十余年。裂石插崖，捎云拂日，可名松谷。今日所历诸山，唯此径最为幽邃。惜丛密阴森，罥屦牵衣[1]至不堪投足。似宜披榛芟秽[2]，辟启通途，树色山光轩豁呈露。使道出其间者，可心扶杖许行，恣情吟赏也。十里越米窝口，初意欲由此赴明道观登巨峰，以日色向暮，云气沉阴，计程恐及曛黑，乃改向没日岭而行。下长岗，盘旋枯山涧洞中。触目洪荒，色景凄栗，降及岭半乃闻水声，雏松弱柳渐出没于长坡断垄之间。及过没日岭，则群峰峭拔，冠以巨石嵬峨倒植，横欹欲飞欲坠，备诸奇态。[3]扪壁拔林绕至山阳，则白云洞在焉。时暮色微茫，沧溟缥缈，烟云出没，气象万千。回视楼台参差，掩映于翠涛紫霭之间，直飘飘然有凌云之气矣。下榻南轩，推窗望海，夜雨一阵。少顷，微云淡月，海气凄迷，日出奇观恐无缘窥见也。

注释：

[1]罥(juàn)屦牵衣：挂住木鞋，扯住衣服。罥：原意指捕捉鸟兽的网，这里引申为挂住、套住。

[2]披榛(zhēn)芟(shān)秽：砍去丛生的草木，除去污秽的杂物。

[3]嵬峨:通常作"嵬峩",高大雄伟貌。欹(qī):倾斜,歪向一边。

十五日八时,观白云洞,洞乃一大石横压欲坠。双石夹撑之,中余一穴,纵横二丈许,道流奉神像于中,遂呼之为洞。洞之两旁,石崖交峙,左龙右虎,元气浑仑[1],雄伟无匹,已自可惊。尤奇者,后有蟠松从石脉中逆裂而生。枝干蟉曲怪伟如龙,被覆洞背殆满,而群松戢戢腾挐争赴,苍鳞翠鬣,环绕四出,不阶尺土,而具飞天腰海之观,真神物也![2]洞门银杏二株,壮可合抱。屋宇就石隙构架,高下曲折,错落有致。遂揖别道士,循峻级而下。引首四望,光景奇绝,其地上倚崇岩,俯瞰碧海,意象已高回无伦。此山自劳顶分支而来,奇峰叠嶂,飞腾奔赴,至此,忽为大海所迫,郁怒不得骋。于是崇岗绝巘,回旋腾踔,灵奇之气悉萃于兹。[3]自巅至趾怪石嵬磈,如屋如囷如墉如轮。[4]或烂若云垂,或烂若天柱。其错落纷坠者,更若鲸横鳌抃,纵横跋扈于岩壑中。[5]而奇松千万,更杂然破石而出,拔地而出,如龙鳞凤翼,横天塞海,游翔于熊罴犀象[6]之丛,以争为雄长。此幽玄洞府,乃高踞于石林松海之间,以总览其全盛。明岁倘纵我幽闲,当襄书载笔,结庐于此,朝夕吟哦,以饱领此趣也。

注释:

[1]浑仑:语出《列子·天瑞篇》:"气形质具而未相离,故曰浑沦。"这里形容混沌不清的样子。

[2]蟉(liú)曲:蜷曲,盘曲。戢戢(jí):密集貌。挐(rú):纷乱,杂糅。鬣:哺乳动物颈上的毛。

[3]崇岗绝巘(yǎn):高岗绝壁。巘:山峰。郦道元《三峡》:"绝巘多生怪柏,悬泉瀑布,飞漱其间,清荣峻茂,良多趣味。"踔(chuō):跳跃。

[4]嵬磈(lěi):高大的石堆。如屋如囷(qūn)如墉如轮:有的像屋子,有的像谷仓,有的像城墙,有的像车轮。囷:古代一种圆形的谷仓。

[5]鲸横鳌抃(biàn):鲸鱼横列,巨鳌搏击。跋扈:此处意为鱼虾跳跃之貌。清阮文藻《观毒鱼》诗:"小鱼戢戢波面浮,大鱼跋扈高一丈。"

[6]熊罴(pí)犀象:黑熊、棕熊、犀牛、大象。

下山行五里,近海岸则可接新筑通衢,车马驰骋无阻矣。遵海岸而南,经小黄石、返岭前后村、八水河、黄山诸处,二十余里抵青山口。觅村人家小憩,舆人在此午餐。余等亦略进食物而行,已午后二时。村居近海百余人家以渔为业。自此入山,沿涧上行,涧旁有三折瀑,视鱼鳞口为瘦。再上达岭头,旋降至涧底。见松篁满谷,循折而上,行竹径中约里许,秀倩幽深,浓翠如滴,仰首见丹甍连云,询之为"明霞洞"。[1]入门连上数十级,轩楹精洁,景物明丽,询古洞,云在山后,养庵往探之,云有辽金题名,上为"玄真洞",非明霞也。煮茗[2]少息,凭栏极望,南山如列屏,山外碧海如镜,院中花木鲜新可玩。

注释:

[1]松篁:松树与竹子。丹甍(méng):红色的屋脊。

[2]煮茗:煮茶。唐宋以前,国人都是煮茶来喝。明清之时,改煮茶为泡茶,但煮茶的传统仍在,流行于上层士大夫群体。

询上清宫即在山右下方,沿竹径下,踏涧西行,乱石塞路,丛葆[1]钩衣,人行其间,至无径可觅。约三、四里,达上清宫。道士童姓,安徽寿州人,居此五十年。山门银杏二株,皆千年物,大可蔽天。殿前旧有耐冬,明季国初人多吟咏之。询之,道士云:"少年曾及见焉,今枯死已四十余年。"导观邱长春石刻,在寺右浑元石上为绝句十首。寺后岩上为《青玉案》词,字径五、六寸,笔力浑健。余藏有金刻本《磻溪集》[2],诗载集中,词乃佚去,或为编辑时所遗也。门外一碑兀立,摩视之知为元延祐朱羣所撰。[3]养庵告道士,明岁当遣工槌拓[4]。宫建于宋,盛于元。四山环拱,双涧夹趋,林木参天,气象雄伟,天然幽静,灵栖妙域,此为甲观[5]。养庵以形势观之,谓千年不败之地,今乃摧颓荒废,萧索可怜,岂时会未至耶?抑人为之也?

注释:

[1]丛筱:丛生而茂盛的草。

[2]《磻溪集》:全称《长春子磻溪集》,共六卷,收录丘处机所作诗词,收入《正统道藏》太平部。

[3]此碑乃《重修上清宫碑记》,为元延祐四年(1317)承务郎朱翬(huī)所撰。

[4]槌拓:将碑上文字拓印下来。

[5]甲观:古代常以甲乙丙丁等做序数词,甲作为天干第一位,表示第一、最好的。甲观即为最好的景观。

由此达下清宫本有环山大路,而舆人趋捷径,出宫南行。穿怪松乱石间,登绝岭更悬縋[1]而下,抵海滨约五、六里得达。然其奇险真可骇心怵目,非人意所及料。就岭壁悬崖,觅猿猱[2]细径而下临奔涧。巨石或卧、或立,嵢岈嵬攫[3]。人从其间擢身飞步[4],且横松障其上,丛莽塞其下,攀挽披拂[5],仅乃通人。峭削欹危,只身试步,尚惧颠挤。而舆人乃鼓勇锐进;排障阻,犯险戏,猛健矫捷,殆若猿猱。虽幸而安度然在舆中屏息摄气,目眩睛摇。

注释:

[1]悬縋(zhuì)而下:从高处顺着绳索而下。

[2]猿猱(náo):泛指猿猴。李白《蜀道难》诗:"黄鹤之飞尚不得过,猿猱欲度愁攀援。"

[3]嵢(hán)岈(xiā):山很深的样子。嵬攫:山的高大貌。

[4]擢(zhuó)身飞步:飞身跳跃。擢:拔。

[5]攀挽披拂:指松障、丛莽等挂住人的衣服、鞋子。

下清宫一名太清宫。在海岸尽处,大启道场,殿宇宏丽为山中之景。海军陆战队董君楷森同郭道士迓于道旁。下榻东院南楼,布置粗定,董君导游内外一周。正殿前银杏树双株,视上清差小。南院耐冬一株,枝干盘奇若虬龙,本围殆可七、八尺,云千年物也。[1]又西小殿檐嵌元碑三通,乃元世祖敕谕护教之文。[2]养庵手录其文以归。西院竹木森蔚,大榆如瘿[3]如石,黄杨硬干如铁,极奇古之致。其他玉兰、紫薇、朱槿、牡丹,藩植满院。耐冬内外十数株,谛视之,即吾乡之山茶花。此花北方多植数金。山中乃独茂异,高可齐檐,红艳如锦,历冬春不凋。闻其自海舶移来,水土和脱,遂尔繁衍。顾亭林谓:"地暖多发南花",正谓此也。门外,海军拓平地为广场,作兵士蹴球之所。出西门,绿竹万竿,中通幽径,海畔筑石为小堤,中包小港,为舣舟[4]避风之所。沿海而东,循山路返寺入菜圃一观,瓜果、椒豆、秋蔬十亩,足供全观终年之食。是日,适值佳节,月上东峰,遂同步海岸赏月。初行竹林中,金影布地,晶光上浮,若玉烟之笼被,清奇独绝。嗣乃登坡放瞩,海波浪碧,天宇横青,上下空明,如置身玉壶冰镜中,飘飘然殆如仙举。良宵胜赏,人生三万六千日能似此几日也? 当为诗以记之。风露侵衣,不敢久留。回至宫门,坐松阴下,煎雨前茶[5],观月品茗。清冷之趣,令人意迥[6],十年尘土一宵涤尽矣! 入室寻郭道士纵谈,亦尝栖华山五、六年,询山中事甚悉。正殿以秋节讽经,铙钹俱鸣,如闻钧天。[7]余爱玩月色,独坐耐冬树下,松韵潮声,一时俱寂,顾影徘徊,几不知身在何许矣。据董君言,旧时盗贼纵横,自海军驻防以来,匪类绝迹矣。

注释:

[1]耐冬:山东地区称山茶花为耐冬,因隆冬时节山茶花花开正艳、气傲霜雪,故而得名。虬龙:古代传说中一种有角的龙。殆:几乎、差不多。

[2]元世祖:即元朝开国皇帝忽必烈。敕(chì)谕:皇帝的诏令。

[3]瘿(yīng):脖子上的囊状肿瘤或树干的隆起。

[4]舣(yǐ)舟:船只停泊靠岸。

[5]雨前茶:雨指谷雨,雨前茶即清明之后、谷雨之前采的茶叶。雨前茶滋味鲜浓且耐泡,为茶中上品。

[6]意迥:思绪飘远。

[7]讽经:诵经。铙钹:寺院诵经所用法器之一,铙与钹原为不同乐器,后混而并称为铙钹。钧天:传说中天帝居住之所。

　　十六日访邱真人摩崖[1]诗,遂别去。出观左转,乔松满谷,石路舒平,盘回于千嶂万木之中。翠幕高张,如行理安山中,北方所希觏也。[2]窬岭下趋七、八里入青山口,与昨日来路合。顺大道而北,经黄山口、返岭前后村、小黄石,计程约十余里。左山右海,曲洞横岗,时有疏松秀草点缀其间。遥视峰峦秀异,长林蔚然。折西而上,二里许至华严寺,寺前山径平夷,逶迤斜上,修竹夹之,绿阴萧森。石净如扫,韬光[3]云栖,差堪以仿佛。路旁塔院,方池亘于前,平桥跨其上。清风徐来,引人入胜,策杖行吟,数曲抵寺。临门经阁,构架方新,住持纯如,居此已五十余年。殿宇崇宏,庭阶修洁,可知其经营之力矣。正座为那罗宝殿。山中皆道观,独此为僧寮。憨山大师曾住锡于此。[4]客厅悬手书巨幅,雅健绝伦,不愧名笔,其他字画亦尚可观。院中,丹桂高丈余,山茶、紫薇皆百年外物。牡丹十余丛,间多异品。相如完约,来春入寺小住,闻之颇为神往。经楼庋《龙藏》全部,闻颇纯善,不及披览。[5]日暮逾午,与纯如坚定后约而别,后私衷深为怅惘也。[6]出寺里许,折而北,石壁多摩崖,大书有"山海奇观"四字。字大逾丈,最为雄伟,乾隆巡抚惠龄所书。僧言,竟以此被劾去职,可谓风流罪过也。

注释:

　　[1]摩崖:将文字直接书刻在山崖石壁上称"摩崖"。

　　[2]理安山:杭州附近山脉,山内有著名寺院理安寺。希觏(gòu):罕见。

　　[3]韬光:敛藏光彩。

　　[4]住锡:僧人在某地居留称住锡。锡,即锡杖,比丘僧行路时所携带的道具。

　　[5]庋(guǐ):安置,收藏。龙藏:即《乾隆版大藏经》,因经页边栏饰以龙纹,故又名《龙藏》,为清代官刻汉文大藏经。全藏共收录经、律、论、杂著等1669部,7168卷,用经版79036块。

[6]日晷(guǐ):古代利用日影测量时刻的一种计时仪器。私衷:内心。

下至马路,治丞以车来迓,遣去舆从登车。急行经近海一村名仰口,闻欧战时,日本即由此登陆以袭青岛,后致德人因之不守,亦沿海要镇也。又北过晓望庄、王哥庄皆沿海坦途。旋西折入山,经大、小劈石至大劳观。观在芙蓉峰下,连嶂四合,芳园中启;畦垅错列,林木青葱。[1]闻春时梨花极盛,其北即为九水。自此而行,过五龙涧、乌衣巷而抵李村。沿路山势陂陀,溪流回绕;盘柯秀野,所在成村,鸡犬桑麻,熙然自得,避地潜耕,斯为妙域矣![2]

注释:

[1]连嶂:连绵的山峰。嶂,高险似屏障的山。畦垅:畦(qí),田块;垅,同"垄",田块分界高起的埂子。

[2]陂(pō)陀(tuó):倾斜不平貌。柯:草木的枝茎,这里代指植物。

出李村三十里抵青。盖自华严寺入市,为程一百四十五里,经三时而达。入山幽寻,以此为幽深焉。路太史金波以游劳诗相示,春游时所作也。余亦欲揽其奇胜,发为咏歌,而行程短迫,不及构思。异日,当探求载籍[1],追摹胜概,以记游迹,庶不负此行耳。

注释:

[1]载籍:书籍、典籍。《史记·伯夷列传》:"夫学者载籍极博,犹考信于六艺。"

【赏评】

《劳山游记》是近代藏书大家傅增湘的一篇游记散文。傅增湘,字沅叔,别号藏园居士、藏元老人,四川江安人,清末至民国时期著名学者、藏书家,在清朝曾任翰林院庶吉士、顺天乡试同考官、天津女学事务总理、直隶提学使等,辛亥革命后又曾任北洋政府教育总长、故宫博物院图书馆馆长。自辛亥后锐意收藏书籍,逐渐成为近代中国藏书大家,其私人藏书楼双鉴楼与李盛铎木犀轩、周叔弢自庄严堪,鼎立而三,称雄北地。

傅增湘与青岛颇有渊源,在辛亥革命后,1912年曾到青岛居住,同劳乃宣、徐世昌等人有交往。经历过清朝灭亡的他,想要安定的生活,因此曾想要定居在青岛这个在当时算是世外桃源的地方。1912年傅增湘致张元济信云:"湘住十余日,见其天时之清美,山海之壮阔,人情之朴实,交游酬应之简易,谓可卜居,遂购地一区,欲筑屋迁焉。嗣因家口太多,搬迁不易,又岛中市面不甚流通,设有缓急。无从筹措,殊为危险,乃改记仍留津。"青岛因"天时之清美,山海之壮阔,人情之朴实"吸引了处于乱世之中的傅增湘,却终因缘分不深,他并没有定居青岛,而只留下他《劳山》三卷问世,现在藏于中国历史博物馆中。

从清光绪年代走过来的傅增湘,是个经历过大风大浪的人。他见证了八国联军侵华,甲午中日战争,辛亥革命,历经清朝的灭亡、民国的建立和残酷的抗日战争。为了安定,傅增湘舍弃了在青岛购地筑屋的想法,最终决定仍留天津。傅增湘也确实有独到的眼光,在那个年代,青岛着实不是一个好的定居之地,尽管山海壮阔,但是交通闭塞,更是先后被德国、日本占领过,处处有着侵略者的痕迹,很难让人产生安全感。但是,再怎么被侵略,那山清水秀的自然景色却仍然深深吸引着他。在乱世中,傅增湘也是个纵情山水的人,他曾自言:"惟模范山水,揽古证今,时有小文,未忍轻弃,故五岳游记,先授梓人。其他访胜纪行,随地考述,综辑成编,差有廿卷。"(《藏园居士七十自述》)他的山水之乐与平常文人的不同,因其是藏书家的缘故,他会在游历山水中"揽古证今",因此他的游记不乏考据之言,这种特色使他的山水小文更有价值。《劳山游记》便是这样一篇有价值的游记散文。

《劳山游记》为傅增湘1932年农历八月游崂山时撰写。作者开篇点出"劳山之名凤矣",并列举顾亭林、王渔洋、刘直斋源渌、高南阜凤翰、即墨张扶阳、王培笋等文人对崂山的描述来证明。傅增湘博览群书,学识渊博,历代名人典故如数家珍。

"僻居北地,而风物雅似南中","北地所少,唯水与竹。劳山则多瀑而盛竹"。这是作者对崂山特色的总结,盛赞崂山"风物雅似南中"。为了"穷其胜",仲秋八月,傅增湘与绍兴名士周肇祥"折柬相邀"。"余谓固符夙愿,然必期以仲秋太清宫海滨玩月为宜。以其地与时合之,可云二妙也。"点出此次游玩的重点是去太清宫海滨赏月。

作者游山历时三日,从十四日开始到十六日。游遍南北九水、潮音瀑、蔚竹庵、鱼鳞口、白云洞、靛缸湾、上清宫、明霞洞、太清宫、华严寺、劈石口、大崂观、仰口、芙蓉峰等胜景。并在太清宫纪念册上留言:"以中秋宿此,海天月色,万里空明,使人有遗世之想。良辰佳会,毕世难逢。"写下自己此次游山观月的感受。

傅增湘游山有个特点,对山中题记之类特别感兴趣,每遇到必会在游记中提起。如"路旁巨石有张安圉年丈题名,时为壬子三月"、"叶誉虎于对崖摩刻'潮音瀑'三字"、"导观邱长春石刻,在寺右浑元石上为绝句十首。寺后岩上为《青玉案》词,字径五、六寸,笔力浑健"、"大书有'山海奇观'四字。字大逾丈,最为雄伟,乾隆巡抚惠龄所书。"傅增湘除了是个藏书家,还是有名的书法家,因此对崂山中所留题记、刻字很感兴趣,每到一处会品评一番。

"盖甲寅以后,避锢于此数年,今为倭人所居"、"有德人旧时病院楼房两所"、"俄人所建客邸也"、"日人拒岛所植,至今甫十余年"等,傅增湘在文中屡次提到青岛被侵占的历史,当时不止青岛,甚至整个中国都处于水深火热之中。傅增湘作为一个有民族气节的文人,在从光绪到民国这段民族危难的历史中从未置身事外。光绪二十四年中戊戌科进士,选入翰林院为庶吉士。后来维新变法,他与戊戌六君子中的刘光第、杨锐有交往。六君子殉难后,傅增湘也曾写文章力辩六君子之冤。1902 年入袁世凯幕府,袁世凯对他颇为赏识,让他办学,曾任北京景山官学教习、北洋女子师范学堂总办,创办天津北洋女子师范学堂、京师女子师范学堂。辛亥革命爆发,傅增湘任唐绍仪顾问,南下议和。1915 年后任肃政厅肃政史,

1917年12月至"五四"运动前,在北洋政府任教育总长。"五四"运动中,他抵制反动政府罢免蔡元培的命令,因而受到牵连,他自己也被罢免教育总长、约法会议议员等职。后来担任故宫博物院图书馆馆长,傅增湘便专心从事收藏图书和校勘图书的工作。虽然他没有什么轰轰烈烈的抗争,没有拿过枪打过仗,但是他在教育和文化遗产的保留等方面却发挥了不可忽视的重要作用。面对民族危亡,作者没办法以一己之力改变,看着这摇摇欲坠的国家,作者只能郁结于心,寄情山水,在大自然中抚慰内心的苦闷。而崂山自古以来就被称为仙山,是道教发祥地之一,道教主张逍遥和清静无为。在乱世之中,这种境界成为文人的一种心灵慰藉,仿佛在崂山中便可逃避外界的纷争战乱,可以享受到天堂般的静谧安详。

作者三日游山,所到之处数不胜数,从《劳山游记》看,蔚竹庵、白云洞、太清宫三处是作者着墨最多的景观,应该是最受作者赏识的。蔚竹庵,位于崂山中部峰峦间,此处"飞瀑下垂","乱石丛莽","长松修竹与山色岚光苍秀映发","群峰峭拔","沧溟缥缈,烟云出没"。蔚竹庵就在这瀑布、乱石、松树、修竹、群峰、云雾环绕之中。傅增湘《蔚竹庵》诗云:"峭石开青壁,峋嶙不记年。叩门惊宿鸟。隔洞听流泉。树老含秋色,峰高入暮烟。逢君栖隐处,遥望白云间。"又有诗《蔚竹庵蜜蜂村板桥道人》:"邻家种修竹,时复过墙来。一片青葱色,居然为我栽。"郁达夫也有诗云:"柳台石屋接澄潭,雨雾深藏蔚竹庵。十里清溪千尺瀑,果然风景似江南。"一座小小的道观,引得文人墨客争相吟诵,作者赞其"掩映于翠涛紫霭之间,直飘飘然有凌云之气矣"。

"十五日八时,观白云洞,洞乃一大石横压欲坠"三句点出时间、地点及其特色。在傅增湘眼中,白云洞可以以"奇"字来概括。比如蟠松:"枝干蟠曲怪伟如龙,被覆洞背殆满,而群松戢戢腾挐争赴,苍鳞翠鬣,环绕四出,不阶尺土,而具飞天腰海之观,真神物也!"比喻、拟人、夸张等修辞手法齐上,像龙,又像苍鳞,可飞天,故叹曰"神物"。又如怪石:"如屋如囷如墉如轮。或烂若云垂,或烂若天柱。其错落纷坠者,更若鲸横鳌抃,纵横跋扈于岩壑中。"比喻排比,对偶也掺杂其中。傅增湘还有《白云洞》诗两首,一云:"夜月清皎,海气苍寒。玩石抚松,飘然登仙。"云:"西风吹霁,夕阳满山。丹枫苍松,白云掩洞。"两首诗一首是写白云洞的夜景,一首是写傍晚的景色,记文中是写白云洞白天的情景。在作者眼中,白云洞时而诡奇,时而迷蒙,时而缥缈。作者出于对白云洞的喜爱之情,定下明年之约,并期望在此结庐:"明岁倘纵我幽闲,当襄书载笔,结庐于此,朝夕吟咏,以饱领此趣也。"

十五日晚,在太清宫赏月,这在开头已经点出:"然必期以仲秋太清宫海滨玩月为宜。"太清宫"在海岸尽处",是崂山众多道教建筑中历史最悠久、规模最大、影响最深远的一座道观。太清宫王悟禅有诗赞曰:"路转峰回绕下宫,琪花瑶草列西东。湾环船泊吴门碧,隐约灯悬海国红。古树耐冬传志异,仙人绛雪不从同。名臣高蹈分明在,书院犹存翰苑风。"有意思的是,在此处作者藏书之癖发作:"又西小殿檐嵌元碑三通,乃元世祖敕谕护教之文。养庵手录其文以归。"太清宫最负盛名的景色是夜景,被誉为"太清水月"。傅增湘在文中描述道:"是日,适值佳节,月上东峰,遂同步海岸赏月。初行竹林中,金影布地,晶光上浮,若玉烟之笼被,清奇独绝。嗣乃登坡放瞩,海波浪碧,天宇横青,上下空明,如置身玉壶冰镜中,飘飘然殆如仙举。"明月悬空,海面微伏,轻拍崖边,远处烟雾朦胧,如幻如梦。"松韵潮声,一时俱寂,顾影徘徊,几不知身在何许矣。"潮声与俱寂,两者看似矛盾,实则是在用潮声来衬托这月夜的静。让人不禁想到王安石那句:"蝉噪林逾静,鸟鸣山更幽。"面对此景,作者感慨:"十年尘土一宵涤尽矣!"不禁问曰:"良宵胜赏,人生三万六千日能似此几日也?"表达了对人生现状的不确定,对安定生活的向往。

"十六日访邱真人摩崖寺,遂别去。"此次崂山之行进入回程之旅。回程之行,重点提到华严寺。估计是作者见惯了山中的道观,乍见这崂山中唯一的佛寺,倍感新奇的缘故吧。作者在此处多是欣赏此处的书法,如"客厅悬手书巨幅,雅健绝伦,不愧名笔,其他字画亦尚可观。""石壁多摩崖,大书有'山海奇观'四字。字大逾丈,最为雄伟,乾隆巡抚惠龄所书。僧言,竟以此被劾去职,可谓风流罪过也。"

文章最后曰："余亦欲揽其奇胜，发为咏歌，而行程短迫，不及构思。异日，当探求载籍，追摹胜概，以记游迹，庶不负此行耳。"此次崂山之行算是画上句号。作者也做到了通过"探求载籍"，留下了《劳山》三卷。从《劳山游记》也可看出傅增湘确实是一个值得称颂的藏书家，文章处处都透露出其藏书之意。近代藏书家伦明评论傅增湘说："江安傅沅叔先生增湘，尝得宋元通鉴二部，因自题双鉴楼。比年，南游江浙，东泛日本，海内外公私图书馆，靡不涉目。海内外之言目录者，靡不以先生为宗。"（《辛亥以来藏书纪事诗》）。

劳山[1]赋

清·张谦宜

　　粤奥区之秀灵,乃远宗夫青岳,盘地肺以为根。[2]势嶕峣其森矗,魄磅礴以既东。[3]敷支条于大陆,蜿蜒横开八百余里。[4]带名城者数数,轮菌菌乎未舒,群山郁其相属,天地翁而复凝。[5]忽阔然而神变,茫圠块乎无垠,包藏㟧者千万,纷挺拔兮遥青,势高压乎寰县。[6]镇全齐之坤轴,独巍然而峭蒨,广袤几盈四百,当溟渤之三面。[7]云掩霭以合沓,垠横拖而中断,通箭括兮若无门,削剑锷兮在天半。[8]谷嘤嘤兮闻雷,麓熠熠兮掣电。[9]若乃晴霞倒映,如锦如虹,散黛螺兮勾结,积翡翠兮连蓁。[10]既冠岚而抗岭,忽破峡以攒峰。[11]旁罗旗纛,侧掺芙蓉,氤氲倏忽莫可殚穷。[12]及夫石骨峻嶒,经冬积雪,剡玉标以贯斗,练绡窟而贮月,光交射兮晶莹莹,影回薄兮寒冽冽。[13]于是乃有书带苍纹、冬青丹缬,耀素天以扬葩,缀粉坻而罩节。[14]媚阳崖兮落缤纷,艳阳峒兮香幽绝。[15]逮乎土脉春融,泉液夏交,则有稻秫之利,果树之饶。[16]文松、云梓、刚柏、芳椒、风梨、海枣、苦蜜、冰膏,栗乙枚而覆斗,榛百颗以含苞[17]。来禽楂柰,薯蓣葡萄。[18]又以百药之蒴,万蔬之苗。[19]蒸薪冶炭,刀贝分曹。[20]至于金银秘矿、砂汞仙巢,盖造化所葆啬,岂愚氓所能遭。[21]山间四序,有复必剥。[22]浮烟净,繁花落。雨霢霂而涤岩,飙飔猋以吹壑,气澹神清,悄乎寥落。[23]尔乃招隐沦,结逸客,斩霜筇,发鱼笭,相与游曲硐,越广陌,每入林而低迷,术莫分乎南北。[24]盖一磴而九折,或十步而五息,涉雕化之口,入莲台之碛。[25]乃有华楼直上,削方万尺,巅松十围,蟠生如栌。[26]前有紫云,后对黄石,北泉藏其谏书,沧浪泚其词笔。[27]此外,则白马遗宫,青牛旧宅,塔倒悬于厂间,墩拍浮于潮汐。[28]畴运斤而刳山,执凌波而布席,骨脱何以崩岩,丹成奚其毁室,虽方术之异流,何灵迹之不测。[29]于是兴极思溢,反乎别路,缘索徐行,尤担争步,下卷惊涛,眩督却顾,掩逼仄之途穷。[30]乃跻夫巨峰之高处。其为状也,嵬嵬岌岌,万峦争附,实太乙之中枢,绾分支之回互。[31]仰摘星辰,俯瞰风雨,俨鬼神所戍卫,常似烟而非雾。回风旋为濒洞兮,见朝鲜之荈树;气罨翳而复合兮,莽鳞皴其如故。[32]上下四十五里,与泰山相割据。顾或玉书绝迹,金检无闻,岂寂寞之乡难为显,抑荒怪之士所弗尊。[33]是以秦皇罢其刻颂,汉武息其蒲轮。[34]窃谓后代缘饰所不加,咨山乃以存其真。[35]攀绝巘兮蹑飞烟,龙鱼渌瀶兮汇百川。[36]羌踌躇而独立,怀太始兮心悄然。[37]若幽栖兮注虫箓,曷杳杳兮终无传,倚扶桑而钓巨鳌兮,空托咏于名山。[38]

注释:

[1]劳山:即崂山,古代有牢山、劳山、鳌山等名称。

[2]奥区:腹地。《后汉书·班固传上》:"防御之阻,则天下之奥区焉。"李善注:"奥,深也。言秦地险固,为天下深奥之区域。"秀灵:秀美。青岳:语出杜甫《望岳》:"岱宗夫如何,齐鲁青未了。"

[3]嶕峣:峻峭;高耸。《汉书·扬雄传下》:"泰山之高不嶕峣,则不能浮淎云而散歊烝。"森:严整的样子。矗:直立,高耸。磅礴:广大无边貌。晋陆机《挽歌》之二:"重阜何崔嵬,玄庐窜其间。磅礴立四极,穹崇效苍天。"既:已经。

[4]敷:布置,铺开,摆开。支条:引申指从属的或次要的部分。大陆:广大的陆地。蜿蜒:萦回屈曲貌。

[5]名城:著名的城市。汉贾谊《过秦论》上:"隳名城,杀豪俊,收天下之兵,聚之咸阳。"数数:犹汲汲,迫切貌。《庄子·逍遥游》:"彼其于世,未数数然也。"轮囷菌:菌类植物。舒:展开,伸展。郁:树木丛生。相属:相关。天地翁:形容云气涌起。复:反复。凝:聚集,集中。

[6]阔:宽阔。神变:神奇变化。《晋书·文帝纪》:"奇兵震击,而朱异摧破;神变应机,而全琮稽服。"圠圠:漫无边际貌。《史记·屈原贾生列传》:"大专槃物兮,块轧无限。"遥青:远处的青山。唐孟郊《生生亭》诗:"置亭岭嵥头,开窗纳遥青;遥青新画

出,三十六扇屏。"

[7]坤轴:古人想象中的地轴。晋张华《博物志·地》:"昆仑山北地转下三千六百里,有八玄幽都,方二十万里。地下有四柱,四柱广十万里,地有三千六百轴,犬牙相举。"巍然:高大雄伟。峭蒨:高耸挺立。广袤:开阔;广阔。盈:超过。当:对等,相当于。溟渤:溟海和渤海,多泛指大海。南朝宋鲍照《代君子有所思》诗:"筑山拟蓬壶,穿池类溟渤。"

[8]霭:云气。合沓:重叠;攒聚。中断:中间截断或折断。箭括:箭的末端。剑锷:指剑身与护手间之铜片,作为防止剑鞘滑落、格档来剑或美观之用。天半:高空,如在半天之上。《徐霞客游记·游黄山记》:"俱秀出天半。"

[9]嘤嘤:鸟和鸣声。《诗·小雅·伐木》:"伐木丁丁,鸟鸣嘤嘤。"郑玄笺:"嘤,嘤,两鸟声也。"熠熠:鲜明貌;闪烁貌。闪闪发光。掣电:闪电,亦以形容迅疾。

[10]若乃:至于,用于句子开头。黛螺:螺形的黛墨,比喻翠绿的山峰。勾结:谓使事物勾连或衔接起来。藂:古同"丛"。

[11]冠岚:雾气笼罩的山峰。抗岭:高峻的山岭。攒峰:密集的山峰。

[12]旁罗:广泛搜罗。旗纛:饰以鸟羽的大旗。氤氲:烟气、烟云弥漫的样子。倏忽:很快的。莫可:不可。殚穷:犹穷尽。

[13]及夫:等到。石骨:坚硬的岩石。峻嶒:陡峭不平貌。刬:削,刮。玉标:指玉饰的剑柄。贯斗:谓上通于斗、牛星宿间,形容光芒强烈或正气浩然。练绡:生丝。贮月:存放月亮。回薄:盘旋回绕。

[14]书带:束书的带。唐李白《题江夏修静寺》诗:"书带留青草,琴堂幂素尘。"苍纹:深青色,深绿色花纹。冬青:犹言冬日呈青绿色。丹缬:红色丝织品。葩:华美。

[15]媚:美好,可爱。阳崖:向阳的山崖。阳峒:即"羊峒",古字里"羊"与"阳"因音近而常通假借用。幽绝:清幽殊绝。《后汉书·苏不韦传》:"城阙天阻,宫府幽绝,埃尘所不能过,雾露所不能沾。"

[16]逮:到,及。土脉:语出《国语·周语上》:"农祥晨正,日月底于天庙,土乃脉发。"此谓土壤开冻松化,生气勃发,如人身脉动。春融:春气融和。亦指春暖解冻。稻秫:稻及稷之黏者。

[17]含苞:裹着花苞;吐芽。

[18]来禽:果名,即沙果,也称花红、林檎、文林果。或谓此果味甘,果林能招众禽,故名。柰:苹果的一种,通称柰子;亦称花红、沙果。薯蓣:山药。

[19]菀:植物生长之密。

[20]蒸薪:木柴。刀贝分曹:犹今之分部门,分科。

[21]葆嗇:宝爱。葆,通"宝"。明宋濂《饶氏杏庭记》:"一气之所分,则是身乃先祖之有也,葆嗇失宜,非孝也。",愚氓:愚民;愚昧之人。

[22]四序:指春、夏、秋、冬四季。

[23]霢霂:小雨。《尔雅·释天》:"小雨谓之霢霂。"涤:洗涤。飒:形容风声。猋:古通"飙",暴风;旋风。壑:坑谷,深沟。气澹:淡泊,恬静、安然的样子。悄:失意的样子。

[24]尔乃:这才;于是。招:招募,邀请。隐沦:泛指神仙。《江赋》:"纳隐沦之列真,挺异人乎精魄。"逸客:超逸高雅的客人。筇:手杖。笈:古代称连编好的竹简。广陌:大路。

[25]磴:石头台阶。息:歇。莲台:亦作"莲花台"、"莲华台",佛座。《法苑珠林》卷二十:"故十方诸佛,同出于淤泥之浊;三坐正觉,俱坐于莲台之上。"碛:浅水中的沙石。

[26]巅:山顶。十围:亦作"十韦",形容粗大。枚乘《七发》:"夫十围之木,始生而蘖,足可搔而绝,手可擢而拔。"蟠:盘曲的根。生如栉:本节乃是梳子和篦子的总称,喻像梳齿那样密集排列着。

[27]紫云:紫色云,古以为祥瑞之兆。北泉:指甘泉山,在今陕西淳化东北。南朝宋谢灵运《日出东南隅行》:"柏梁冠南山,桂宫耀北泉。"黄节注:"《战国策》范睢说秦王曰:'大王之国,北有甘泉谷口。'班固《西都赋》:'其阴则冠以九嵕,陪以甘泉。'北泉谓甘泉也。"

[28]青牛:以"青牛"为神仙道士之坐骑。厂:同"庵"。墩:桥墩。拍浮:浮游;游泳;后以"拍浮"为诗酒娱情。

[29]畴:田地。运斤:亦作"运斫",挥动斧头砍削。剞山:从中间破开再挖空。灵迹:圣贤的事迹。

[30]眩瞀:眼昏花,视物不明。却:因畏惧或厌恶而后退。顾:回头。逼仄:狭窄。途穷:走投无路或处境困窘。

[31]跻:跻身。太乙:即道家所称的"道",古指宇宙万物的本原、本体。绾:结合。回互:回环交错。

[32]俨:好像。戍卫:守卫,防守。

[33]金检:金色封缄,文稿的美称。弗:不。

[34]是以:所以;因此。罢:免除。刻颂:语出《史记·始皇本纪》:"二十八年,始皇……登之罘,立石颂秦德焉而去。"息:停止。蒲轮:指用蒲草裹轮的车子,转动时震动较小,古时常用于封禅或迎接贤士,以示礼敬。《汉书·武帝纪》:"遣使者安车蒲轮,束帛加璧,征鲁申公。"颜师古注:"以蒲裹轮,取其安也。"

[35]窃:谦辞,指自己。缘饰:镶边的饰品,修饰。

[36]躐:踩踏。

[37]踌躇:犹豫不决。太始:古代指天地开辟、万物开始形成的时代

[38]幽栖:隐居。曷:为什么。杳杳:幽远。

【赏评】

赋是中国古代一种不能歌唱只能朗诵的文体,介于诗和散文之间,讲究文采和韵律。三国时期的曹丕在《典论·论文》中说"诗赋欲丽",初步点明了诗歌和赋这两种文体的共同特征——"丽"。晋代陆机也在其《文赋》中提出"诗缘情而绮靡,赋体物而浏亮",进一步区分了它们各自不同的文学功能和风格。南朝的刘勰则在《文心雕龙·诠赋》中改变了以往谈赋必论及诗歌的模式,单独对赋进行了简短明确的定义:"赋者,铺也;铺采摛文,体物写志也。"这些观点虽不完全相同,但都或多或少地强调了赋在文采方面的要求。赋兴起于战国,在汉代达到鼎盛,扬雄在《法言·吾子》中说"诗人之赋丽以则,辞人之赋丽以淫",肯定了诗人之赋的价值,也说明了一个重要的问题:赋体虽然以"华丽"为主,但作赋一定要有法度,不能过分修饰。在很多人眼里,相较于诗的"为情造文",赋更倾向于"为文造情",但清代的刘熙载认为"赋别于诗者,诗辞情少而声情多,赋声情少而辞情多"(《艺概·赋概》),换句话说,诗和赋都是言情,只不过有所侧重。总的来说,赋这种文体推崇华丽的辞藻,讲究铺排和气势。张谦宜的这篇赋是清代赋作中不可多得的佳篇,颇能代表赋体发展到封建社会晚期时的特点,也在某种程度上表现出了清代文人对赋体的理解和运用。

张谦宜是清代著名古文学家、文学评论家、诗人、方志学家、经学家和史学家,名张庄,字谦宜,一字稚松,号山农、山民,晚年自称山南老人,一生著述颇丰。他于清顺治七年(1650)出生在山东省胶州市水寨的一个书香世家,自幼就表现出极高的天分,再加上家庭环境的熏陶,少年时代便才识过人,作得一手好诗。中年时期的张谦宜博学好古,遍览群书,尤其潜心于宋代性理之学。晚年考取进士,做过康熙四皇子胤禛(即后来的雍正帝)的老师。他教学认真严谨,对待学生一视同仁,就连皇子也免不了他的责罚。张谦宜为人正直,淡泊名利,本可以凭借与雍王府的深厚关系和自己的才能成为达官贵人,但他无心做官,而是痴迷于学问。康熙见其如此,便赐其"山东学究"匾额,准他回老家教书,又以丰厚礼品相赠。张谦宜对康熙的安排非常满意,返回胶州,潜心著书。他的著作很多,除了当世编辑成集之外,未及纂录的还有数百卷,著作内容包括经史、地理、诗文、理论、方志、谱牒、传记等,数量之大和范围之广在山东胶州学者中首屈一指,在明清山东学者中也十分少见。

赋以写景状物为主,辞藻华丽、多生僻之字是其主要特点。此外,赋的作者一般都喜欢采用夸张虚构之法进行铺陈渲染。《劳山赋》也不例外,全篇多生僻字,排比对偶之句迭出,虽无汉大赋的富丽堂皇,但也颇具气势。与历代崂山游记相比,《劳山赋》篇幅虽短,却写出了劳山的风韵与灵气。全文如行云流水,浑然天成,字与字之间、句与句之间的联系十分紧密,这大概得益于张谦宜对炼字和炼句的精心研究。张谦宜在其文论名著《茧斋诗谈》的开头便论及炼字的许多问题,提出"炼字之法,莫妙于换了再看。熟字不稳换生字,生字不稳,亦不妨换熟字。雅俗虚实,喑哑明晦,死生宽紧之类,莫不互更迭改,务求快心",又说"盖名手炼句,如掷杖化龙,蜿蜒腾跃,一句之灵,能使全篇俱活。炼字如壁龙点睛,鳞甲飞动,一字之警,能使全句皆奇"。除了炼字之外,张谦宜对炼句也有自己独到的见解,他认为炼句"必须文从理顺之中,有洗旧翻新之巧。意不尽于句中,景已溢于兴外。刻苦却不扭捏,平易却不肤浅。初仍作意,久存自然。务使五七字内,线穿铁铸,一字摇撼不动,增减不得为度"(《茧斋诗谈》）。这些观点无不表现出张谦宜卓越的学识，也足以见出他对文章之事的用心，无怪乎他的《劳山赋》写得如此奇妙。

赋的开头以精悍的语言总括了崂山的全貌，所写内容虽与旁人无异，即突出崂山的灵秀之气和高耸绵延之势，但作者能用华丽之辞造自然之句，将崂山的曼妙山姿和雄伟气势写得光彩照人，却又无丝毫矫揉造作之态。紧接着作者以铺排之势把在崂山所经之地、所历之景一一带出；从山到海，从峰到石，从云霞到溪涧，从花草到树木，全部风景悉数展现在读者面前。作者对字词的运用可谓到了登峰造极的地步，无论多么生僻奇特的词语在他的调遣下都变得妥帖温顺，各自在自己的位置上发挥出充分的作用，全无斧凿之痕迹。在描写风景的过程中，作者不局限于单一句式，而是不断变换句式，如"云掩霭以合杳，坥横拖而中断"为整齐的六字句，但接下来作者就以"通箭括兮若无门，削剑锷兮在天半"的七字句变换了韵律。下一句又及时变回六字句"谷嘤嘤兮闻雷，麓熠熠兮掣电"，以保持整体音律的和谐。另有四六句相间，如"若乃晴霞倒映，如锦如虹，散黛螺兮勾结，积翡翠兮连蓁。既冠岚而抗岭，忽破峡以攒峰。旁罗旗纛，侧掺芙蓉，氤氲倏忽莫可殚穷"。丰富的句式使原本整齐划一的赋作显得更加活泼生动，也有利于表现景物的自然之态。对崂山的整体面貌进行了概括之后，作者又以灵巧的笔触分别描写了崂山春、夏、秋、冬四季不同的情态，将山中四时之景一一罗列，遣词造句恰到好处，毫无赘余之感。作者对山间景物的熟悉程度有如自家珍宝，喜爱之情溢于言表。

在细数了崂山的奇珍异物之后，作者又以华丽的语言描述了自己的游崂见闻。他所提到的景物多为崂山风景中的奇观，如雕龙嘴、莲华台、华楼峰、张仙塔和八仙墩等等，虽是游崂之人必赞之地，但作者眼光迥异于众人，在他的笔下，这些景物都以全新的模样立于读者的面前。尤其是对华楼峰的描写，作者形容其"削方万尺，巅松十围，蟠生如枡。前有紫云，后对黄石，北泉藏其谏书，沧浪泚其词笔"，可谓十分精彩。巨峰作为崂山的主峰，其高耸入云的雄伟之势素来为人所称道，但作者见识高明，想象丰富，不仅将攀爬巨峰途中的艰险写得细致明晰，使读者如临其境，还以赋体特有的韵味表现出了巨峰的别样情状:"其为状也,盉盉盎盎,万峦争附,实太乙之中枢,绾分支之回互。仰摘星辰,俯瞰风雨,俨鬼神所戍卫,常似烟而非雾。回风旋为癏洞兮,见朝鲜之荠树;气罥翳而复合兮,莽鳞皱其如故。上下四十五里,与泰山相割据。"句式回环交错,音律和谐融融,读来朗朗上口,令人心生向往。赋的结尾,作者一改前面的轻松愉悦之情,化激情昂扬之势为沉重悠长之思。他认为若"玉书绝迹,金检无闻",又或者"秦皇罢其刻颂,汉武息其蒲轮",那么这座海上仙山便不为世人所知,"咨山乃以存其真"。

　　张谦宜论文很有见地,能在前人的基础上自出新意,言他人所未言。更难能可贵的是,他能把自己的文学主张运用到具体的实践中。同时,他又不忽略所使用文体的特殊性,并将二者结合的极为巧妙,从而给后世留下了这篇咏崂名赋。

吊海印寺故址赋[1]

清·蓝恒矩

释德清,号憨山。于明万历十一年来劳。十五年改太清宫建海印寺。又八年为故太清宫道士耿义兰控告,谪雷州,寺毁。[2]（明高出《游劳记》称:"达下清宫,是憨师启檀越地,其始作定之方中,大风拔其栌。"又陶允嘉《游劳记》称:"方其毁宫为寺丹垩落成日,天宇澄丽,忽飘风飞雨,洒淅而至。四众骇怖,罔测所由,出视海口,见二巨鱼如山,昂首喷波,直射殿中。"）

注释:

[1]海印寺:位于城阳区夏庄镇源头村,创建于北魏武帝年间(424—452),一说为三国魏武帝年间(155—220)。该寺为崂山古老寺院之一,创建年代虽有两说,但据近年来在寺旁出土的石佛造像考证,该寺原建于北魏时。

[2]控告:告发。谪:封建时代特指官吏降职,调往边外地方。

客有寻幽海上,访古山巅,睥睨顽石,指点寒烟。[1]则见夫怒涛撼岸,愁云障天。[2]

长松悲啸,虚壑黯然。[3]乃睹废墟,遐想当年,心慕憨山之为人,知为海印之故址焉。[4]昔憨山演三教一致之义,怀立地成佛之志。[5]其始也,逃空门,入萧寺,参上乘,拜舍俐,智慧凤成,衣钵克嗣。[6]既而浪迹五台。观光上国。[7]吟浪仙诗,泼怀素墨,时而蒲团参禅,时而面壁沉默。[8]由是太后闻名,公卿动色。建法幢兮何时?[9]恨名山之不得。辄复杯渡云游,从此锡卓仙域。^[10]三生^[11]有缘,二劳在即。方其来劳也,那罗延窟苦不可居,太清宫日就倾覆。星散黄冠^[12],雨吹破屋。然而海色连天,曲蹊通陆。涓涓流泉,森森古木。出内赐金^[13],书买山牍。创兰若莫如兹,举宫观而我鬻,于是,梁税更新,堂构改卜。^[14]前襟沧浪,后负翠麓。^[15]金碧炜煌,轮奂耀煜,而又磨危崖,凿幽谷;出奇峰,疏悬瀑。^[16]广致名花,多栽绿竹。山亦增辉,地岂无福!及其登坛狮吼,说法石听。简邮天下,敕下彤廷。^[17]牟东林则青莲结社,伏北阙则白马驮经。^[18]方期场建选佛,岂只慰夫山灵^[19]也哉。无奈狼心反噬,鼠齿速狱。^[20]鬼蜮暗伤,蜂虿有毒。骚客兴叹,名士顿足。恨谮口之铄金,等此身于碎玉^[21]。长流遐荒^[22],谁白心曲。望王孙兮不归,愿美人兮赐赎。缅想夫猘貐踯躅,猿鹤仓皇。空林削色,高岑无光。梵呗歇兮水幽咽,木鱼挂兮风凄凉;菩萨低眉以他徙,金刚怒目而下堂。玉宇等昙花一现,绀园若海市倏藏。始知拨栌终非佳徵,吹浪已兆不祥也矣!嗟!嗟!逢萌养志,郑玄设庠;长春栖止,三丰徜徉。迄今精舍,化为鹿场;或余孤塔;或剩颓墙。但使名垂宇宙,何妨迹变沧桑。念振古其若此,睹夫遗址复何伤。

注释:

[1]睥睨:斜视。指点:指示;点明。

[2]怒涛:汹涌的波涛。障天:把天遮住。

[3]虚壑:空谷。

[4]海印:生卒年不详,唐朝末年蜀(今四川)慈光寺尼,才思清逸,今存《舟夜一章》。

[5]三教:儒释道。一致:一体,一家。立地成佛:佛家语,禅宗认为人皆有佛性,弃恶从善,即可成佛。

[6]空门:佛教的总名,因佛教阐扬空的道理,并以空法作为进入涅槃之门。萧寺:唐李肇《唐国史补》卷中:"梁武帝造寺,令萧子云飞白大书'萧'字,至今一'萧'字存焉。"后因称佛寺为萧寺。上乘:道家用语,一般借指高妙的境界或上品,现在多指相比之下比较好的事物或水平高。凤成:早成,早熟。衣钵:原指佛教中师父传授给

徒弟的袈裟和钵,后泛指传授下来的思想、学问、技能等。克:能够。嗣:继承。

[7]既而:不久。浪迹:到处漫游,行踪不定。五台:五台山。观光:参观。上国:指京师。

[8]仙诗:晋郭璞所作的《游仙诗》。蒲团:用蒲草编成的圆形垫子,多为僧人坐禅和跪拜时所用。参禅:静坐冥想,领悟佛理。

[9]由是:因此。动色:谓脸上显出受感动的表情。建法幢:写有佛教经文的长筒形绸伞或刻有佛教经文、佛像等的石柱,比喻佛法。

[10]辄复:每每,总是。杯渡:晋宋时僧人,不知姓名,传说其常乘木杯渡水,故以杯渡为名。仙域:仙界。

[11]三生:佛教语,指前生、今生、来生。

[12]黄冠:道士之冠,借指道士。

[13]赐金:典出李白,指赐金放还。

[14]兰若:泛指一般的佛寺。棁:梁上的短柱。堂构:房舍。改卜:另行选择。

[15]前襟:前面部分。翠麓:青翠的山麓。

[16]炜煌:辉煌。轮奂:形容屋宇高大众多。煜:光耀,明亮。

[17]敕:帝王的诏书、命令。彤廷:汉代宫廷。因以朱漆涂饰,故称。

[18]青莲:指佛寺。北阙:古代宫殿北面的门楼。白马驮经:北魏杨炫之《洛阳伽蓝记》卷四:"白马寺,汉明帝所立也,佛入中国之始。寺在西阳门外三里御道南。帝梦金神,长丈六,项背日月光明。金神号曰佛。遣使向西域求之,乃得经像焉。时白马负经而来,因以为名。"后指传布佛法。

[19]山灵:山神。

[20]反噬:反咬一口。速狱:招致诉讼。语出《诗·召南·行露》:"谁谓女无家,何以速我狱?"

[21]鬼蜮:害人的鬼和怪物,比喻阴险的人。蜂趸:蜜蜂是群生昆虫,其出入和活动多是成群结队的,形容像蜜蜂一样成群。铄金:谓伤人的谗言。

[22]长流遐荒:边远荒僻之地。

【赏评】

《吊海印寺故址赋》是清朝蓝恒矩所做的一篇怀吊崂山海印寺故址、

追思明朝著名高僧憨山德清的赋作。

蓝恒矩，字子静，清代廪生，诗赋书法都很擅长，在蓝氏东厓书院设立私塾，并终生以教塾为业，现存有《下车录》诗集。蓝姓，为即墨大姓。明清以来，即墨周、黄、蓝、杨、郭五大姓氏家族为最重，他们或闻名于政绩，或扬名于文学。其中，蓝氏家族在即墨的历史最为悠久。明嘉靖年间，任河南道监察御史的蓝田，诗文卓越，闻名齐鲁。蓝恒矩，就是蓝田的第十一世孙。

扬雄谓"诗人之赋丽以则，辞人之赋丽以淫"。蓝恒矩的这篇《吊海印寺故址赋》应列入诗人之赋的行列。因为全文用词典丽自然，叙事诚挚深沉，毫无赋体惯有的虚夸徒饰矫揉造作之病。赋作虽然题为《吊海印寺故址赋》，但不主描风景摹废墟，大段文字是对憨山德清大师事件的追述，结尾处抒发感想。

赋作开篇先对憨山德清作了简要的介绍。"释德清，号憨山。于明万历十一年来劳。十五年改太清宫建海印寺。又八年为故太清宫道士耿兰义控告，谪雷州，寺毁。"后又引用了明代高出《游劳记》和陶允嘉《游劳记》两篇游记中对德清大师建海印寺的一些传说故事的记载。高出《游劳记》称："达下清宫，是憨师启檀越地，其始作定之方中，大风拔其栌。"又陶允嘉《游劳记》称："方其毁宫为寺丹垩落成日，天宇澄丽，忽飘风飞雨，洒淅而至。四众骇怖，罔测所由，出视海口，见二巨鱼如山，昂首喷波，直射殿中。"完成对憨山建海印寺简要介绍之后，作者开始了文章的中心内容，即对海印寺故址的怀吊和对憨山大师的缅怀追思。"客有寻幽海上，访古山巅，睥睨顽石，指点寒烟。"虚写几笔，交代作者已经开始了海印寺故址的游历。作者遣词用字极其谨慎，"寻幽""寒烟"，表达了幽静伤感的历史气息。"怒涛撼岸，愁云障天，长松悲啸，虚壑黯然"，寥寥数笔，从海上到天上再到地上，三维立体地勾勒出一幅萧瑟的景象，让人也跟着不禁黯然。开头这几句，实写作者在海印寺故址所见的自然环境，烘托出凄怆萧瑟的气氛，为下面的追思往人作准备。

"乃睹废墟，遥想当年，心慕憨山之为人，知为海印之故址"，由实入虚,转入对德清大师弃素为僧,来劳建寺,以及被诬遭谪历程的追述。作者旗帜鲜明地表态,自己"心慕"憨山之为人。"昔憨山演三教一致之义,怀立地成佛之志"。先总述憨山德清大师在佛教领域的志向和功绩。德清大师主张禅宗与华严宗融合,佛、道、儒三教合一,为当时人们所赞同,并且曾著书言志。"其始也,逃空门,入萧寺,参上乘,拜舍猁",写德清大师从俗家到僧人的剃度历程。"智慧夙成,衣钵克嗣",德清大师是有慧根之人,皈依佛门之后,苦研佛法,颇有成就。"既而浪迹五台,观光上国,吟浪仙诗,泼怀素墨。时而蒲团参禅,时而面壁沉默。"在智慧夙成之后,德清大师开始了四处云游的生活。游方到京城,结交了些名士高僧;又到五台山,因爱慕憨山的神奇秀丽,便想以憨山为号。德清大师长于诗赋,书法也颇得意,堪比怀素。"由是太后闻名,公卿动色。"万历九年(1581),神宗派人在武当山祈皇嗣,皇太后慈圣则派人在五台山设"祈储道场",德清为建立这个道场出力,和皇太后建立了良好的政治关系。"建法幢兮何时? 恨名山之不得。辄复杯渡云游,从此锡卓仙域。三生有缘,二劳在即。"德清大师万历十一年(1583),德清离开五台山,东行到崂山结庐修行,并正式以"憨山"为号。山不在高,有仙则名,一代大师来到海上仙山,是大师之幸,也是崂山之幸。所以作者接着写道"三生有幸,二劳在即","方其来劳也,那罗延窟苦不可居,太清宫日就倾覆。星散黄冠,雨吹破屋。然而海色连天,曲蹊通陆。涓涓流泉,森森古木"。德清大师初到崂山,太清宫已经破旧不堪,日渐倾颓。可是这里依山傍水的地理环境,和海天相接碧树流泉的自然环境,实在是得天独厚,德清大师也是喜爱非常,于是"出内赐金,书买山腴。创兰若莫如兹,举宫观而我鬻,于是,梁梲更新,堂构改卜。前襟沧浪,后负翠麓。金碧炜煌,轮奂耀煜"。万历十四年(1586),神宗皇帝印赠15部大藏经,皇太后特意送一部到崂山,因没地方安放,又为德清造寺,赐额"海印寺"。"而又磨危崖,凿幽谷;出奇峰,疏悬瀑。广致名花,多栽绿竹",德清大师对此处的喜爱之情,由此可见。"山亦增辉,地岂无福",崂山的山水花草也添色增辉。而且,德清大师在崂期间,写了很多赞美崂山秀丽山水和建筑的诗赋,崂山的秀美山水也随着这些诗赋的流传而为世人所知。"及其登坛狮吼,说法石听。简邮天下,敕下彤廷。牟东林则青莲结社,伏北阙则白马驮经。方期场建选佛,岂只慰夫山灵也哉。"这几句写海印寺建成,德清大师登圣坛,讲佛法,震声于天下,闻名于朝廷。大师建海印寺,当然不只是给山川增辉,更是为了传递佛法,普度众生。

然而,月满则亏,物极必反。作者将此时的德清大师写得如此春风得意,已然是暗暗埋下了下一句的转折。这大概也是佛法中的"空即是色,色即是空"吧,想必德清大师对此是置若平常的。"无奈狼心反噬,鼠齿速狱。鬼蜮暗伤,蜂虿有毒"四句,用了四个极其丑恶的意象,虽是虚写,但作者的憎恶之情跃然纸上。德清在崂山13年,当地道士以德清侵占道院为由上告,神宗皇帝本人则较重道教,他也嫌皇太后费资奉佛,于是迁罪于德清,万历二十三年(1595),将德清逮捕,罪名私造寺院,随后将德清发配雷州。"骚客兴叹,名士顿足。恨谮口之烁金,等此身于碎玉",旁写骚客名士的兴叹顿足,也间接表现了作者对"谮口"之人的憎恨和对德清大师的惋惜。作者对德清大师的生平叙述到此为止,接下来又转入现实。

"长流遐荒,谁白心曲。望王孙兮不归,愿美人兮赐赎",回到现实,作者少了憎恶愤慨之情,取而代之的是惆怅落寞之感。作者长久地流连于寺庙故址,想要表达自己对德清大师的倾慕之情,却苦于心曲难白。后面的两句楚辞句法,也将作者的流连、怅惘之情表达得淋漓尽致。"缅想夫狖獶踯躅,猿鹤仓皇。空林削色,高岑无光。梵呗歇兮水幽咽,木鱼挂兮风凄凉;菩萨低眉以他徙,金刚怒目而下堂。"人非草木,孰能无情。可是在作者看来,草木鸟兽也非无情。狖獶猿鹤,空林高岑,也都陪着作者黯然神伤。这还不够,连那没有生命的流水和尘风,也都随着梵音木鱼的停歇而幽咽凄凉;那堂上的菩萨和金刚也都为之不平,绝尘而去。

"玉宇等昙花一现,绀园若海市倏藏。"一切都好像昙花一现,好似海市蜃楼,转瞬即逝。人生在世,得到失去,也都不过是沧海桑田的变换。作者的无限遗憾也只能化为满腔的无奈,只能徒叹人事之变迁。"始知拨栌终非佳徵,吹浪已兆不祥也矣!"

"逢萌养志,郑玄设庠;长春栖止,三丰徜徉。迄今精舍,化为鹿场;或余孤塔;或剩颓墙",这里文章已接近尾声。作者也放开了思路,不再局限于德清大师和海印寺,而是扩而充之。遥想当年,逢萌郑玄、长春三丰,众多名士高人爱慕崂山山水秀丽,都曾寄居于此。或设庠,或养志,都为崂山造福增辉,然而现在人物皆非了。曾经的精美楼舍已化为鹿场,只有些残垣断壁、孤塔颓墙,依稀向作者透露着往日的辉煌。

如果作者就以这一声嗟叹收尾,那整篇赋作也算完整。浏览故址,而作出沧桑迹变、人世无常之叹;历史上这类文章也浩如烟海。可是作者并未落此俗套。"但使名垂宇宙,何妨迹变沧桑。念振古其若此,睹夫遗址复何伤。"终结处曲调陡然一变,一扫前边颓废伤感之哀调,转而奏起积极振作之华章。沧海可以桑田,人世也多变换。可是终有些东西是不会如落红般随逝水而东流。人生在世,建功、立业、树德。一个人的姓名也会随着他的功绩德行而永垂青史。古人已逝,可是那些真正留下功德的,他们的姓名不是还在被人们津津乐道吗?既然那古时的辉煌并未完全化作泥土,那我们站在这故址遗迹面前,又何必伤心难过呢?

宋代大文学家苏轼的《念奴娇·赤壁怀古》,从开篇"大江东去,浪淘尽,千古风流人物"的壮阔豪气,到"故国神游,多情应笑我,早生华发"的悲凉感慨,最后转为"人生如梦,一樽还酹江月"的洒脱。这类的诗词歌赋在历史上也是层出不穷,其实都是消极出世的虚无人生态度。而蓝恒矩这篇《吊海印寺故址赋》却能超越这样的理路。从"怒涛撼岸,愁云障天。长松悲啸,虚壑黯然"的怆然慷慨,到"迄今精舍,化为鹿场;或余孤塔;或剩颓墙"的颓废消极,最后竟陡然转入一曲积极入世的人生乐章,虽略显突兀,却一下把人从虚无主义的沉沦中解救出来,文章的格调也得以提升。从某种意义上讲,蓝恒矩的这篇《吊海印寺故址赋》是比苏轼的《念奴娇·赤壁怀古》有更深刻的意义。

劳山赋

清·江曦

　　东莱属邑,不其名城。[1]奇峰环钮[2],森蠹穹窿。脉远宗夫青岳,嶙峋而峥嵘,跨辽闵之肘腋,尽齐鲁其犹青。[3]人第[4]羡天地清淑之凝结,孰知为东南钟育之秀灵。至其面临大海,远望扶桑,水天一色,万顷汪洋,星晨汩没,色含穹苍,尤宇宙之奇观,乍见之而徜徉。[5]时清明兮气爽,睇[6]岚光兮丽天。曈曈[7]兮将出,紫霞兮相连。既冠峰而抗岭,忽断嶬以笼巅,娱心悦目,莫可言宣。[8]及夫石瘦经冬,高岑[9]积雪。玉标挺拔兮晶莹莹,绡窟练素兮寒冽冽。[10]晖映银宫,光含贝阙,昼则与艳阳同明,夜则偕皓月并洁,灞桥之诗句生新,袁安之稳卧欲绝。[11]逮乎土膏泉液[12],春融夏交,松苍柏翠,柳纤桃夭,纷纷兮百药仰苑,蔪蔪兮万蔬茁苗。[13]盖天不爱其宝,斯民生之利饶。[14]四序递禅,有后必剥。[15]寒潭彻,霜叶落。雨丝丝以涤岩,风瑟瑟以吹壑。气澹神清,惝乎寥廓[16]。尔乃招隐士,携异人,涉雕化之口,披莲台之云。[17]则有华楼耸峙,万丈嶙峋。[18]策杖藜,跻高崛。[19]攀登缘砌,讶[20]道寻真。又有黄石隐见,宫殿云屯[21]。北泉之谏书常在,沧浪之词笔犹存。[22]此外则狮峰醮于波涛,仙墩浮于潮汐。计奥区之名胜,叹灵迹之不测。[23]迤逦而来,复寻别路。获崎而途穷,乃跻夫巨峰之高处。[24]藤壁梯崖,神工鬼斧。上下四十五里,与太山相割据。[25]为之歌曰:"高作山兮圣人起,剑光烛兮斗牛里。龙旋于海兮目不可指,虬盘于山兮常饮墨水。游心兮蜃楼,寄兴兮海市。胜演《易》飞鸟之巅,奚踵武兮大龟之趾。"[26]

注释：

[1]东莱:地名,山东龙口市古称。属:隶属。邑:县,城。不其:指不其山,位于崂山西北部。《汉书·武帝纪》载:"太始四年,夏四月,幸不其。"据已故近代考古学家王献唐考证,原始社会末期,山周围聚居着"不族"和"其族"两个小部落,后以两族之名为山名。名:闻名,这里是使动用法。

[2]钮:同"纽",纽带,这里做动词,环绕。矗(chù):耸立。

[3]宗:本源,这里是意动用法,以……为宗。巑岏(cuán wán):山高锐貌。

[4]第:副词,只,仅仅。

[5]尤:优异,突出,这里是形容词做动词。徜徉:彷徨,心神不平静。

[6]睇(dì):即睇眄(miǎn),流观,环视。

[7]曈曈:日初出渐明貌。

[8]冠:超过,高过,下抗同此。嵃(yǎn):大山上的小山,断嵃指陡峭的山峰。

[9]岑:小而高的山。

[10]玉标:指积雪的树木。绡:生丝,貌洁白。练素:白绢。此句大意指洞穴悬挂冰柱如白练,给人一种寒冽之感。

[11]灞桥:桥名,本作霸桥。在今陕西省西安市城区东10公里灞水上。始建于汉。汉唐时送客多到此桥作别。汉人送客至此桥,折柳赠别。袁安高卧:《后汉书·袁安传》李贤注引晋周斐《汝南先贤传》:"时大雪积地丈余,洛阳令身出案行,见人家皆除雪出,有乞食者。至袁安门,无有行路。谓安已死,令人除雪入户,见安僵卧。问何以不出。安曰:'大雪人皆饿,不宜干人。'令以为贤,举为孝廉。"后即以指身处困穷但仍坚守节操的行为。此两句话当指灞桥留别之人以及袁安若遇此等雪景,则诗作当改,袁安当不能稳卧,以此形容雪景之美。

[12]逮:及,至,赶上。膏:使……肥沃。此处乃是倒装句式。

[13]菞(liè):音同"列"。蕲蕲(jiān jiān):草木渐渐长长的样子。

[14]上天不吝惜自己的珍宝,所以百姓生活便利丰饶。

[15]四季循环变化,有卦之后是剥卦。

[16]此句指人神清气爽,内心恬淡自然。惆:原指失意的样子,此指内心恬静。

[17]尔乃:于是。雕化、莲台是崂山特有风景。

[18]华丽的楼阁耸立其间,万丈悬崖峭壁嶙峋。

[19]策:拄杖。藜:一年生草本植物,亦称灰条菜,茎直立,嫩叶可吃,茎可以做拐

杖。跻:登上。崌(jū):高山。

[20]讶:同"迓",迎接,此指寻求。

[21]云屯:如云之聚集,形容盛多。

[22]北泉谏书、沧浪词笔都是山中前人遗迹。北泉:即蓝田,字玉甫,号北泉,曾游崂山,有游记存世。沧浪词笔:当指阮元《小沧浪笔谈》书中所记游崂山者之游记。

[23]奥区:大山深处。不测:此指灵迹神奇难测。

[24]嶷崎:山高峻的样子,此指高峻的山。

[25]与太山相割据:太山即泰山,指劳山与泰山一样雄踞一方。

[26]此两句意指在此高山之上演《易》修道,踵武前贤,达生知命。

【赏评】

江曦这篇《劳山赋》以华丽的辞藻、整齐的句式、和谐的音韵将崂山美景一一道出,写出了崂山少有的壮丽与多彩,也写出了崂山不同时节的美艳与精神。

本文开篇先写崂山所处的地理位置。这里地属东荣之域,山脉绵延悠长,山势又峥嵘险立,奇峰环绕,绿树相蠹,可以说是中国少有的山水景点。初次见到这样的场景,作者不禁赞曰"人第羡天地清淑之凝结,孰知为东南钟育之秀灵"。崂山面临大海,远望扶桑,万里海面与无尽苍穹相承一色,日月星辰在海天相接处起起落落,真乃"宇宙之奇观",使人不禁沉醉其中,忘乎所以,徜徉而不忍离去。

经过一番铺垫与赞叹,作者更是笔下生风,写景状物如有神助。时值清明,天清气爽,雾气笼罩,日光冉冉升起,霞光灿灿相映,"既冠峰而抗岭,忽断嶙以笼巅"。面对此等美景,作者之愉悦不可言说。四季更迭,美景不断。等到冬日嶙峋的瘦石积上厚厚的白雪,这里便是晶莹剔透的唯美世界。"玉标挺拔兮晶莹莹,绡窟练素兮寒冽冽",对仗工整,字字相扣,银晖相映,宫舍互现,楼台阁宇,各耀其光。"昼则与艳阳同明,夜则偕皓月并洁,灞桥之诗句生新,袁安之稳卧欲绝",真可谓秀口灵心的旷世之笔。读到这里,不禁让人拍案惊奇,细细品赏,回味无穷!待到"土膏泉液,春融夏交,松苍柏翠,柳纤桃夭"、"纷纷兮百药仰茌苅,莃莃兮万蔬苗苗"之时,这里不仅是春光明媚,柳飞花香,春泉甘冽,松苍柏翠的欣欣向荣,更是天降其宝,民生利饶的富裕安康!秋季潭池清澈幽深,霜叶已然而落,"雨丝丝以涤岩,风瑟瑟以吹壑",宽广寥廓,让人神清气爽,但同时这份寂寥也让人忍不住黯然神伤。此段尽显崂山四时之景,春之盎然,夏之清凉,秋之萧瑟,冬之凛冽,"四序递禅,有后必剥"。光景之绚丽,时节之变换,情景之交融,一一呈现,可谓精彩绝伦。而语言之精炼、对仗之工整与骈偶之恰当又尽显作者精深独到的文采和炉火纯青的写作技巧。

既是这样的良山美景,作者自然不会错过。于是"招隐士,携异人",亲临其地,涉"雕化之口",披坐"莲台之云",登高望远,亦如腾云驾雾,恍若仙境。远处隐约可见的黄石宫似在云中搭建,而且"北泉之谏书常在,沧浪之词笔犹存",作者因而得以体会古人登临时的感受,渗透着深深的思古幽情。巨峰之顶,藤盘峭壁,梯悬高崖,有神工鬼斧之妙。作者心中涌情,为之歌曰:"高作山兮圣人起,剑光烛兮斗牛里。龙旋于海兮目不可指,虬盘于山兮常饮墨水。游心兮蜃楼,寄兴兮海市。胜演易飞鸟之巅,奚踵武兮大龟之趾。"

后　记

　　唐王昌龄认为,诗有物境、情境、意境三境界。本书所收诸崂山游记作品,亦有物境、情境、意境三境界。其实,物境、意境均可大而言之为情境,所以情感是诸崂山游记作品的重要表现内容。梁启超在《中国韵文里头所表现的情感》一文中言:"天下最神圣的莫过于情感。用理解来引导人,顶多能叫人知道那件事应该,那件事怎样做法;却是被引导的人到底去做不去做,没有什么关系。有时所知的越发多,所做的倒越发少。用情感来激发人,好像磁力吸铁一般,有多大分量的磁,便引多大分量的铁,丝毫容不得躲闪。所以情感这样东西,可以说是一种催眠术,是人类一切动作的原动力。情感的性质是本能的,但他的力量,能引人到超本能的境界。情感的性质是现在的,但他的力量,能引人到超现在的境界。我们想入到生命之奥,把我的思想行为和我的生命并合为一,把我的生命和宇宙和众生并合为一,除却通过情感这一个阈门,别无他路。所以情感是宇宙间一种大秘密。"本书的写作以"披文入情"为宗旨,希望对读者了解诸游记作者感应崂山之心路历程有所帮助。

　　本书为多人合著,参加作注的有田鹏、徐萌、王后冉、张海宁、李波、韩影、方勇,参加赏评写作的有李光安(蓝田《巨峰白云洞记》、陈沂《鳌山记》、邹善《游劳山记》的赏评)、赵连志(高出《劳山记》、汪有恒《游崂山记》)、李莎莎(高出《鹤山观海市记》、林钟柱《重游崂山记》、傅增湘《劳山游记》)、刘丹(高弘图《劳山九游记》、曹臣《劳山周游记》、尹琳基《白云洞观海市记》、张谦宜《劳山赋》)、于博文(张允抡《游槐树洞记》、《游崂东境记》、《游崂山西境记》、张道浚《游劳山记》)、马永飞(纪润《崂山志》、刘梦南《游鹤山记》)、唐宏雪(黄玉瑚《八仙墩记》、黄垍《游白鹤峪悬泉记》、黄宗崇《夜游九水记》、《那罗延窟记》)、段文迎(徐绩《崂山观日出记》、《崂山道中观海市记》、李中简《崂山华严庵游记》、王大来《游劳山记》、《再游劳山记》、江曦《劳山赋》)、武朋祥(蓝恒矩《吊海印寺故址赋》),括号内是各自所撰写赏评的篇目。曹植《与杨德祖书》有云:"世人之著述,不能无病。仆常好人讥弹其文,有不善者,应时改定。"本书病处,拜请方家不吝"讥弹"。

感谢青岛市社科规划办,对本书立项并给予资助。感谢王春元先生、刘怀荣先生,两位先生对本书选题、写作及出版诸方面均给予了帮助和指导。

二〇一五年四月十九日

责任编辑:贺 畅

责任校对:史 伟

图书在版编目(CIP)数据

崂山游记精选评注/周远斌 评注. -北京:人民出版社,2015.7
(崂山文化研究丛书/刘怀荣主编)
ISBN 978－7－01－014709－3

Ⅰ.①崂… Ⅱ.①周… Ⅲ.①游记-作品集-中国-当代
Ⅳ.①I267.4

中国版本图书馆 CIP 数据核字(2015)第 061277 号

崂山游记精选评注
LAOSHAN YOUJI JINGXUAN PINGZHU

周远斌 评注

人民出版社 出版发行
(100706 北京市东城区隆福寺街 99 号)

北京市大兴县新魏印刷厂印刷 新华书店经销

2015 年 7 月第 1 版 2015 年 7 月北京第 1 次印刷
开本:710 毫米×1000 毫米 1/16 印张:16. 25
字数:225 千字

ISBN 978－7－01－014709－3 定价:49.00 元

邮购地址 100706 北京市东城区隆福寺街 99 号
人民东方图书销售中心 电话 (010)65250042 65289539